걸리버 여행기

일러두기

• 이 책은 Jonathan Swift, 『*Gulliver's Travels into Several Remote Nations of the World*』(Project Gutenberg, 2009)를 참고했습니다.

진형준 교수의 세계문학컬렉션

16

걸리버 여행기

Gulliver's Travels

조너선 스위프트 지음

살림

조너선 스위프트

아일랜드 화가 찰스 저버스의 1710년 작품.

더블린

1835년 발행된 「더블린 페니 저널(Dublin Penny Journal)」에 실린 아일랜드 화가 오브루스의 삽화. 조너
선 스위프트가 태어난 아일랜드 수도 더블린의 풍경을 묘사했다. 스위프트는 더블린에서 대학까지 나왔
고 아일랜드에서 성직자로 일했다. 부모는 영국인이었지만 그는 아일랜드 사람이나 다름없었던 셈이다.
하지만 그에게는 영국 문학가의 피가 이어지고 있었는데, 할머니나 삼촌 등이 시인 존 드라이든, 시인이
자 엘리자베스 여왕의 충신인 월터 롤리, 그리고 윌리엄 셰익스피어 같은 작가 집안과 혈연이나 혼인 관
계로 연결되어 있었다.

BATTLE ROYAL Between the Whig National School Boys & the Tory Charity Crabs.

「휘그 초등학교 남학생들과 토리 보육원 심술쟁이들의 대격전 Battle Royal between the Whig National School Boys & the Tory Charity Crabs」

영국 화가 찰스 제임스 그랜트의 1832년 만화. 17~19세기 영국 양대 정당인 휘그당과 토리당의 권력 다툼을 풍자한 작품이다. 스위프트는 아일랜드에 적을 둔 성직자였지만, 1700년 이후 여러 차례 런던으로 가 머물면서 작품을 발표하여 작가로 명성을 얻었다. 또 정치 활동도 활발히 펼쳤는데, 토리당(Tory) 편에 서서 휘그당(Whig)을 공격하는 정치 팸플릿을 썼다. 1685년 영국 정계는 가톨릭교도인 제임스 2세가 영국국교회 국가의 왕으로 즉위하는 것이 옳은가를 두고 두 무리로 갈라졌다. 즉위 찬성 진영은 토리당(1834년 보수당으로 발전), 반대 진영은 휘그당(1859년 자유당으로 발전)이라고 불렀다. '휘그'는 스코틀랜드어로 '반역자' '말 도둑', '토리'는 아일랜드어로 '악당' '도적'이라는 뜻이다. 1714년 앤 여왕이 죽고 휘그당이 정권을 잡자 토리당이던 스위프트는 영국 활동을 모두 접고 쫓겨나다시피 아일랜드로 돌아와야 했다.

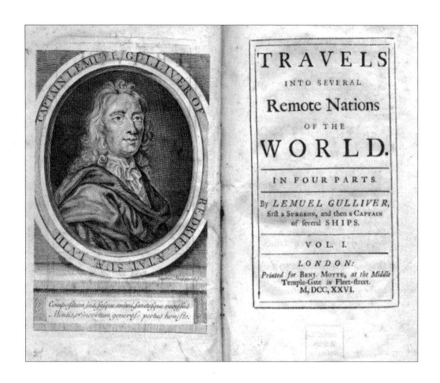

초판본 『걸리버 여행기』

1726년 말 익명으로 출간된 『걸리버 여행기』 초판본 권두 삽화와 표제지. 원래 제목은 『처음에는 외과 의사, 다음에는 여러 배의 선장이었던 레뮤얼 걸리버의 4부작, 세계의 여러 먼 나라 여행기(*Travels into Several Remote Nations of the World. In Four Parts. By Lemuel Gulliver, First a Surgeon, and then a Captain of Several Ships*)』이며, 두 권으로 나누어 출간되었다. 『걸리버 여행기』는 나오자마자 엄청 난 인기를 얻으며 그해 안에 3쇄, 다음해 초에 4쇄를 찍었다. 1727년에 프랑스어, 독일어, 네덜란드어로 번역되었으며, 아일랜드에서는 해적판들이 쏟아졌다. .

 걸리버 여행기 **차례**

제1부 소인국 릴리퍼트 여행

제2부 거인국 브롭딩낵 여행

제3부 하늘을 나는 섬과 다른 여러 나라 여행

제4부 말들의 나라 여행

소인국 릴리퍼트 여행

제1장 표류하여 소인국에 도착하다

나는 영국 노팅엄셔 지방에서 다섯 형제 중 셋째로 태어났다. 아버지는 작은 땅을 가진 지방 유지였지만 우리 집은 그다지 부자가 아니었다. 그런데도 내가 열네 살이 되자 아버지는 나를 케임브리지의 이매뉴얼 칼리지로 유학을 보냈다. 나는 그곳 기숙사에서 3년을 보내며 열심히 공부했다. 하지만 우리 집의 얼마 안 되는 재산으로 내 유학비용을 부담한다는 것은 무리였다. 그래서 나는 런던의 유명한 외과의사인 제임스 베이츠의 수습생으로 들어가 4년을 지냈다. 그사이 나는 짬짬이 항해술과 수학도 익혔다. 언젠가 멀리 여행을 떠나는 것이 내 운명이라고 믿었기 때문이었다.

수습 기간이 끝나자 이번에는 네덜란드 레이던으로 갔다. 그리고 그곳에 2년 7개월 동안 머물면서 의학 공부에 전념했다. 실은 내가 운명이라고 여기고 있던 여행을 위한 준비를 한 것이었다. 아버지를 비롯해 친척들은 내 학비를 대느라 고생깨나 했다.

의학 공부를 마치고 런던으로 돌아온 후 나는 에이브러햄 패널이 선장으로 있던 스왈로 호의 외과의사가 되었다. 내 스승 제임스 베이츠가 주선해준 것이었다. 덕분에 나는 3년 6개월 동안 동부 지중해를 비롯해 여러 지역들을 한두 번씩 항해를 할 수 있었다. 다시 런던으로 돌아온 나는 개업을 했다. 이번에도 스승의 권유로 이루어진 일이었다. 의사로 일하면서 나는 자그마한 집을 마련했고, 양말 상인 에드먼드 버턴의 둘째 딸 메리 버턴과 결혼을 했다.

그러나 2년 후 벌이가 신통치 않아졌다. 정직하기만 해서는 돈을 벌 수 없는 직업이 의사다. 양심상 나는 다른 동료 의사들처럼 사기를 칠 수 없었다. 나는 아내와 친지들과 상의한 끝에 다시 배를 타기로 결심했다. 사실 돈벌이가 신통치 않다는 것은 핑계였을 뿐 여행벽이라는 나의 고질병이 도진 것이었다. 나는 커다란 배 두 척의 담당 의사가 되어 6년 동안 동인도제도와 서인도제도를 여러 차례 항해했다. 돈도 꽤 모을 수 있었으니 일거양득이었다.

그러던 어느 날 나는 남태평양 항해를 떠나는 앤틸로프 호에 타게 되었다. 윌리엄 프리처드가 선장이었으며 근무 조건도 아주 좋았다. 1699년 5월 4일 우리는 브리스틀을 출발했다.

항해 초기에는 아주 순조로웠다. 그러나 남태평양에서는 여러 가지 어려움과 모험을 겪었다. 하지만 그에 대한 상세한 이야기로 독자들을 괴롭힐 생각은 없다. 다만 동인도로 향하던 중에 심한 폭풍을 만나 반디멘스랜드 북서쪽으로 밀려갔다는 것만 말해두겠다. 관측 결과 우리는 남위 30도 2분 근처에 와 있었다. 선원 가운데 열두 명이 과로와 질병, 영양실조 등으로 죽었으며 나머지 선원들의 건강도 악화되어 있었다. 그때가 11월 5일로 이곳에서는 여름이 시작되고 있었다.

11월 5일 그날은 안개가 잔뜩 끼어 있어서 시야를 분간하기 어려웠다. 결국 우리 배는 암초에 정면으로 부딪쳐 산산조각이 나고 말았다. 나를 포함해서 여섯 명의 선원이 보트를 타고 간신히 난파당한 배에서 벗어났다. 우리는 10킬로미터 이상 열심히 보트를 저어간 후 모두 기진맥진했다. 밀려오는 파

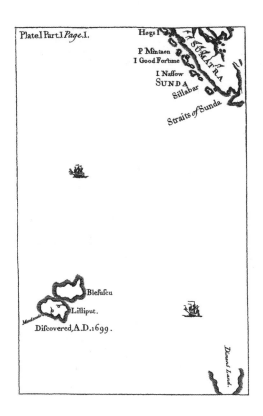

소인국 릴리퍼트 지도

영국의 지도제작가 겸 판화가 허먼 몰의 소인국 릴리퍼트(Lilliput) 지도. 『걸리버 여행기』 1726년 판에 실려 있다. 지도 맨 위쪽 오른편에 인도네시아 수마트라 섬이 보인다. 릴리퍼트는 밴디멘스랜드(Van Diemen's Land)의 북서쪽에 있는 것으로 나오는데, 이 지도 맨 아래 오른편에 디멘스랜드(Diemen's Land)라고 표시되어 있다. 그런데 밴디멘스랜드는 오스트레일리아 대륙 동남쪽 240킬로미터 지점에 위치한 오늘날 태즈메이니아 섬의 옛날 이름이다. 그렇다면 릴리퍼트와 밴디멘스랜드 사이에는 오스트레일리아 본토 대륙이 있어야 한다. 그래서 어떤 사람들은 스위프트가 사실은 릴리퍼트 위치를 밴디멘스랜드 북서쪽이 아니라 북동쪽의 태평양에 두려 했을 것이라고 주장했다. 그러나 당시 오스트레일리아 본토 대륙은 몇몇 네덜란드와 영국 탐험가를 제외하고 유럽인들에게 제대로 탐험되지 않았으며, 따라서 정확하게 정보가 알려지지 않았다. 1769년 제임스 쿡 선장의 탐험 이후에야 하나의 대륙으로 인정되었다.

도에 운명을 맡기는 수밖에 없었다. 그런데 약 30분 후 갑자기 돌풍이 밀려와 우리 보트가 뒤집히고 말았다. 이후 동료 선원들 소식은 전혀 듣지 못했지만 아마 모두 죽었을 것이다.

나는 모든 것을 운명에 맡겼다. 그래도 바람과 물결에 휩쓸리며 열심히 자맥질했다. 가끔 발을 디디려고 해보았지만 바닥에 닿지 않았다. 힘이 온통 빠져 '이제는 끝이구나' 하는 생각이 들 때쯤 겨우 발이 땅에 닿았다. 폭풍우도 거의 가라앉았다. 나는 해변까지 완만한 경사로를 1.5킬로미터 이상 걸었다. 저녁 8시 무렵이었다. 해변에 도착해서 8킬로미터 이상 더 걸었지만 집은 한 채도 보이지 않았다. 탈진한 데다 날씨도 찌는 듯이 더워서 나는 그대로 풀 위에 누워 잠에 빠져들었다. 배에서 보트로 뛰어들기 전에 마셔두었던 반 병가량의 브랜디도 큰 효과를 발휘했던 것 같다. 아마 평생 동안 그렇게 깊이 잠들어본 적은 없었으리라. 나는 아홉 시간 이상을 그렇게 잠들어 있었던 것 같다.

눈을 떴을 때는 이미 날이 밝아 있었다. 나는 일어나려고 몸을 움직였다. 그런데 그 자리에서 꼼짝도 할 수 없었다. 내가 누워 있는 동안 두 팔과 다리가 땅에 단단히 묶여 있었던 것이다. 머리카락도 묶여 있었고 겨드랑이부터 허벅지까지 온몸에 가늘고 긴 줄이 얼기설기 엮여 있었다. 얼굴이 하늘을 향하고 있었기에 햇볕이 뜨거웠고 눈이 부셨다. 주위에서 시끄러운 소리가 들렸지만 고개를 돌릴 수도 없었다.

얼마 후였다. 나는 왼쪽 다리 위를 지나 뭔가가 조심스럽게 가슴 쪽으로 올라오고 있는 것을 느꼈다. 무언지 모를 것이 내 턱밑에 다다랐을 때 나는 눈을 한껏 낮추어 내려다보았다. 놀랍게도 15센티미터가 될까 말까 한 작은 사람이 거기에 서 있었다. 손에는 활과 화살을 들고 있었으며 등에는 화살통을 메고 있었다. 눈을 내리깔고 더 아래를 내려다보니 그 뒤로 같은 크기의 사람들 40여 명이 뒤따라 올라오고 있었다.

나는 너무 놀라서 고함을 질렀다. 그러자 그들은 깜짝 놀라 달아났다. 하지만 곧 다시 돌아왔다. 그들 가운데 한 명이 용감하게 내 얼굴 가까이 다가와서 손을 높이 쳐들고 "헤키나 데굴"이라고 소리쳤다. 다른 사람들 역시 그 말을 따라 했다. 물론 나는 그 말이 무슨 뜻인지 알 수 없었다.

나는 몸을 뒤척였다. 그러자 왼팔에 묶인 말뚝이 뽑혔다. 동시에 왼쪽 머리카락을 묶고 있던 끈을 잡아당기자 조금 느슨해졌다. 나는 팔을 움직여 머리 왼쪽을 묶어두었던 줄도 조금 느슨하게 만들었다. 그러자 고개를 약간 돌릴 수 있었다.

내가 그런 식으로 몸을 움직이자 작은 사람들은 도망쳤다. 그중 한 명이 "톨고 포낙" 하고 크게 소리를 지르자 내 몸을 향해 무수히 많은 화살이 쏟아졌다. 별로 감각이 없었고 단지 몇 개만 얼굴에 맞아 약간 따끔거릴 뿐이었다. 나는 왼손으로 얼굴을 가렸다. 화살 공세가 그치자 나는 묶여 있는 몸을 풀기 위해 몸부림을 쳤다. 그러자 그들이 더 많은 화살을 쏘아댔다.

나는 가만히 있는 게 상책이라고 생각했다. 왼손은 자유로웠으니 필요하면 언제라도 줄을 풀 수 있으리라고 생각했다. 그런데 소란스러운 소리가 점점 커지는 것으로 보아 작은 사람들 숫자가 점점 늘어나는 것을 알 수 있었다. 머리를 겨우 돌려 바라보았더니 땅에 높이 50센티미터가 채 안 되는 연단이 세워져 있었다. 그곳에 작은 사람 네 명이 서 있었고 사다리도 두세 개 세워져 있었다.

얼마 후 신분이 높아 보이는 사람이 연단에 올라와 뭐라고 알아들을 수 없는 일장 연설을 하더니 내게 세 번씩이나 "랑

그로 데홀 산"이라고 크게 외쳤다. 그러자 50여 명의 작은 사람들이 몰려와 내 머리 왼쪽을 묶고 있던 줄을 잘랐다. 그제야 나는 머리를 오른쪽으로 돌려 연설하고 있는 사람을 자세히 볼 수 있었다. 그는 중년 정도의 나이였으며 그를 호위하고 있는 하인 세 명보다 키가 컸다. 그가 내게 보인 태도로 보아 나를 위협하는 동시에 동정도 하고 뭔가 약속을 하는 것 같기도 했다. 나는 그저 얌전히 따르겠다는 태도만 보였다.

나는 견딜 수 없을 만큼 배가 고팠다. 체면 불구하고 손가락을 입에 갔다 대며 먹을 것을 달라는 시늉을 했다. 그는 나의 뜻을 알아차리고는 사다리에서 내려갔다. 그리고 사다리를 더 갖다놓으라고 명령했다.

곧이어 대단한 일이 벌어졌다. 100명도 더 되는 작은 사람들이 사다리를 타고 올라와 고기가 가득 들어 있는 바구니를 내 입 가까이로 갖다놓은 것이다. 이런저런 동물들 고기가 섞여 있는 건 알 수 있었으나 정확히 무슨 고기인지는 알 수 없었다. 나는 한꺼번에 서너 덩이씩 고기를 삼켰다. 한 덩이라야 쌀 한 톨보다 조금 큰 정도였다. 그들은 내 엄청난 식욕에 놀라면서도 열심히 음식을 가져다주었다. 나는 총알 정도 크기의 빵도 한 입에 여러 개씩 한꺼번에 입에 넣었다.

내가 마시고 싶다는 시늉을 하자 그들이 가진 가장 커다란
통을 내 손이 있는 곳까지 굴려 와서 뚜껑을 열어주었다. 나는
단숨에 마셔버렸다. 300시시가 채 안 되는 양이었으니 당연한
일이었다. 부르고뉴 와인과 비슷한 맛이었지만 더 맛이 좋았
다. 내가 놀라울 정도로 많은 양의 음식과 음료를 마시는 것을
보고 그들은 매우 좋아했다. 내 가슴까지 올라온 그들은 "헤
키나 데굴"이라고 소리를 지르면 함께 어울려 춤을 추었다.

잠시 후 국왕의 명령을 전하기 위해 수행원 10명을 거느리
고 사절이 왔다. 그는 국왕의 도장이 찍힌 신임장을 꺼내 보여
주더니 약 10분 동안 연설을 했다. 다행히 화난 표정은 없었
다. 나중에 알게 된 일이지만 여기서 800미터쯤 가면 그 나라
의 수도가 있으며 나를 그곳으로 옮기기로 했다는 것이었다.
나는 묶인 줄을 풀어달라는 몸짓을 했지만 그가 곧바로 거부
했다. 나는 몸을 움직여 묶인 줄을 단숨에 끊어버릴까 하는 생
각도 했다. 하지만 화살을 얼굴과 손에 맞았던 기억에 참았다.
화살을 맞은 자리에는 물집이 생겼으며 아직 손과 얼굴에 그
대로 박혀 있는 화살도 있었다. 하지만 그들이 준 고약을 바르

자 따끔하던 통증은 곧 사라졌다.

내가 몸을 옆으로 돌리고 오줌을 누었다는 이야기도 해야겠다. 그들이 내 엄청난 오줌 양에 놀랐음은 물론이다. 음식으로 배도 채웠겠다, 시원하게 오줌도 누었겠다, 얼굴과 손의 통증도 사라졌겠다, 나는 편안하게 다시 잠에 빠져들었다. 나중에 알게 된 사실이지만 나는 내처 여덟 시간을 잔 모양이었다. 국왕의 명령으로 음식에 수면제를 탄 것이었다.

그들이 그곳에서 800미터 떨어진 수도까지 나를 데려가기 위해 얼마나 난리법석이었는지는 자세히 이야기하지 않겠다. 다만 바퀴 달린 거대한 기계가 동원되고 말 800마리가 동원되었다는 것만으로 참아주기 바란다. 나를 실은 거대한 마차는 작은 사람들의 나라에서 가장 크고 오래된 사원 앞에서 멈추었다. 그들은 나를 그 사원에 가두어놓기로 결정했다.

사원의 문은 북쪽으로 나 있었는데 높이는 1.2미터였고 너비는 60센티미터가량 되었다. 그 때문에 사원을 드나들기 위해서는 엉금엉금 기다시피 해야만 했다. 국왕은 굵은 쇠사슬 아흔한 개를 연결해 나를 묶을 쇠사슬을 만들게 했다. 그리고 그 쇠사슬을 내 왼쪽 다리에 감고는 서른여섯 개의 자물쇠를 채우게 했다.

　사원 맞은편 6미터 정도 떨어진 도로 가에는 대략 1.5미터 높이의 탑이 하나 서 있었다. 국왕은 그 탑 위에서 대신들을 거느리고 나를 관찰하고 있었다.

　나를 구경하려고 그곳 마을 밖까지 나왔던 사람들은 어림잡아 10만 명이 넘었다. 그리고 한 번에 1만 명이 넘는 사람들이 사다리를 타고 내 몸 위에 올라오기도 했다. 그러자 국왕은 허락 없이 내 몸 위에 올라가는 자는 사형에 처한다는 명령을 내렸다. 그리고 내가 도망치지 않으리라는 것을 알고는 내 몸을 묶고 있던 줄은 모두 풀어주었다. 왼쪽 발에 채워진 쇠사슬은 길이가 2미터 정도였기에 나는 일어나 사원 안으로 들어가 발을 뻗고 누웠다.

제2장 소인국의 말을 배우다

얼마 후 피로가 풀리자 나는 사원 밖으로 나왔다. 그리고 몸을 일으켜 주변을 둘러보았다. 너무 재미있는 광경이었다. 작은 사람들의 나라 전체가 마치 커다란 정원 같았다. 꽃밭이 있었고 숲이 있었으며 아담한 크기의 나무들이 있었다. 나는 고개를 돌려 왼쪽에 있는 도시를 바라보았다. 마치 극장의 간판처럼 아름다운 도시였다.

내가 한창 한 폭의 그림 같은 주변 풍경에 푹 빠져 있을 때였다. 국왕이 탑에서 내려와 말을 타고 내게 다가왔다. 그는 말에서 내리자 내 주위를 돌며 감탄사를 연발했다. 그러나 그는 결코 나를 묶은 쇠사슬 범위 안으로는 들어오지 않았다. 잠시 후 국왕은 주변에 대기하고 있던 시종과 요리사에게 음식을 대령하라고 명령했다. 곧이어 사람들이 수레에 가득 실린 음식을 내게로 날라 왔다. 수레 스무 대분의 고기와 열 대분의 음료였다. 나는 그것들을 금세 먹어치웠다. 음료는 수레 한 대분을 단숨에 마셔버렸다. 국왕은 놀라면서도 신기해하는 표정이 역력했다. 하지만 이제 음식 이야기는 그만하고 국왕에게로 눈길을 돌려보기로 하겠다.

국왕은 신하들보다 거의 내 손톱 크기만큼 키가 컸다. 반듯한 얼굴에 남자다운 용모였다. 아래턱이 튀어나오고 매부리코를 하고 있었다. 피부는 올리브 빛깔로 보기에 좋았고 자세도 곧았으며 신체에 균형이 잡혀 있었다. 나이는 서른 살 정도로 보였는데 나중에 확인한 바로는 29년 9개월이었다. 그는 벌써 7년간 나라를 평화롭게 다스리고 있었다.

왕이 입은 옷은 매우 소박했으며 아시아와 유럽 양식이 적당히 뒤섞여 있었다. 그리고 깃털과 보석으로 장식한 가벼운 황금 투구를 쓰고 있었다. 손에는 칼을 들고 있었는데 대략 8센티미터 정도의 길이였다. 금으로 만든 손잡이와 칼집에는 화려한 다이아몬드가 박혀 있었다. 그의 목소리는 날카로웠으나 매우 또렷해서 분명히 알아들을 수 있었다.

국왕은 나와 대화를 하려고 노력했지만 말이 통할 리 없었다. 두 시간 정도 내 곁에 머물던 국왕은 일행과 함께 궁전으로 돌아갔고 내 주변에는 나를 지키는 수비대들이 남아 있었다. 사람들은 조금이라도 내게 가까이 오려고 안달이었다. 어떤 사람은 나를 향해 화살을 쏘기도 했다. 그런데 그중 하나가 내 왼쪽 눈을 아슬아슬하게 비껴가는 일이 벌어졌다. 수비대 대장은 활을 쏜 여섯 명을 체포해서 포승줄로 묶었다. 그리고 그들에게 아주 큰 벌을 내렸다. 그들을 내 손이 닿은 범위까지 데려온 것이다.

나는 그들을 오른손으로 잡아서 다섯 명은 윗옷 주머니에 집어넣고, 나머지 한 명은 입에 집어넣는 시늉을 했다. 그는 너무 놀라 비명을 질렀다. 더구나 내가 주머니칼을 꺼냈을 때는 혼이 다 나갔으며 지켜보던 군사들도 어쩔 줄 몰라 했다.

하지만 나는 곧 그들이 안도의 한숨을 쉬게 만들어주었다. 나는 놀란 남자를 부드러운 눈초리로 바라본 후 묶은 줄을 칼로 잘라서 도망가게 해주었던 것이다. 나는 나머지 다섯 명도 호주머니에서 꺼내 똑같이 해주었다. 지켜보던 군사들과 사람들이 모두 내 너그러운 행동에 고마워하는 것 같았다.

밤이 되자 나는 사원 안으로 기어들어 가서 땅바닥에 누웠다. 나는 그런 식으로 약 보름 정도 지냈다. 그동안 국왕은 나를 위한 침대와 이불, 담요를 만들라고 지시했다. 그 나라 사람들은 침대 600개를 사원 안에 들여놓고 작업을 시작했다. 150개의 침대를 엮어 하나로 만들었고 그것을 다시 네 겹으로 쌓아 침대 하나를 완성했다. 같은 방식으로 담요와 이불도 만들어주어 제법 견딜 만한 잠자리가 마련되었다.

한편 국왕은 나를 어떻게 처리할 것인지 연일 회의를 열었다. 나중에 들은 이야기지만 아주 부정적인 의견도 많았다고 한다. 내가 쇠사슬을 자르지 않을까 하는 것이 가장 큰 두려움이었고 내가 먹어치우는 엄청난 식사량도 걱정거리였다. 그들은 나를 굶겨 죽이거나 독화살을 쏘아서 죽이는 방법도 생각했다고 한다. 하지만 나처럼 커다란 시체에서 풍기는 악취가 지독할 것이며 전염병을 일으켜 온 나라로 퍼져나갈 수 있다는 우려에 그 의견을 거두어들였다.

그런데 내게 도움이 되는 일이 벌어졌다. 그들이 결론을 맺지 못하고 회의에 회의를 거듭하고 있을 때 수비대 장교 몇 명이 회의실로 갔다. 그들은 내가 여섯 명의 죄인을 얼마나 너그럽게 처분했는지 보고했다. 그 보고 덕분에 국왕과 대신들은 나에게 우호적인 생각을 갖게 되었다.

얼마 후 마침내 국왕이 칙령을 선포했다. 수도를 중심으로 사방 900미터 이내의 마을에서 아침마다 6마리의 소와 40마리의 양, 그 밖에 내게 필요한 음식을 바치라는 포고였다. 빵과 음료가 포함되어 있었음은 물론이다. 그리고 그 비용은 모두 국왕의 궁내부 예산으로 충당하기로 했다. 국왕은 그 비용을 모두 자신의 소유지에서 생산되는 산출물로 충당했으며 세금은 한 푼도 걷지 않았다.

국왕은 나의 시종으로 600명을 배정했고 가장 뛰어난 학자 여섯 명을 내게 붙여 소인국의 말을 배우게 했다. 그 결과 3주 후에는 소인국 말을 어느 정도 익힐 수 있었다. 나는 그곳을 가끔 방문하는 국왕과 간단한 대화를 나눌 수 있을 정도가 되었다.

소인국 말 중에서 내가 가장 열심히 익힌 것은 자유의 몸이 되고 싶다는 표현이었다. 나는 국왕을 볼 때마다 무릎을 꿇고 앉아 그 말을 반복했다. 국왕이 내게 해준 대답을 겨우 해독한 결과, 시간이 해결해줄 수 있는 일이며, 대신들의 회의에서 결정할 일이라는 것을 알 수 있었다. 그리고 무엇보다 중요한 것은 내가 먼저 국왕과 소인국 국민에 대해 평화를 맹세해야 한다는 것이었다. 국왕은 나에게 인내심을 갖고 그와 백성들에게 호감을 얻도록 노력해야 한다고 충고했다. 마지막으로 왕은 관리를 시켜 내 몸을 수색할 것이며 그렇더라도 기분 나쁘게 생각하지 말라고 말했다.

나는 모든 것을 국왕의 처분에 맡기겠다고 대답했다. 나는 내가 직접 주머니를 뒤집어 보이고 내가 가지고 있는 것을 모두 내놓을 수 있다고 대답했다. 내가 어설픈 말과 손짓 발짓으로 내 뜻을 왕에게 전하자 왕은 국법에 따라 두 명의 관리가 직접 수색해야 한다고 말했다. 압수한 것은 모두 내가 소인국을 떠날 때 돌려주거나 내가 원하는 비용에 모두 구입하겠다고 말했다.

임무를 부여받은 두 명의 관리가 곁으로 오자 나는 그들을 손으로 들어 내 코트 주머니 안에 넣었다. 그리고 그들이 그 주머니 수색을 끝내면 다른 주머니로 차례차례 넣어주었다.

물론 나 이외에는 아무에게도 상관이 없는 물건이 들어 있는 비밀 주머니는 제외하고 말이다. 그 주머니에 대단한 것이 들어 있었던 것은 아니다. 안경과 망원경, 그리고 몇 개의 잡다한 물건들이 들어 있었을 뿐이다. 공연히 꺼내놓았다가 잃어버릴까봐 염려가 되어서였다.

작업이 끝나자 그들은 자신들이 수색한 물건 목록을 정확하게 작성했다. 그 긴 목록을 여기서 다시 여러분에게 보여주지는 않겠다. 다만 굉장히 길었다는 것은 지적해야겠다. 왜 길수밖에 없었는지 예를 하나 들어보자. 그 관리는 권총을 이렇게 묘사했다.

"허리 덮개(그들은 내 바지를 이렇게 불렀다) 오른쪽 넓은 주머니에서 나무보다 훨씬 큰 나뭇조각에, 속이 비어 있는 쇠기둥이 단단히 고정된 물건을 발견했는데, 그 기둥 한쪽 끝에는 커다란 쇳조각들이 이상한 모양으로 솟아 나와 있었습니다. 도저히 무엇에 쓰는 물건인지 알 수 없었고 같은 모습의 기계가 왼쪽 주머니에도 있었습니다."

그 길고도 긴 목록을 보고 난 국왕은 내게 물건들을 꺼내놓으라고 했다. 나는 칼과 칼집을 꺼낸 후 칼을 앞뒤로 흔들었다. 모든 군사가 두려움과 놀람으로 소리를 질렀다. 햇빛에 반사된 빛에 눈이 부셨기 때문이었다. 하지만 국왕은 별로 놀라지 않았다. 그는 용기 있는 사람이었다. 나는 칼을 쇠사슬로부터 2미터 떨어진 곳에 조용히 내려놓았다.

국왕은 속이 비어 있는 쇠기둥(권총)을 꺼내라고 했다. 나는 국왕에게 놀라지 말라고 한 다음 화약을 장전하고 하늘을 향해 총을 쏘았다. 수백 명의 사람이 마치 벼락에 맞은 듯 풀썩 쓰러졌다. 국왕도 비록 넘어지지는 않았지만 정신을 차리지 못했다. 나는 칼과 마찬가지로 권총도 얌전히 바쳤다.

이어서 나는 시계도 꺼내놓았다. 국왕은 큰 호기심을 보였다. 그는 근위병을 시켜 마치 짐꾼들이 맥주 통을 옮기듯이 긴 장대에 매달아 어깨로 들어 올리게 했다. 그들은 끊임없이 째깍거리는 소리와 분침이 움직이는 것에 매우 놀랐다. 그들의 눈에는 분침이 움직이는 것도 보였다. 작은 움직임을 보는 데는 그들의 시력이 우리보다 훨씬 좋았기 때문이었다. 국왕이 대동한 학자와 대신들에게 그 용도를 물어보자 오만 가지 대답이 나왔음은 물론이다.

이어서 나는 은화와 동전도 꺼냈다. 큼지막한 금 조각 아홉 개와 좀 작은 금 조각 여러 개가 들어 있던 지갑, 주머니칼과 면도칼, 빗, 은으로 만든 코담뱃갑, 손수건, 그리고 일기책도 보여주었다. 왕은 칼과 권총, 가방은 궁전 창고로 옮기게 하고 나머지는 내게 돌려주었다.

아 참, 다음 이야기로 넘어가기 전에 한 가지만 덧붙인다. 그들은 나를 '산 같은 사람'이라고 불렀다. 산처럼 크다는 뜻이었다.

제3장 자유를 얻다

　　　나는 소인국 왕과 백성들에게 좋은 인
상을 심어주었다. 그 덕분에 나는 곧 자유를 얻을 수 있으리라
는 희망을 품을 수 있었다. 실제로 나는 그들의 호감을 얻기 위
해 온갖 정성을 다 기울였다. 그들은 이제 내가 자신들에게 해
를 가할지 모른다는 걱정은 조금도 하지 않았다. 나는 가끔 바
닥에 드러누워 대여섯 명 정도의 사람들이 내 손바닥 위에서 춤
을 추며 놀게 했다. 나중에는 어린아이들도 내 머리카락 속에
숨어서 장난치며 놀았다.

　　그 답례인지 국왕도 여러 가지 놀이로 나를 즐겁게 해주려
했다. 국왕이 내게 보여준 놀이는 내가 알고 있던 그 어떤 놀

이보다 화려했고 그 기술도 뛰어났다. 특히 재미있는 것이 줄타기였다. 소인국 사람들은 어렸을 때부터 줄타기 연습을 한다. 어떤 사연으로 공직에 공석이 생겼을 경우 대여섯 명이 왕과 대신들 앞에서 줄타기 경쟁을 한다. 줄에서 떨어지지 않고 가장 높이 뛰어오르는 사람이 그 자리를 얻게 되는 것이다. 대신들도 가끔 왕에게 신임을 얻기 위해 줄타기 시연을 했다. 아직 자기들이 줄타기 실력이 줄지 않았음을 보여주기 위해서이다. 하지만 자신이 동료보다 훨씬 줄을 잘 탄다는 것을 보여주려고 실력 이상으로 무리를 하다가 줄에서 떨어져 부상을 당하는 대신이 많았다는 것 또한 밝혀야겠다.

그 외에 줄타기와 비슷한 놀이가 또 있었다. 특별한 일이 있을 때 국왕과 총리대신 앞에서만 펼치는 놀이였다. 국왕은 탁자 위에 15센티미터 길이 정도의 파란색, 빨간색, 초록색 비단 줄 세 개를 놓는다. 이 비단 줄은 특별한 은총의 상징으로 국왕이 내리는 상품이다.

그 상품을 앞에 놓고 후보들이 묘기를 선보이며 경쟁을 한다. 우선 국왕이 두 손으로 막대기를 잡고 수평이 되도록 한 후 막대기를 아래위로 올렸다 내렸다 한다. 그러면 후보들이

한 명씩 차례로 나와 막대기가 올라가고 내려가는 것에 따라 뛰어넘기도 하고 아래로 기어서 왔다 갔다 하기도 했다. 가장 재치 있게 멀리 뛰거나 기어가는 사람에게는 파란색 줄을, 2등에게는 빨간색 줄을, 3등에게는 초록색 줄을 상으로 준다. 입상자들은 그 실을 허리에 두 번 감는다. 궁궐에 있는 고관들은 모두 이런 비단 줄로 장식을 하고 있었다.

나는 왕이 베푼 호의에 대한 답례로 그 나라의 군사들을 훈련시켰다. 특히 말을 훈련하는 데 나는 적격이었다. 기수들은 내가 땅에 내려놓은 손바닥을 말을 타고 뛰어넘었다. 왕의 사냥꾼 가운데 한 명은 구두를 신은 내 발을 멋진 솜씨로 뛰어넘기도 했다. 어느 날 나는 아주 독특한 방법으로 그들을 훈련시켜 왕을 즐겁게 했다. 나는 국왕에게 길이 60센티미터짜리 막대기를 몇 개 달라고 했다. 나는 이제 소인국 말을 제법 잘할 줄 알았다. 국왕은 숲을 관할하는 신하에게 내 요구 조건을 들어주라고 명령했다. 다음 날 아침 신하 여섯 명이 각각 여덟 마리의 말이 이끄는 마차 여섯 대에 내가 요구한 것들을 싣고 왔다. 나는 막대기를 땅에 단단히 박아서 한 변의 길이가 75센티미터인 정사각형을 만들었다. 그리고 또 다른 네 개의 막대기를 이용해 땅에서 약 12센티미터 높이로 평행 난간을 만든 후 네 귀퉁이에 묶었다. 그런 후 그 막대기 위에 손수건을 펼쳐 놓고 팽팽하게 잡아당겨 묶었다. 일종의 특설 링을 만든 것이다.

훈련장 설치 작업이 끝나자 나는 가장 잘 달리는 말 스물네 마리로 이루어진 군대를 그 위에서 훈련시키라고 왕에게 제안했다. 그는 내 제안을 받아들였다.

나는 군사가 타고 있는 말을 하나씩 들어서 손수건 위에 올려놓았다. 말을 훈련시킬 장교도 함께 타고 있었다. 그들은 손수건 위에서 정렬을 한 다음 둘로 나뉘어 모의전투를 실시했다. 평행으로 나 있는 난간이 말이 아래로 떨어지는 것을 막아 주었다. 아주 뛰어난 전투 훈련이었다. 왕이 대단히 흥미 있어 해서 훈련은 여러 날 계속되었으며 어떤 때는 왕이 직접 훈련에 나서기도 했다. 그동안 커다란 사고가 없이 훈련이 잘 이루어졌지만 결국 손수건에 구멍이 나서 구멍 속으로 말과 기수가 빠지는 바람에 훈련은 중단될 수밖에 없었다.

내가 고안해낸 이런 묘기로 국왕과 여러 사람을 즐겁게 하고 있던 어느 날이었다. 누군가가 국왕에게 달려와 긴급 보고를 했다. 나를 생포했던 곳에서 뭔가 크고 검은 물체를 발견했다는 것이었다. 가운데 부분은 사람 키보다 훨씬 큰 높이로 솟아 있으며 가장자리는 국왕의 침실만큼이나 넓고 둥글게 되어 있는 아주 이상한 물건이라는 보고였다. 그들은 윗부분에 올라가 발을 굴러보았더니 속이 비어 있다고 했다. 그들의 생각으로는 '산 같은 사람'이 쓰던 물건 같다는 것이었다. 그들은 국왕께서 허락해주시면 말 다섯 마리로 그것을 즉각 운반해 오겠다고 했다. 나는 그들의 보고를 듣고 그것이 바로 내 모자임을 금방 알 수 있었다. 내가 난파되어 혼수상태에 빠졌을 때 없어진 것이었다. 나는 모자를 바다에서 잃어버린 줄 알고 있었다. 나는 국왕에게 그 물건을 빨리 가져다달라고 부탁했다. 그리고 그 이상한 물건이 무엇인지, 그걸 어디다 쓰는 건지 설명해주었다.

다음 날 소인국 사람들이 모자를 가져왔지만 상태는 영 좋지 않았다. 그들은 그걸 옮기기 위해 모자 가장자리에 구멍을 뚫고 그 구멍에 두 개의 갈고리를 건 다음 기다란 줄을 이용해 말과 연결했다. 그 상태로 800미터 거리를 질질 끌려왔으니 상태가 좋을 리 없었다. 하지만 소인국 땅이 굴곡 없이 평평해서 생각보다 덜 망가진 것이 불행 중 다행이었다.

그들과 우호적인 관계가 지속되자 나는 자유를 달라는 탄원서를 계속 제출했다. 국왕은 그 문제로 대신들을 소집해 전체 회의를 열었다. 무슨 이유에서인지 나를 아주 미워하고 있는 해군제독 스키레슈 볼골람을 제외하고는 내게 자유를 주는 것에 아무도 반대하지 않았다. 결국 그의 반대에도 불구하고 내게 자유를 주기로 결정되었다.

하지만 스키레슈 볼골람은 아주 까다로운 사람이었다. 그는 국왕의 신임이 두터웠다. 그는 마지못해 양보를 했지만 내게 자유를 주기 전에 전제되어야 할 조건들을 직접 만들겠다고 주장해서 결국 관철시켰다. 나는 그 조건에 대해 맹세할 것을 선서했다. 나는 그들의 선서 법에 따라 왼손으로 오른쪽 발을 잡은 후, 오른손 가운뎃손가락을 정수리에 대고 엄지손가락을 오른쪽 귀 끝부분에 댄 채 엄숙하게 선서했다.

그 조항은 모두 9조로 되어 있었다. 그 내용을 요약하면 다음과 같다.

둘레 20킬로미터에 이르는 릴리퍼트 왕국의 위대한 국왕이며 왕 중 왕인 '골바스텐 에블람 거딜로 쉬핀 물리울리 궤'는 얼마 전 이 나라에 도착한 '산 같은 사람'에게 다음과 같은 사항을 선서하여 지킬 것을 분부한다.

제1조 '산 같은 사람'은 국왕의 직인이 찍혀 있는 허가서 없이는 함부로 릴리퍼트 영토를 떠나면 안 된다.

제2조 '산 같은 사람'은 국왕의 명령 없이 성안으로 들어올 수 없다. 만일 그가 성안으로 들어올 경우 모든 국민은 문밖으로 나오지 말라는 명령을 두 시간 전에 받게 될 것이다.

제3조 '산 같은 사람'은 걸어 다닐 경우 국도만을 이용해야 한다. 농장이나 밭을 함부로 걸어 다니거나 누우면 안 된다.

제4조 '산 같은 사람'은 국도를 걸을 때도 사랑하는 국민과 말, 마차 등을 밟지 않도록 언제나 조심하여야 한다. 그리고 허가 없이 국민을 손에 쥐어서는 안 된다.

제5조 '산 같은 사람'은 칙사를 급히 보낼 필요가 있을 때 그의 안전을 보장해주어야 한다. 칙사와 말을 주머니에 넣어서 옮겨주어야 하며 안전하게 돌아올 수 있도록 해주어야 한다. 칙사는 한 달에 한 번씩 그를 방문할 것이다.

제6조 '산 같은 사람'은 블레퍼스큐에 있는 적들과 싸울 때, 릴리퍼트 편이 되어야 한다.

제7조 '산 같은 사람'은 여유가 있을 때는 노동자들을 도와야 한다. 큰 돌을 옮겨주어 수렵장 주변의 벽을 쌓거나 왕궁 건물 짓는 것을 도와주어야 한다.

제 8조 '산 같은 사람'은 2개월 이내에 해변을 한 바퀴 돌아본 다음 발자국 수를 계산해 릴리퍼트의 면적에 대한 정확한 측량을 해서 보고해야 한다.

제 9조 '산 같은 사람'은 위의 모든 조항을 준수하겠다는 선서를 한 후, 하루에 국민 1,728명을 먹일 수 있는 음식과 음료를 지급받게 될 것이며 국왕을 자유롭게 만나볼 수 있고 그 밖의 다른 편의도 제공받게 될 것이다.

본인 통치 제91개월 제12일 벨파보락의 궁전에서 내려보낸다.

만족스럽지 못한 조항도 몇 개 있었지만 나는 즐거운 마음으로 모든 사항을 지킬 것을 선서했다. 쇠사슬은 곧 풀어졌으며 나는 자유의 몸이 되었다.

독자 여러분은 내게 1,728명 분량의 음식과 음료가 제공된다는 사실에 어떻게 그런 정확한 계산이 나올 수 있었는지 조금 놀랄지도 모른다. 나도 궁금해서 나중에 내 친구에게 물어보았다. 그는 국왕의 수학자들이 온갖 기구를 사용해 내 키를 재본 결과, 그들의 열두 배가 넘는다는 것을 알게 되었다고 대답했다. 그리고 정확하게 계산해본 결과 내게 1,728명 분량의 음식이 필요하다는 결론을 내렸다는 것이었다. 참으로 경제에 신중하고 정확한 국왕이었으며 참으로 영리한 릴리퍼트 사람들이었다.

제4장 릴리퍼트의 수도에 들어가다

자유를 얻은 다음 나는 릴리퍼트의 수도인 밀덴도 성내에 들어가 볼 수 있게 해달라고 국왕에게 요청했다. 국왕은 집들과 사람들이 상하지 않게 특별히 조심하라며 허락했다.

수도를 둘러싼 성벽은 대략 높이가 75센티미터, 너비가 25센티미터 정도 되었다. 그래서 성벽 위에서는 마차도 안전하게 돌 수 있었다. 그리고 3미터 정도 거리마다 튼튼한 탑이 세워져 있었다.

나는 서쪽 성문을 조심스럽게 넘었다. 나는 몸을 옆으로 비스듬히 한 채 천천히 길을 걸어갔다. 나는 겉옷을 입지 않고 조끼만 걸치고 있었다. 지붕이나 처마가 외투자락에 걸려서 무너질 수도 있었기 때문이었다. 시민들에게는 집 안으로 들어가 나오지 말라는 명령이 내려졌지만 거리에 남아 있는 사람이 있어 혹시나 그들을 밟을지도 몰라 아주 조심하며 걸었다.

다락방과 창문 꼭대기로 많은 구경꾼이 몰려 있는 것이 보였다. 나는 제법 많은 곳을 여행했지만 이렇게 사람이 많이 살고 있는 곳은 보지 못했다. 정사각형으로 이루어진 도시의 성벽은 한쪽 길이가 150미터나 되었으며 도시를 교차하며 가로지르고 있는 큰길의 폭은 1.5미터였다. 이 도시 인구는 50만 명이었다. 소인국의 집들은 3층부터 5층 건물로 되어 있었으며 상점과 시장에는 물건들이 가득했다.

두 개의 대로가 만나는 도시 중심에 궁전이 있었다. 궁전에는 높이 60센티미터의 담장이 쳐져 있었으며 담장과 건물 간의 거리는 대략 6미터 정도였다.

이미 국왕의 승낙을 받은 나는 궁전의 담장을 넘어갔다. 안으로 들어서자 많은 것들이 눈에 들어왔다. 바깥쪽에는 12제곱미터 규모의 웅장한 궁전이 자리 잡고 있었으며 안쪽으로 두 개의 작은 궁이 있었다. 그중 제일 깊숙한 곳에 있는 궁전이 바로 국왕이 머무는 곳이었다.

나는 국왕이 머무는 궁을 보고 싶었다. 하지만 쉽지 않은 일이었다. 궁전 마당에서 다른 궁전 마당으로 이어지는 문의 높이가 45센티미터, 너비가 18센티미터 정도로 작았기 때문이었다. 그렇다고 바깥쪽 궁전을 넘어 가기도 쉽지 않았다. 높이가 최소한 1.5미터는 되었기에 함부로 넘다가는 건물에 손상을 입힐 수 있었다. 그래서 처음 성내에 들어갔을 때는 국왕의 궁전 구경을 포기할 수밖에 없었다. 내가 국왕의 궁전을 구경한 것은 3일이 지나서였다.

나는 국왕의 궁전을 들여다보기 위해 미리 준비했다. 우선 나는 도시에서 100미터 정도 떨어진 숲에서 가장 큰 나무 몇 그루를 베었다. 그리고 그 나무로 높이 90센티미터 정도 되는 디딤판 두 개를 만들었다. 나는 그 두 개의 디딤판을 궁전으로 들고 갔다. 바깥쪽 궁전에 도착한 나는 디딤판 하나를 들고 나머지 땅에 놓인 디딤판 위로 올라갔다. 그리고 손에 든 것을 안쪽 궁전 공터에 가만히 내려놓았다. 이제는 양쪽 디딤판을 이용해서 쉽게 안쪽 궁전으로 넘어갈 수 있었다.

안쪽 궁전으로 들어간 나는 옆으로 누워서 가운데 층 창문에 얼굴을 대고 안을 들여다보았다. 상상했던 것 이상으로 호화로운 내부 장식을 볼 수 있었다. 왕비와 젊은 왕자들이 시종들과 함께 있는 모습도 보였다. 왕비는 반갑게 웃으며 창문 밖으로 손을 내밀었다. 내가 입을 맞출 수 있게 해주기 위해서였다.

궁전에 대한 자세한 묘사와 왕국의 역사에 대한 이야기는 생략하겠다.

내가 자유를 얻은 지 2주가 흐른 어느 날 아침 비서실장으로 있는 렐드레살이 수행원을 데리고 나를 찾아왔다. 그리고 내게 한 시간만 이야기할 기회를 달라고 했다. 그는 내가 탄원서를 제출했을 때 큰 호의를 보여주었으며 인품도 훌륭했다. 그의 요구를 거절할 이유가 없었다.

그가 자기를 내 손 위에 올려달라고 했다. 그는 내가 자유를 얻은 것에 대해 진심으로 축하한다고 말한 다음, 사실은 지금 왕국이 어려운 상황에 처해 있기에 내게 빨리 자유가 주어진 것이라고 말했다. 그가 말해준 내용은 다음과 같다.

"우리 릴리퍼트는 겉보기에는 번영을 누리고 있는 것 같지만 두 가지 어려움을 겪고 있습니다. 안으로는 극심한 당쟁을 겪고 있으며 밖으로는 적의 침략 위협에 놓여 있습니다.

우리는 지난 70개월 전부터 두 당파가 서로 대립하고 있습니다. '트라멕산'파와 '슬라멕산'파인데 그들은 자신들이 신은 구두 굽의 높이로 서로를 구별하고 있습니다. 높은 굽이 이제까지의 제도와 잘 맞는 것은 사실입니다. 그런데 지금 국왕은 낮은 굽을 신은 사람만 쓰고 있습니다. 당신도 봐서 알겠지만 국왕이 신고 있는 구두의 굽은 다른 사람들이 신고 있는 굽보다 1.8밀리미터 정도 낮습니다.

이들은 함께 식사를 하지도 않고 심지어 이야기도 나누지 않습니다. 숫자로 따지자면 높은 굽을 신은 '트라멕산'파가 우리보다 훨씬 많습니다. 그러나 모든 권력은 '슬라멕산'파가 잡고 있습니다. 그런데 큰 걱정이 하나 있습니다. 왕위를 이어받을 왕자가 높은 굽을 따르고 있기 때문이지요. 왕자의 신발 가운데 한쪽 굽이 다른 쪽보다 높은 건 그 때문입니다. 걸을 때마다 왕자가 조금씩 절름거리는 것을 당신도 보았지요?

안으로도 이렇게 편치 못한데, 밖으로는 블레퍼스큐의 침략 위협에 시달리고 있습니다. 그 나라는 우리 릴리퍼트와 비

「**걸리버와 릴리퍼트 사람들** The Quarrel of Oberon and Titania」

프랑스 화가 주앙 조르주 비베르의 1870년 작품. 스위프트는 소인국 릴리퍼트 이야기에서 당시 토리당과 휘그당, 두 당파로 갈라져 싸우던 영국의 정치 현실을 신랄하게 풍자하고 있다. 높은 굽의 구두를 신은 '트라멕산(Tramecksan)'파는 토리당, 낮은 굽의 구두를 신은 '슬라멕산(Slamecksan)'파는 휘그당을 가리킨다. 토리당은 영국국교회의 가톨릭주의 전통을 강조하는 고교회파(High Church), 휘그당은 영국국교회의 프로테스탄트 성격을 옹호하는 저교회파(Low Church)라는 사실을 구두 굽의 높고 낮음으로 재미있게 표현했다. 또한 윌리엄 3세와 앤 여왕이 루이 14세가 이끌던 프랑스와 잇달아 9년전쟁(1689~1697)과 스페인왕위계승전쟁(1701~1713)을 벌인 사실도 담아내는데, 소설 속 두 왕국 중 릴리퍼트는 영국, 블레퍼스큐(Blefuscu)는 프랑스에 해당한다.

제1부 소인국 릴리퍼트 여행

49

숫한 영토에 국력도 비슷합니다. 학자들 얘기로는 이 세상에는 이 두 나라밖에 없다고 합니다. 당신 같이 큰 사람들이 사는 나라 이야기는 6,000개월에 이르는 우리 역사 어디에도 없으니까요.

두 나라는 지난 36개월 동안 한 치의 양보도 없는 전쟁을 치르고 있습니다. 전쟁이 시작된 원인을 말씀드리지요. 계란을 먹으려면 둥근 쪽 끝부분을 깨는 것이 오래된 관습이었습니다. 그런데 지금 국왕의 할아버지께서, 어린 시절 당시의 관습대로 계란을 깨다가 손가락을 베는 사건이 일어났습니다.

그러자 당시 국왕이었던 지금 국왕의 부친이 계란을 깰 때 좁은 쪽 끝부분을 깨라는 명령을 내렸습니다. 이 명을 어길 경우 엄한 벌에 처하기로 결정한 거지요. 역사책을 보면 이 명령에 화가 난 국민들이 모두 여섯 차례 반란을 일으킨 것으로 되어 있습니다.

그런데 그 내란을 선동한 것이 바로 블레퍼스큐였습니다. 반란이 진압되고 나면 주동자들은 언제나 블레퍼스큐로 망명했지요. 통계에 의하면, 그동안 1만 1,000명이나 되는 사람들이 좁은 방향으로 계란을 깨느니 차라리 죽음을 택했던 것으로 나와 있습니다. 그에 관한 책만도 백 권 이상이 출간되었습니다.

우리나라에서는 넓은 방향으로 계란을 깨는 사람들은 출판과 판매의 자유가 금지되어 왔습니다. 그들은 공직에도 나서지 못하도록 법으로 정해놓고 있습니다. 블레퍼스큐 국왕은 자주 외교사절을 우리에게 보내서 우리가 종교 갈등을 조장하고 있다며 우리를 비난하곤 합니다. 『성경』 브런데크랄 제 54조에 나와 있는, 위대한 예언자 러스트롱의 가르침을 위배하고 있다는 거지요.

하지만 그는 『성경』을 고의로 잘못 해석한 데 불과합니다. 원래의 기록에는 '진정한 믿음이 있는 사람들은 계란을 깰 때 편리한 쪽 끝부분을 깨라'고 되어 있습니다. 어느 방향으로 계란을 깰 것인지는 마음이 정할 수 있다는 거지요. 국왕이 그것을 결정할 수도 있고요. 둥근 쪽 끝부분을 깨는 것은 사람들이 정한 관습일 뿐 위대한 예언자의 말씀과는 아무 상관이 없는 것입니다.

그동안의 전쟁에서 릴리퍼트는 커다란 군함 40척을 잃었고 무수한 작은 전함들을 잃었습니다. 군사도 3만 명이나 잃었습니다. 적의 손실은 우리보다 컸을 것으로 추정됩니다. 그런데 그들이 다시 함대를 무장한 채 쳐들어오려 하고 있습니다. 국왕은 당신의 용기와 힘을 믿습니다. 그렇기에 이 이야기를 당신에게 전하라고 제게 명령한 것입니다.”

이야기를 다 들은 나는 내가 국왕을 진정으로 존경한다는 말을 전해달라고 했다. 그리고 다른 나라에서 온 사람 주제에 당쟁에 함부로 끼어들 수는 없지만, 외부의 침략자로부터 국왕과 릴리퍼트를 구하기 위해서는 생명의 위협을 무릅쓸 각오가 되어 있다고 말했다.

제5장 블레퍼스큐 군대를 격파하다

블레퍼스큐 왕국은 릴리퍼트 왕국 북동쪽에 위치한 섬나라였다. 두 나라는 730미터 거리밖에 되지 않는 해협을 끼고 마주 보고 있었다. 전쟁 기간 중 두 나라 간 왕래는 엄격히 금지되어 있었다. 위반하는 사람은 사형에 처했으며 국왕은 모든 선박의 출입을 통제했다. 따라서 나의 존재는 블레퍼스큐 왕국에 알려지지 않았을 것이다.

적이 출항 준비를 마쳤으며 함대가 항구에 정박하고 있다고 정찰병이 보고했다. 나는 국왕에게 적 함대를 모두 잡아 올 것이니 내가 요구하는 것을 준비해달라고 요구했다. 나는 선원들에게 바다의 깊이를 물어보았다. 그들의 말에 따르면 만조 시에는 가장 깊은 부분이 1.8미터가량이며 그 이외의 경우에는 1.3미터밖에 되지 않는다는 것이었다. 나는 블레퍼스큐를 관찰할 수 있는 나지막한 언덕 위에 엎드려 망원경으로 살펴보았다. 망원경으로 약 50척의 군함과 많은 수송선들이 보였다.

다시 집으로 돌아온 나는 단단한 밧줄과 쇠막대기를 갖다 달라고 요청했다. 그들이 갖다 준 밧줄은 두께가 노끈 정도였고 막대의 길이와 두께는 뜨개질바늘 정도였다. 나는 세 개의 밧줄을 한 묶음으로 꼬아서 더 강하고 질기게 만들었다. 쇠막대기도 한데 모아서 굵게 만든 후, 끝을 비틀어 갈고리 모양으로 만들었다. 나는 그런 식으로 만든 50개의 갈고리에 50개의 밧줄을 묶어서 다시 북동쪽 해안을 향해 떠났다. 나는 외투와 신발, 그리고 양말을 벗은 다음 만조가 시작되기 30분 전에 바다에 들어갔다. 처음에는 걸어서 들어갔으며 깊은 곳에서는 헤엄을 쳤다. 약 27미터 정도 헤엄치자 나는 건너편 땅에 닿을 수 있었다.

30분도 되지 않아 나는 블레퍼스큐 항구에 도달할 수 있었다. 배 안에 있던 적들은 갑자기 나타난 내 모습을 보고는 혼

비백산해서 바다로 뛰어내리더니 기슭을 향해 헤엄쳐 도망갔다. 기슭에는 적어도 3만 명 이상의 적병들이 있었다. 나는 밧줄을 꺼내든 후 갈고리를 뱃머리마다 걸었다. 그리고 그것들을 한곳에 모아 묶었다. 그동안 적들이 쏘기 시작한 수천 개 화살이 얼굴과 손등에 날아와 박혔다. 따끔한 것은 말할 것도 없었으며 움직이는 데도 지장이 많았다.

다른 곳은 그럭저럭 견딜 수 있었지만 눈만은 걱정이었다. 나는 호주머니에서 안경을 꺼내 코 위에 단단히 고정시켰다. 왕 몰래 간직해 두었던 안경이었다. 이제는 적들이 아무리 많은 화살을 쏘아도 아무 탈 없이 작업을 계속할 수 있었다. 여러 개 화살이 안경에 와 부딪쳤지만 안경이 약간 흔들렸을 뿐 아무 일도 일어나지 않았다. 마침내 나는 모든 배에 갈고리를 걸 수 있었다.

나는 칼로 닻줄을 자른 후 묶은 밧줄을 들고 배들을 끌고 오기 시작했다. 그렇게 해서 나는 쉽게 적의 거대한 군함 50척을 끌고 올 수 있었다. 상상할 수조차 없었던 나의 행동에 블레퍼스큐 사람들은 이루 말로 표현할 수 없는 슬픔과 절망에 빠져 소리만 지르고 있을 뿐이었다.

그들과 거리가 어느 정도 멀어지자 나는 잠시 걸음을 멈추고, 주머니에 있던 고약을 상처에 발랐다. 내가 소인국에 온 첫날 릴리퍼트 사람들이 준 고약이었다. 그런 다음 안경을 벗고 썰물 때까지 한 시간 정도 기다렸다가 릴리퍼트 항구에 안전하게 도착했다.

국왕과 신하들이 해변에서 나를 기다리고 있었다. 처음에 그들 눈에 띈 것은 반달 모양으로 묶여 움직이는 배들이었다. 하지만 가슴까지 물에 잠겨 있는 내 모습은 보지 못했다. 처음엔 국왕은 내가 물에 빠져 죽었으며 적들이 일제히 공격을 해 오는 것으로 생각하고 근심에 잠겼다. 그러나 그의 걱정은 이내 사라져버렸다. 내가 걸음을 내디딜 때마다 물이 점점 얕아져 내 모습이 드러났기 때문이었다.

나는 그들과 가까워지자 군함을 묶은 줄을 높이 들고 "릴리퍼트 국왕 만세!"라고 소리쳤다. 국왕은 내게 온갖 찬사를 아끼지 않았고 그 자리에서 내게 가장 영예로운 '나르다크' 칭호를 내려주었다. 그리고 언젠가 기회를 보아서 블레퍼스큐의 나머지 배들도 모두 끌고 와달라고 요청했다.

큰 승리를 맛본 국왕의 야망은 끝이 없었다. 그는 블레퍼스큐 영토까지 손에 넣고 다스리고 싶었을 것이다. 그리고 계란의 둥근 부분을 깨 먹어야 한다는 신념 때문에 그 나라에 망명한 자들을 모두 해치우고, 그 나라 사람들을 모두 좁은 부분을 깨 먹게 만들어 이 세상에서 가장 위대한 왕으로 남기를 바라는 것 같았다.

나는 국왕의 마음을 돌리려 애썼다. 정치 문제로 얼마나 많은 분쟁이 일어날 수 있는지 말해준 후, 자유롭고 용감한 국민을 노예로 만드는 일은 도울 수 없다고 딱 잘라 거절했다.

국왕은 대신 회의에서 이 문제를 논의했다. 국왕은 공개적으로 자신의 의견에 반대한 나에 대해 분노했다. 그는 결코 나를 용서해줄 생각이 없었다. 그러자 나에게 악감정을 품고 있던 대신들은 공개적으로 나를 비난했고 현명한 사람들은 침묵으로 내 의견에 동조하는 수밖에 없었다. 그때부터, 내게 악의를 품고 있던 대신들과 국왕 사이에서 음모가 진행되었으니 그 음모는 2개월도 지나지 않아 시작되었으며 내 목숨을 영영 빼앗아갈 뻔했다. 하지만 그 이야기는 나중에 하자.

내가 큰 공을 세운 지 3주 후에 블레퍼스큐 사절단이 릴리퍼트에 왔다. 사절단은 500여 명의 수행원을 거느린 여섯 명의 대사로 이루어져 있었다. 그들은 평화조약을 맺기 위해 온 것이며 조약이 릴리퍼트 왕국에게 아주 유리한 조건으로 타결되었다는 것만 독자 여러분에게 밝혀둔다.

조약이 진행되는 동안 블레퍼스큐 사절단이 나를 방문했다. 그들은 블레퍼스큐를 완전히 점령하게 해달라는 릴리퍼트 왕의 요구를 내가 거절했음을 알고 있었다. 그들은 나의 용기와 관대함에 대해 찬사를 보낸 후, 블레퍼스큐 국왕의 이름으로 나를 자기 나라에 초청했다. 나는 그 초청에 응하겠다고 대답했다. 영국으로 돌아가기 전에 블레퍼스큐 국왕을 한번 만나보고 싶었던 것이다.

나는 릴리퍼트 국왕에게 블레퍼스큐 국왕을 만나 볼 수 있도록 허락해달라고 부탁했다. 그는 아주 냉담한 표정으로 마지못해 승낙했다. 국왕과 나 사이는 급격하게 나빠졌으며 볼골람을 비롯해 내게 악의를 품고 있는 대신들이 옆에서 왕을 부추겼다. 하지만 나는 릴리퍼트에서 가장 영예로운 '나르다크' 칭호를 받은 사람이 아닌가? 당장 무슨 일은 일어나지 않았다.

그렇게 지내던 중, 나는 국왕에게 크게 봉사할 기회를 맞게 되었다. 적어도 그 당시에는 그렇게 생각했다.

어느 날 밤, 나는 수백 명의 사람들이 문 앞에서 큰소리로 외치는 바람에 깜짝 놀라 잠에서 깨어났다. 그중에는 국왕의 시종들도 있었다. 그들이 사람들 사이를 헤치고 다가와 궁전으로 급히 와달라고 간청했다.

그들은 왕비의 침소가 불에 타고 있다고 내게 말했다. 소설을 읽다가 그대로 잠들어버린 시녀의 부주의로 불이 났다는 것이었다. 나는 급히 궁전으로 갔다. 많은 사람들이 왕비 침소 벽에 사다리를 세워 두고 물통을 나르고 있었다. 그러나 물은 멀리 떨어진 곳에 있었으며 물통도 작았다. 사람들이 내게 열심히 물을 날라다 주었지만 불길이 너무 거셌기에 아무 소용이 없었다. 내가 외투라도 입고 있었으면 불을 쉽게 끌 수 있었을 테지만 너무 서두르느라 조끼 차림이었다.

도저히 불을 끌 수 있는 방법이 없었다. 그때 내게 응급조치 방법이 생각나지 않았다면 이 훌륭한 궁전은 틀림없이 잿더미가 되었을 것이다.

어제저녁에 나는 '글리미그림'이라는 굉장히 맛있는 포도

주를 잔뜩 마셨다. 다행히도 아직 소변을 보지 않은 상태였다. 나는 소변이 마려워지기 시작했다. 불길 가까이 간 나는 참고 있던 소변을 보기 시작했다. 겨냥을 정확히 했기 때문에 불은 3분 만에 완전히 꺼졌다. 궁전은 일부분만 손상되었을 뿐 모두 안전하게 보존되었다.

날이 밝아오자 나는 국왕의 치하도 기다리지 않고 곧장 집으로 돌아왔다. 큰 공을 세운 건 맞지만 그 방법에 대해 국왕이 어떻게 생각할지 알 수 없었기 때문이었다. 릴리퍼트 법에는 지위고하를 막론하고 궁전 근처에서 소변을 보는 자는 사형에 처하게끔 되어 있었다. 그러나 나를 사면해줄 것을 대법원에 요청했다는 국왕의 전갈을 받고 약간은 안심이 되었다.

하지만 결국 나는 사면을 받지 못했다. 가까운 이를 통해 은밀하게 전해 들은 바에 따르면 내 행위에 혐오감을 느낀 왕비가 반대편 궁전으로 거처를 옮겼으며, 보수가 끝나더라도 자신의 거처로 사용하지 않겠다고 했다는 것이다. 게다가 왕비는 무례한 행동을 한 내게 복수하겠다는 말을 가까운 사람들에게 되풀이했다는 것이다.

제6장 소인국 사람들의 관습에 대해 말하다

소인국 사람들의 키는 15센티미터 조금 못 미쳤으며 그 나라의 동식물들도 같은 비율로 크기가 작았다. 제아무리 큰 나무라도 2미터를 넘지 않았고 작은 동물들은 거의 눈에 보이지 않을 정도였다. 하지만 그건 나를 기준으로 한 이야기이니 정확하지 못하다. 릴리퍼트 사람들은 미세한 것을 잘 볼 수 있는 눈을 갖고 있었다. 더 정확히 말한다면 내 눈에 미세하게 보이는 것이 그들 눈에는 정상적인 크기였다.

이제 이들의 관습에 대해 간단하게 이야기하겠다. 이 나라 사람들은 죽은 사람을 매장할 경우 머리를 아래로 향하게 해서 묻는다. 이들은 1만 1,000개월이 지나면 죽은 사람이 다시 살아난다고 믿고 있었으며 그때가 되면 지구가 거꾸로 뒤집힌다고 생각하고 있었다. 그렇기 때문에 죽은 이의 머리를 아래로 향하게 묻어야 살아났을 때 똑바로 설 수 있다는 것이다. 이들은 지구가 평평하다고 믿고 있다. 이들 중 그건 어처구니없는 일이라고 말하는 현명한 사람들도 있지만 아직 그 관습은 남아 있다. 내가 사랑하는 조국 영국의 관습과는 정반대되지만 나는 부디 이 법률과 관습이 잘 지켜지기를 바랄 뿐이다.

이 나라의 법 중에서 가장 특이한 것은 고발에 대한 법률적 대처 방식이다. 국가에 반하는 범죄를 고발할 경우 범죄자는 엄격하게 처벌을 받는다. 그런데 고발당한 사람이 법정에서 분명하게 무죄임이 밝혀지면 반대로 고발한 자를 사형에 처한다. 그리고 고발한 자의 재산을 몰수하여 그동안 고발당한 자가 입은 손해의 네 배를 배상해준다. 만일 부족한 부분이 있다면 국왕이 채워준다.

또한 이들은 도둑질보다 사기죄를 더 큰 죄로 생각한다. 사기를 친 자는 언제나 사형을 당했다. 주의만 잘 하면 도둑질은 막을 수 있다고 이들은 생각한다. 하지만 정직한 사람은 아무런 보호막도 가지고 있지 않다고 생각한다. 만일 사기가 허용되거나 관대하게 처분할 경우, 정직한 사람들은 언제나 손해를 보고 나쁜 자들이 이익을 보게 된다고 생각하고 있었다.

우리 영국에서도 상벌을 주는 제도가 있으며 그것이 국가를 유지하는 중요한 기능 중 하나라고 우리는 믿고 말한다. 하지만 나는 릴리퍼트처럼 그것이 말 그대로 지켜지는 나라는 본 적이 없다. 릴리퍼트에서는 어느 사람이든지 73개월 동안이 나라 법률을 엄격하게 준수했다는 증명서만 갖게 되면 그 신분과 지위에 따라 각종 특권을 준다. 그리고 살아가는 데 불편함이 없도록 연금을 준다. 그리고 '스닐팔'이라는 영예로운 칭호를 부여받아 이름 앞에 붙일 수도 있다. 내가 영국에서는 법을 잘 지키고 살았다고 상을 주는 일은 없으며, 법은 오로지 죄를 지은 자를 벌주기 위해서만 존재할 뿐이라고 말하자, 이들은 세상에 그런 절름발이 법률이 어디 있느냐고 의아하게 생각했다.

이 나라 사람들은 공무원을 채용할 때 능력보다는 덕성을 더 중시한다. 누구나 어느 정도 능력만 있으면 어떤 지위에서도 일을 수행할 수 있다고 이들은 믿는다. 한 세대에 두세 명

나올까 말까 한 천재적인 사람에게만 공무를 맡길 필요가 없다는 것이다. 이들은 성실과 공평함, 절제 등을 모든 사람이 실천할 수 있다고 믿는다. 물론 특별한 학문적 지식이 필요한 경우도 있다. 하지만 대부분의 경우 덕성이 결여되어 있다면 아무리 능력이 뛰어나도 그 결함을 메울 수 없다는 것이다. 또한 덕성을 지닌 사람이 일을 잘 못해서 실수하는 경우, 그 사람의 잘못은 사회에 치명적인 결과를 초래하지 않는다는 아주 현명한 생각을 이들은 하고 있다. 반대로 악덕을 지니고 있으면서 자신의 행위를 변호할 수 있는 뛰어난 능력을 지닌 사람은 사회를 큰 위험에 빠뜨릴 수도 있다는 것이다.

비슷한 이유지만 신을 믿지 않는 자는 어떤 공직에도 오를 수 없다. 국왕은 신의 권능을 대신하는 사람이라고 자처하고 있으니 신을 믿지 않는 자는 국왕의 권위를 부정하는 자이므로 공직에 오를 수 없는 게 당연하다고 이 나라 사람들은 믿고 있다.

이 나라에서 엄하게 처벌하는 또 다른 죄가 있다. 바로 배신의 죄이다. 누구든지 은혜를 베푼 사람에게 악으로 보답하는 사람은 즉각 사형에 처한다. 그들은 공공의 적이며 따라서 그런 사람은 함께 살 가치가 없다는 것이다.

부모와 자식 간의 의무에 관한 생각도 이들은 우리와 다르다. 이들에게 남자와 여자가 결합하는 것은 종족을 번식하기 위한 자연의 법칙을 따르는 것일 뿐이다. 자식에 대한 부모의 애정 역시 자연의 법칙에 따른 것이므로 자식은 자기를 낳아주고 키워준 부모에 대해 은혜를 느껴야 할 그 어떤 의무감도 가질 필요가 없다는 것이다. 게다가 고통과 슬픔으로 가득 찬 것이 바로 인생이며 이 세상에 태어난다는 것 자체가 이미 불행인데 자신을 낳아준 부모에게 특별히 고마워할 필요가 없다는 것이 이들의 생각이었다. 그런 생각을 하고 있으니 부모가 사랑 행위를 할 때 자식을 갖게 될 기쁨 같은 것은 생각할 리가 없다. 따라서 자식 교육도 부모가 맡지 않으며 모든 도시마다 공립학교가 세워져 있다. 물론 부모들은 아이들의 교육을 위해 자기 수입의 어느 정도를 학교 관리인에게 보낸다. 부모들의 욕망에 의해 아이를 낳았으니 교육에 관한 모든 책임을 사회에 전가시키고 모른 척하는 것은 옳지 않다는 것이다.

릴리퍼트의 관습에 대한 소개는 그 정도로 끝내고 내가 9개월 3일 동안 이곳에 머물면서 한 일에 대해 이야기를 하겠다.

내 생각에 독자들은 아마 그런 것에 더 흥미가 있을 것 같다.

나는 원래 손으로 뭔가 만드는 일을 좋아했다. 게다가 전혀 새로운 곳에서 지내다 보니 필요한 물건들도 많았기에 이것저것 내 손으로 만들 것이 많았다. 우선 나는 국왕의 숲에서 자라는 나무들을 잘라 식탁과 의자를 만들었다. 내가 입을 셔츠와 식탁보, 침대보를 만들기 위해서는 200명의 재단사가 동원되어야만 했다. 그들이 사용하는 천은 너무 얇아서 그것들을 모아 여러 겹으로 누볐다.

그들이 내 옷을 만들기 위해 내 몸의 치수를 재는 방법이 아주 재미있었다. 재봉사들이 내 몸을 측정할 수 있게끔 나는 가만히 땅 위에 누워 있어야 했다. 목 근처에 한 사람이 서 있고 다른 한 사람이 무릎 근처에 서서 줄을 힘껏 잡아당기고 있으면 다른 사람이 그 길이를 쟀다. 그런 후 그들은 내 엄지손가락 둘레를 쟀다. 옷을 만들기 위해 내 몸 치수를 재는 일은 그것으로 끝이었다. 이 나라 계산법으로는 엄지손가락 둘레의 두 배가 손목 둘레라는 것이며 이런 식으로 목과 가슴둘레도 계산해 냈다. 300명의 재단사들이 내 몸에 맞는 옷을 만드는 어마어마하게 힘든 과정은 생략하겠다. 독자 여러분의 상상력이 더 재미있는 광경을 그릴 수 있을 것이다.

이제 내 식사에 대해 이야기를 해야겠다.

내게는 내 식사 시중을 드는 요리사가 300여 명 배정되었다. 그들은 내 집 주변에 새로 지은 오두막집에 가족들과 함께 살면서 한 사람당 두 접시 정도의 요리를 준비했다. 그리고 100명이 넘는 시종들이 내 식사 시중을 들어주었다.

시종들은 각각 일을 분담해서 일부는 고기 접시를 들고 다른 이들은 술통이나 다른 마실 것을 들어 날랐다. 나는 20명 정도의 시종들을 손으로 집어 식탁 위에 올려놓았다. 그러면 그들이 바닥으로 줄을 늘어뜨려 준비된 음식을 들어 올렸다. 마치 우물에서 두레박을 이용해 물을 긷는 것과 같은 모습이었다.

한 접시 분량의 고기는 한입에 다 들어갔으며 한 통의 술은 대략 한 모금 정도였다. 양고기는 영국보다 맛이 없었지만 소고기는 아주 훌륭했다. 나는 소뼈까지 씹어 먹었다. 거위와 칠면조도 한입에 먹을 수 있었는데 영국 것보다 훨씬 맛이 좋았다. 그보다 어린 새들은 칼끝으로 모아서 스무 마리나 서른 마리씩 한입에 먹어버렸다.

그러던 어느 날이었다. 국왕이 왕비와 왕자, 공주들을 거느리고 나와 함께 식사하고 싶다는 전갈을 보내왔다. 나는 기꺼이 그러겠다고 응답했고 왕과 그 가족들이 시종들을 거느리고 내 거처로 왔다.

나는 내 식탁 위로 그들을 들어 올린 후 그들과 함께 식사를 했다. 나는 내 사랑하는 조국 영국의 영예를 위해 평소보다 훨씬 더 많이 먹고 마셔, 사람들을 열광시켰다.

그런데 그 자리에 하얀 지휘봉을 든 플리냅이 합석해서 함께 식사를 했다. 그는 성격이 아주 까다로운 사람이었지만 평소에는 내게 친절하게 대해주어서 별로 개의치 않았다. 그가 나의 식사하는 모양을 불쾌한 표정으로 쳐다보았지만 나는 신경 쓰지 않고 먹는 일에 열중했다.

하지만 그는 나의 숨겨진 적이었다. 그는 국왕에게 나를 모함할 수 있는 좋은 기회를 얻은 것이었다.

플리냅은 국왕에게 국가의 어려운 재무 사정을 설명했다. 엄청난 이자로 돈을 빌려올 만큼 재정이 고갈되었으며 나 때문에 엄청난 돈을 썼으니 나를 추방해야 한다고 그는 국왕에게 간했다. 나는 플리냅이 가지고 있지 않은 '나르다크' 칭호를 갖고 있었지만, 그는 재무대신이라는 직책을 이용해 평소 나보다 윗사람인 것처럼 행세했었다. 실제로 그는 나보다 한 급 정도 아래인 '클럼글럼'이라는 칭호를 갖고 있었다. 내가 공작이었다면 그는 후작 정도로 보면 된다.

국왕은 플리냅을 신뢰하고 있었다. 때문에 국왕과 나의 관계도 빠르게 악화되었다.

제7장 블레퍼스큐로 도피하다

이제 내가 어떻게 해서 이 나라를 떠나게 되었는지 이야기할 때가 되었다. 그 전에, 내가 릴리퍼트를 떠나기 두 달 전부터 나를 없애기 위한 음모가 진행되었다는 사실을 독자 여러분에게 미리 알려야겠다.

앞서 말한 대로 나는 블레퍼스큐 국왕 방문 준비를 하고 있었다. 그런데 어느 날 궁궐에서 상당히 높은 지위에 있는 사람이 안이 보이지 않는 마차를 타고 은밀히 나를 찾아왔다.

가마를 들고 온 하인들을 내보낸 후 나는 그 사람이 타고 온 가마를 주머니에 집어넣었다. 그러고는 문을 잠갔다. 나는 가마를 식탁 위에 올려놓은 다음 가마 곁에 가서 앉았다. 그의

얼굴은 걱정에 싸여 있었다. 나는 그 사람의 이름을 밝히지 않
겠다. 나중에 그에게 화가 미칠 수도 있기 때문이다. 단지 그
가 릴리퍼트 국왕의 노여움을 샀던 일이 있었고 그때 내가 나
서서 많은 도움을 준 적이 있던 사람이었다는 것만 밝히기로
한다. 내가 사연을 묻자 그가 긴 이야기를 시작했다.

"당신 문제를 해결하기 위해 최근 아주 비밀스럽게 몇 차례
위원회가 열렸습니다. 벌써 이틀 전에 국왕이 최종 결정에 서
명을 했습니다. 해군 사령관 볼골람이 애당초 당신에게 적의
를 품고 있는 건 잘 아시지요? 당신이 블레퍼스큐 함대를 격파
한 일이 그의 증오심에 불을 질렀습니다. 해군 사령관의 명성
에 먹칠을 한 거지요. 그는 재무대신 플리넙, 육군사령관 림톡,
궁내대신 랄콘, 대법원장 발무프 등과 함께 당신이 반역자이
며 죄인이라며 탄핵서를 만들었습니다. 내가 목숨을 걸고 그
탄핵서 사본을 구했습니다. 제가 중요한 것만 읽어드리지요.

'산 같은 사람'에 대한 탄핵서
1. 법률에 따르면 궁궐에서 소변을 보는 사람은 지위고

하를 막론하고 대역죄의 벌을 받게 되어 있다. '산 같은 사람'은 불을 끈다는 구실로 그 법률을 위반했다.

2. '산 같은 사람'은 블레퍼스큐 함대를 릴리퍼트 항구로 끌고 온 다음, 블레퍼스큐를 전멸시키고 계란의 넓은 부분을 깨서 먹는 사람들이 명령을 듣지 않으면 죽이라는 국왕의 명을, 죄 없는 사람들의 자유와 생명을 빼앗기 싫다는 구실로 거역했다. 국왕의 명에 반하는 대역죄를 저지른 것이다.

3. '산 같은 사람'은 블레퍼스큐 사절단이 평화조약을 맺기 위해 릴리퍼트를 방문했을 때, 그들이 국왕의 적인 것을 알면서도 그들을 도와주고 선동했으며 편안하게 지내도록 해주어 매국노처럼 행동했다.

4. '산 같은 사람'은 블레퍼스큐로의 여행을 준비하고 있다. 국왕으로부터 단지 구두 허가만 받았을 뿐인데, 이 허가를 구실 삼아 최근까지 릴리퍼트의 적이었던 블레퍼스큐 국왕을 방문하여 그를 돕고 선동할 계획을 준비하고 있다. 이는 반역 모의 죄를 짓는 것과 같다.

이 밖에도 조항들이 더 있습니다. 하지만 중요한 것만 요약해서 읽어드린 것입니다. 탄핵서를 본 국왕은 당신의 공로를 상기시키면서, 당신이 지은 죄에 대해 정상을 참작해야 한다고 말하고는 가능한 한 너그럽게 처리하려고 애를 썼습니다.

하지만 재무대신 플리냅과 해군 사령관 볼골람은 깊은 밤 당신 집에 불을 질러 참혹하게 죽이라고 주장했습니다. 육군 사령관 림톡은 2만 명의 군사를 동원해 당신 얼굴과 손에 독화살을 쏘자고 했습니다. 회의장은 온통 당신에게 불리한 의견들로 떠들썩했습니다.

하지만 가능한 한 당신의 목숨을 살려주고 싶었던 국왕이 궁내대신을 설득해서 그들의 의견을 받아들이지 않았습니다. 그리고 당신의 진정한 친구인 비서실장 렐드레살에게 의견을 물었습니다. 그는 깊은 인품을 지닌 사람이지요. 그도 당신의 죄가 크다는 것을 인정했습니다. 하지만 그는 관용은 군주의 가장 큰 덕목이라며 왕이 관용을 베풀 것을 호소했습니다. 왕이 솔직하게 의견을 말해보라고 하자 그가 말했습니다.

당신의 목숨을 빼앗는 것 보다는 두 눈만 멀게 해도 충분히 벌을 준 셈이라고 말한 거지요. 그것으로 나라의 정의는 실현

될 수 있으며 백성들도 국왕의 너그러운 덕성을 찬양할 것이라고 말한 겁니다. 게다가 두 눈이 안 보이더라도 당신이 릴리퍼트를 위해 많은 공을 세울 수 있을 것이라고 덧붙였습니다.

하지만 그 제안은 위원회 사람들의 격렬한 반발을 불러 왔습니다. 특히 볼골람의 반대가 심했지요. 그는 왕비 전에 소변을 봄으로써 화재를 진압한 당신이 똑같은 방법으로 왕궁을 물바다로 만들어버릴 수도 있다고 소리 높여 외쳤습니다. 또 화가 나면 적의 함대를 끌고 온 것처럼 우리 함대를 끌고 갈 수도 있다고 외쳤습니다. 당신이 계란의 둥근 쪽 끝부분을 깨 먹는 사람들 편이라는 증거를 얼마든지 댈 수 있다며 당신을 모함했습니다.

이번에는 재무대신 플리냅이 나서서 말했습니다. 당신 때문에 국가 재정은 곧 파탄 날 것이라고 했습니다. 거기다 눈이 멀게 되면 식욕이 더 많이 나서 더 살이 찔 수도 있다는 최근의 학설을 인용하며 우리나라의 재정으로는 도저히 당신을 감당할 수 없다고 했습니다. 비서실장의 의견이 오히려 사태를 더 악화시킨 것입니다.

하지만 국왕은 그들을 진정시켰습니다. 사형만은 면하게

해주고 싶었던 거지요. 만일 눈을 멀게 만드는 것이 너무 가벼운 벌이라고 생각한다면 다른 벌을 줄 수도 있지 않느냐고 말하면서 국왕은 렐드레살에게 다시 의견을 물었습니다.

그러자 렐드레살이 재무대신에게 말했습니다. 그가 당신에게 주는 음식을 조금씩 줄이면 당신 몸이 점차로 약해질 것이며 결국 식욕도 잃고 죽게 될 것이 아니냐고 말했습니다. 바싹 마른 당신의 시체는 위험한 악취도 풍기지 않을 것이며 뼈는 기념비로 후대에 남겨놓을 수 있다고 말했습니다.

결국 비서실장의 의견이 채택되었습니다. 그의 진실한 우정으로 모든 것이 해결된 것이지요. 왕은 당신을 조금씩 굶겨 죽인다는 결정은 비밀에 부치도록 엄격히 지시했습니다. 눈을 멀게 한다는 이전 판결만 기록으로 남긴 거지요. 왕비의 심복인 해군 사령관 볼골람만이 끝까지 반대를 했는데, 그는 무슨 수를 쓰더라도 당신을 죽이라는 왕비의 명령을 받았기 때문이지요.

사흘 후에 렐드레살이 국왕의 명령으로 당신을 방문해서 탄핵 내용을 읽어줄 것입니다. 그리고 국왕과 위원회의 관대한 결정 덕분에 당신이 은혜를 입게 되었다고 말해줄 것입니다. 당신은 눈을 잃게 되는 벌을 받을 것이며 당신이 국왕께 감사하는 마음으로 그 벌을 받아들여야 한다고 말할 것입니다. 당신이 땅에 누워 있는 동안 당신의 눈동자에 날카로운 화살을 찌르는 것으로 수술이 시작되어 이것을 감독하기 위해 국왕과 외과의사 20여 명이 함께 참석할 것이라는 것이 그 내용일 것입니다. 하지만 당신은 결국 굶어 죽게 될 것입니다.

앞으로 어떤 대책을 세워야 할 것인지는 오로지 당신에게 달려 있습니다. 나는 다른 사람들이 알지 못하게 은밀히 돌아가야 하겠습니다."

그가 돌아간 후 나는 착잡한 심정이 되어 혼자 조용히 앉아 있었다. 내 생각에는 이 판결이 너무 가혹하게 생각되었다. 나는 재판을 다시 받아볼까 하는 생각도 했다. 몇 가지 조항은 어느 정도 정상참작이 되지 않을까 하는 기대에서였다. 하지만 내 목숨을 오로지 재판관들의 판단에 맡길 수는 없었다.

아주 잠깐이지만 저항을 해볼까 하는 생각이 들었던 것도 사실이다. 내가 자유로운 몸일 때는 소인국 사람들이 아무리 힘을 합쳐도 나를 쉽게 굴복시키기 어려울 것이다. 돌을 던져 릴리퍼트 수도를 파괴해버리는 것도 그다지 어려운 일이 아니다. 그러나 나는 포기했다. 국왕이 내게 보인 호의, 그가 내게 내린 영예로운 '나르다크'라는 칭호 때문이었다.

마침내 나는 결정을 내렸다. 나는 블레퍼스큐로 가기로 했다. 나는 비서실장에게 국왕이 이미 허락한 대로 블레퍼스큐로 간다고 통보했다. 나는 그의 답장도 기다리지 않고 함대가 정박해 있는 항구로 갔다. 그리고 커다란 군함을 하나 잡아서 뱃머리에 줄을 연결하고 닻을 끌어올렸다.

나는 팔 밑에 끼고 있던 이불과 함께 입고 있던 옷을 벗어서 배에 실었다. 나는 걷기도 하고 헤엄도 치면서 배를 끌고 갔다. 얼마 지나지 않아 나는 블레퍼스큐 항구에 도착했다.

항구에 도착하자 이미 오래전부터 나의 방문을 기다리고 있던 블레퍼스큐 사람들이 나를 환영했다. 그리고 왕궁에서 파견한 두 명의 호위병이 나를 그 나라 이름과 똑같은 수도 블레퍼스큐로 안내했다. 나는 그들을 양손 위에 올려놓고 성문에서 약 180미터 되는 거리까지 걸어갔다. 왕궁에 도착하자 호위병들은 안으로 들어가 내가 도착했음을 알렸다. 한 시간 정도 지나자 국왕이 가족과 신하를 거느리고 나를 맞으러 온다는 전갈이 왔다. 이윽고 국왕과 일행이 도착해 말에서 내렸고 왕비와 귀부인들도 마차에서 내렸다. 그들은 나를 조금도 두려워하는 기색을 보이지 않았다.

그들을 보자 나는 예를 갖추기 위해 바닥에 엎드렸다. 그래야만 국왕과 왕비의 손에 입을 맞출 수 있었기 때문이었다. 나는 릴리퍼트 국왕의 허락을 받아 블레퍼스큐를 방문할 수 있게 되었으며 이처럼 위대한 왕을 만나게 되어 무척이나 영광스럽게 생각한다고 말했다. 그리고 릴리퍼트에 대해 내가 지고 있는 의무에 벗어나지 않는 범위 내에서 능력이 닿는 대로 봉사하겠다고 말했다. 하지만 릴리퍼트에서 최근에 벌어진 탄핵 사건에 대해서는 한마디도 하지 않았다.

블레퍼스큐에서 나는 환대를 받았다. 하지만 그에 대해 장황한 이야기를 늘어놓아 독자들을 괴롭힐 생각은 없다. 다만 국왕이 정말 위대했으며 관대했고, 그에 걸맞은 대접을 받았다는 사실만 전하고 싶다. 내가 기거할 집이나 침대가 없었기에 이불로 몸을 싸고 땅바닥에 누워 생활했던 일이나, 몇 차례 꽤 힘들었던 일을 겪었던 것에 대해서도 자세히 이야기하지 않으련다.

제8장 영국으로 돌아오다

블레퍼스큐에 도착한 지 사흘 만에 나는 행운을 만났다. 북동 해안 쪽으로 산책을 나갔다가 약 2킬로미터 떨어진 바다에서 뒤집힌 보트로 보이는 물건을 발견한 것이다. 나는 신발과 양말을 벗고 이삼백 미터를 걸어서 바다로 들어갔다. 그 물체가 조류에 휩쓸려 가까이 다가오자 진짜 보트임을 알게 되었다. 아마 폭풍에 휩쓸린 어느 배에서 떨어져 나와 여기까지 흘러왔으리라.

나는 즉시 블레퍼스큐 수도로 돌아왔다. 그리고 국왕에게 배 스무 척과 3,000명의 해군을 빌려달라고 부탁했다. 국왕은 선선히 허락했다. 함대가 블레퍼스큐 주위를 둘러오는 동안 나는 지름길로 달려가 보트를 발견한 해변으로 돌아왔다. 함대가 바다에 도착하자 나는 옷을 벗고 90미터 정도를 걸은 후 보트까지 헤엄쳤다. 블레퍼스큐 군사들은 내가 튼튼하게 꼬아 준 밧줄을 내게 던졌다. 나는 그 한쪽 끝을 보트 앞부분 구멍에 묶고 다른 한쪽 끝은 함대의 뒷부분에 묶었다. 나는 헤엄을 치면서 한쪽 팔로 보트를 열심히 밀었다. 조류도 나를 도와주었다. 한참 동안 헤엄을 치다 보니 발이 땅에 닿았다. 나는 잠시 쉰 후 다시 보트를 밀었다. 얼마 안 있어 바닷물이 어깨 부분에 닿았다.

이제 힘든 일은 끝난 셈이었다. 나는 군함에 쌓여 있던 밧줄 무더기를 꺼내어 보트에 묶고는 그 끝을 각각 아홉 척의 군함에 묶었다. 다행히 순풍이 불었다. 군사들이 열심히 노를 젓고 내가 뒤에서 밀어주어 해변 가까이 보트를 끌고 올 수 있었다. 나는 썰물이 되어 바닷물이 빠질 때까지 기다렸다가 2,000명 병사들의 도움으로 보트를 바로 세울 수 있었다. 다행히 보트는 부서진 곳이 거의 없이 멀쩡했다.

이어서 내가 해야 할 일은 노를 만드는 일이었다. 나는 10일 걸려 간단한 노를 만들었다. 그리고 노를 저어 블레퍼스큐 항구까지 보트를 옮겨 갔다. 엄청난 보트의 크기에 모두들 놀랐음은 물론이다. 나는 국왕에게 하느님의 도움으로 이 보트가 내게 왔으며 이제 그리운 고향으로 돌아갈 수 있게 되었다고 말했다. 내가 고향으로 가겠다는 말에 너그러운 왕은 자기 일처럼 기뻐하며 승낙해주었다. 그뿐이 아니었다. 그는 배 수리하는 일을 열심히 도와주었다. 나는 블레퍼스큐 국왕의 도움으로 보트에 두 개의 돛을 달았고 우연히 발견한 커다란 돌멩이를 닻으로 사용했다. 또한 300여 마리의 소에서 나온 기름을 보트에 발랐다.

그 나라에서 가장 큰 나무들을 잘라서 노와 돛대를 만들자 모든 준비가 끝났다. 보트를 가져온 날로부터 꼭 한 달이 걸렸다. 드디어 내가 출발하는 날이 되었다. 블레퍼스큐를 출발하기에 앞서 잠깐 독자들의 궁금증을 풀어주어야겠다. 아마 독자 여러분은 내가 블레퍼스큐로 온 이후 릴리퍼트에서 어떤 일이 벌어졌는지 궁금해 할 것이다.

릴리퍼트 국왕은 내가 블레퍼스큐 국왕과의 약속을 지키기 위해 블레퍼스큐를 잠시 방문한 것으로 믿고 있었다. 방문을 마치고 2~3일 후 내가 반드시 돌아오리라고 믿고 있었던 것이다. 그러나 시간이 흘러도 내가 돌아오지 않자 다시 위원회를 열고 사신을 파견해 나를 탄핵하는 문서를 블레퍼스큐 국왕에게 보내왔다. 내가 법의 제재를 피해 도망갔으며 만일 내가 당장 돌아오지 않는다면 '나르다크'의 칭호를 박탈하고 반역자로 선포할 것이라는 내용도 들어 있었다. 사신은 서로 간의 평화와 우애를 계속 유지하기 위해 블레퍼스큐 국왕이 나의 손과 발을 묶어 릴리퍼트로 호송해줄 것을 요청했다.

블레퍼스큐 국왕은 사흘간 대신들과 진지하게 논의한 끝에 정중한 사과문을 답장으로 보냈다. 우선 나를 묶는 것은 불가능하다는 것을 이해해달라고 썼다. 이어서 비록 내가 블레퍼스큐 함대를 빼앗아 갔지만 서로 간의 평화를 주선하는 등 좋은 일도 했다고 썼다. 그리고 내가 타고 갈 만한 커다란 보트를 해안에서 발견했으며 그것을 지금 고치고 있으니 두 나라 국왕은 이제 나에 대한 신경은 쓰지 않아도 될 것이라고 썼다. 두 주일이 지나면 두 나라 국왕은 먹여 살릴 수도 없고 그렇다고 어떻게 처리해야 할지도 모를 사람으로부터 자유롭게 되리라는 내용도 들어 있었다.

모든 일이 잘되어 드디어 출발일이 되었다. 국왕과 그의 가족들이 나를 전송하기 위해 궁궐 바깥으로 나왔다. 나는 몸을 굽혀 일일이 손에 입을 맞추었다. 국왕은 금이 들어 있는 주머니 50개를 나에게 선물했다. 그리고 자신의 실물 크기 초상화도 선물했다. 이어 출항을 기념하는 무척 많은 의식이 거행되었지만 자세한 이야기는 생략하기로 하겠다.

나는 100마리 분량의 소고기와 300마리 분량의 양고기, 빵과 음료, 양념해둔 고기 등을 보트에 실었다. 그리고 영국에서 키울 생각으로 황소 두 마리와 암소 여섯 마리, 같은 수의 암양 여섯 마리와 숫양 두 마리를 산 채로 배에 실었다. 작은 사람도 10여 명 데리고 가고 싶었지만 국왕이 절대로 허락하지 않아 뜻을 이룰 수 없었다.

항해 준비를 마친 나는 1701년 9월 24일 아침 6시에 그곳을 출발했다. 돛을 올리고 동남풍을 받으며 북쪽으로 약 19킬로미터를 갔을 때 나는 조그만 섬을 발견했다. 저녁 6시 무렵이었다. 나는 그 섬에서 하루를 지낸 뒤 다음 날 아침 다시 출발했다. 그리고 다음다음 날 오후 3시경에 동남쪽을 향해 가는 배를 한 척 발견했다. 내 계산대로라면 블레퍼스큐로부터 약 115킬로미터 떨어진 바다였을 것이다.

나를 발견한 배는 돛을 낮추고 속도를 늦추었다. 영국 국기가 휘날리는 것을 보고 나는 가슴이 뛰었다. 나는 소와 양을 주머니에 넣은 다음 그 밖의 음식물들을 들고 배에 올랐다.

그 배는 남태평양을 거쳐 일본에서 돌아오는 영국 상선이었다. 존 비델 선장은 데트퍼드 출신으로서 아주 친절한 사람이었다. 우리가 있는 곳은 남위 30도 지점이었다. 배에는 대략 50여 명의 사람들이 타고 있었는데 그중에 내 옛 친구인 피터 윌리엄스를 만난 건 정말 놀라운 일이었다. 그는 선장에게 내가 아주 좋은 사람이라고 소개해주었다.

내가 어떻게 되어 이렇게 홀로 보트를 타게 되었냐고 선장이 묻자 나는 내가 겪은 것을 몇 마디로 아주 간단하게 대답해주었다. 그는 내가 헛소리를 한다고 생각했을 것이다. 그래서 나는 주머니에서 까만 소와 양들을 꺼내 보여주었다. 나는 블레퍼스큐 국왕의 초상화와 함께 그곳의 진기한 물건들과 그에게서 선물로 받은 금화도 보여주었다. 깜짝 놀란 선장은 그제야 내 말을 믿어주었다. 나는 그에게 금화 일부를 선물로 주었고 영국으로 돌아가면 새끼를 밴 암소와 양을 각각 한 마리씩 선물하겠다고 약속했다.

우리는 1702년 4월 13일 다운스 항에 입항했다. 양 한 마리를 쥐가 먹어치운 것 외에는 모든 가축들이 무사했다. 나는 그리니치 풀밭에서 짐승들에게 풀을 먹였다. 다행스럽게도 그 짐승들은 런던의 풀을 아주 잘 먹었다. 나는 영국에 잠깐 머무는 동안 이 가축들을 귀족들과 여러 사람에게 구경시키면서 꽤 많은 돈을 벌었다.

얼마 지나지 않아 나는 그 가축들을 600파운드를 받고 팔아버렸다. 다시 여행벽이 도져서 어디론가 가고 싶었기 때문이었다. 나는 잠시 여행을 하고 돌아왔다. 그사이 그 가축들은 엄청나게 번식해 있었다. 특히 양이 왕성하게 번식했으니 그 부드러운 털이 영국 모직 공업 발전에 크게 기여했으리라고 믿는다.

어쨌든 내가 영국으로 돌아가 가족과 함께 지낸 기간은 고작 두 달뿐이었다. 다른 나라를 여행하고 싶은 내 욕망이 나를 영국에 오래 머무르지 못하게 했던 것이다. 나는 아내에게 1,500파운드를 남겨주었고 레드리프에 있는 좋은 집으로 이사를 했다. 나머지 재산 중 일부는 현금으로 일부는 상품으로 바꾸어 나는 또다시 여행을 떠났다. 큰삼촌 존이 죽으면서 토지를 유산으로 물려주어 일 년에 약 30파운드가량의 수입을

올릴 수 있었다. 내가 없더라도 가족들이 가난에 시달릴 염려
는 없었던 것이다.

  내 아들 조니는 중학교에 다니고 있었으며 딸 베티는 그 당
시 바느질을 배우고 있었다. 나는 눈물을 흘리며 아내와 아들,
딸과 이별했다. 그리고 리버풀 출신의 존 니콜라스 선장이 지
휘하는 300톤짜리 상선에 몸을 실었다. 수라트를 향해 가는
배였으며, 그 여행에 관한 이야기는 나의 여행기 2부에서 시
작할 것이다.

제 2 부

거인국 브롭딩낵 여행

제1장 난파하여 거인국으로 가다

정확히 집으로 돌아온 지 두 달째 되
던 날인 1702년 6월 20일, 나는 또다시 고향을 뒤로 한 채 다
운스 항에서 배에 올랐다. 나는 어쩔 수 없이 험하고 불안정
한 생활을 하도록 운명의 여신에게 점지받은 사람이었다. 나
는 콘월 사람인 존 니콜라스 선장이 지휘하는 어드벤처 호를
타고 수라트로 향했다. 희망봉에 도착할 때까지는 순풍이 불
어주었다. 하지만 희망봉에서 신선한 물을 구하기 위해 잠시
착륙하자 우리는 배로 물이 스며드는 것을 발견했다. 우리는
화물을 내려놓고 그곳에서 겨울을 보낸 후 3월이 되어서야 그
곳을 떠났다.

마다가스카르 해협을 지날 때까지는 모든 것이 순조로웠다. 하지만 4월 19일부터 20여 일 동안 강한 폭풍이 밀려왔다. 배는 바람에 밀려 2,400킬로미터나 동쪽으로 밀려나 있었다. 어떻게 손쓸 틈도 없었다. 다행스럽게도 음식은 충분했으며 배도 이상이 없었다. 선원들도 모두 건강했다. 하지만 아무도 우리가 어디에 와 있는지 알 수가 없었다.

1703년 6월 16일, 망루에 올라가 있던 어린 선원이 육지를 발견했다. 해안가의 물이 너무 얕았기 때문에 100톤 이상 되는 배는 들어갈 수가 없었다. 우리는 해안에서 5킬로미터 되는 곳에 닻을 내렸다. 선장은 10여 명을 무장시켜 섬(섬인지 대륙인지 알 수 없었지만)으로 보트를 타고 가게 했다. 물을 찾기 위해 커다란 물통도 가지고 가게 했다. 나도 그들과 함께 가게 해달라고 선장에게 간청했다. 뭔가 새로운 것을 발견할지도 모른다는 호기심 때문이었다.

얼마 후 우리는 섬에 도착했다. 하지만 강이나 샘을 발견하지 못했고 사람이 사는 흔적도 찾지 못했다. 선원들이 해변에서 물을 찾는 동안 나는 그들과 다른 쪽 해안가를 따라 1.6킬로미터 정도 걸어갔다. 하지만 보이는 것은 바위뿐 모든 것이 황량하기만 했다. 나는 지쳐서 다시 선원들이 있는 곳으로 돌아왔다.

그런데 바다가 보이는 곳에 이르렀을 때 나는 놀라고 말았다. 보트에 올라탄 선원들이 배를 향해 열심히 노를 젓고 있는 것이 아닌가! 나는 그들을 향해 소리를 지르려 했다. 순간 내 눈을 의심했다. 정말로 거대하기 짝이 없는 사람 하나가 그들을 따라 바다로 걸어 들어가고 있었던 것이다. 나중에 들은 이야기지만 보트가 거인을 2.5킬로미터 정도 앞서 있었고 근처에 날카로운 바위들이 많아서 그 거인은 보트를 따라잡지 못했다. 나는 거인을 보자마자 도망가는 데 바빠서 그 광경을 지켜볼 수 없었던 것이다.

나는 거인의 모습을 보자마자 황급히 경사진 언덕으로 도망쳤다. 하지만 그곳은 바로 이 나라의 농토였다. 나는 우선 풀의 높이에 놀랐다. 목초로 사용하는 풀의 높이가 6미터나 되었다. 나는 넓은 길로 들어섰다. 거인국에서는 보리밭 사이로 좁게 나 있는 길이었지만 내게는 한없이 넓은 대로였다. 한참을 걸었지만 아무것도 보이지 않았다. 추수할 시기를 맞은 곡식들이 약 12미터 높이로 자라서 시야를 가리고 있었기 때문이었다.

나는 한 시간가량 걸어서 그 밭의 끝부분에 도착했다. 그 밭에는 높이가 36미터나 되는 관목이 울타리를 이루고 있었다. 나무들 크기는 도저히 계산할 수 없을 정도였다. 울타리에는 이웃 밭으로 넘어가는 층계가 있었지만 너무 높아서 도저히 올라갈 수 없을 정도였다. 계단 하나의 높이가 2미터 가까이 되었던 것이다.

나는 울타리 사이에 몸을 눕히고 쉴 만한 곳을 찾았다. 그때였다. 거인 한 명이 밭에서 일하다 층계 쪽으로 오고 있는 것이 보였다. 키가 성당의 첨탑만큼이나 컸으며 보폭이 10미터 가까이 되었다. 놀란 나는 곡식 틈에 숨었다. 층계 위로 올라선 그 사람은 저편 밭을 향해 큰 소리로 사람들을 불렀다. 높은 곳에서 울리는 그 소리는 마치 천둥소리 같았다.

그가 부르는 소리를 듣고 괴물 같은 사람 일곱 명이 큰 낫을 들고 나타났다. 옷을 허름하게 입은 것으로 보아 처음 나타난 사람의 하인들이거나 소작인들인 것 같았다. 그가 몇 마디 말을 하자 그들은 낫을 들고 곡식을 베기 시작했다.

나는 온 힘을 다해 그들로부터 멀어지려고 달리기 시작했다. 하지만 곧 제자리에 설 수밖에 없었다. 쓰러진 곡식이 앞을 가로막고 있었으며 곡식에서 떨어진 이삭의 억세고 날카로운 수염이 옷을 뚫고 들어와 살을 찔렀기 때문이었다. 그들이 가까이 다가오는 소리가 들리자 나는 절망에 빠졌다. 나는 두 이랑 사이에 누워 내 고달픈 삶이 여기서 끝나기를 진심으로 바랐다. 혼자 남아 과부가 될 아내와 아버지를 여의게 될 아이들 생각에 슬픔에 젖어 있었다. 그리고 많은 사람들의 충고에도 불구하고 두 번째 여행을 시작한 내 어리석음을 자책했다.

만약 저 거대한 야만인들 손에 붙잡히기라도 한다면 한 입식사밖에 되지 않을 것이다. 저들은 분명 잔인한 사람들임에 틀림없었다. 사람들이란 그 신체 크기만큼 더 야만적이고 잔인해지는 법이 아닌가!

철학자들은 크거나 작다는 개념은 상대적이라는 말을 자주 한다. 옳은 말이다. 내가 어떤 운명의 장난으로 릴리퍼트의 작은 사람들을 발견한 것처럼 릴리퍼트 사람들은 그들보다 훨씬 더 작은 사람들을 발견할 수도 있을 것이다. 그리고 이 거대한 사람들도 그들이 올려다보아야만 하는 어마어마하게 큰 사람들을 발견할 수도 있을 것이다.

내가 두려움에 떨며 이런 생각에 젖어 있을 때 농부가 가까이 다가왔다. 가만히 있다가는 발에 깔려 죽거나 휘두르는 낫에 산산조각이 날 판국이었다. 나는 공포에 질려 소리를 질러댔다. 다행히 거인이 내 소리를 들은 모양이었다. 그는 발걸음을 멈추고 잠시 동안 아래를 살펴보았다. 그러다 땅에 누워 있는 나를 발견했다.

그는 잠시 망설이더니 엄지와 검지로 내 허리 부분을 잡았다. 물리거나 할퀴지나 않는지 조심하는 것 같았다. 그는 나를 그의 눈에서 약 3미터 거리까지 들어 올렸다. 떨어지면 끝장이었다. 나는 몸부림을 치지 않기로 결심했다. 나는 하늘을 향해 기도하는 자세로 두 손을 모은 채, 서글픈 어조로 몇 마디 말을 했다. 그가 나를 땅바닥에 내팽개치지나 않을까 하는 두려움에 몸이 덜덜 떨렸다.

다행스럽게 거인은 내게 호감을 가진 것 같았다. 특히 내가 사람처럼 또박또박 정확하게 발음하는 것을 듣고 놀람과 동시에 호기심이 돋은 것 같았다. 나는 신음하며 눈물을 흘렸다.

그의 억센 손가락 힘 때문에 옆구리가 너무 아팠기 때문이었다. 나는 옆구리 쪽으로 머리를 돌려 내 고통을 그에게 호소했다. 그는 내 뜻을 이해한 것 같았다. 그는 자신의 겉옷 자락을 들어 나를 돌돌 감싸더니 곧바로 자기 주인에게 달려갔다.

하인에게서 나를 받은 주인은 호기심에 가득 찬 눈으로 나를 한참 바라보더니 네 발로 땅을 짚는 모양으로 조심스럽게 나를 땅에 내려놓았다. 나는 두 발로 일어서서 천천히 앞뒤로 걸었다. 도망칠 의사가 없다는 것을 보여주기 위해서였다. 주인과 농부들은 내가 움직이는 것을 자세히 관찰하기 위해 주위에 삥 둘러앉았다.

나는 모자를 벗어들고 주인을 향해 머리 숙여 인사를 했다. 그리고 무릎을 꿇은 채 얼굴을 들면서 커다랗게 몇 마디 이야기했다. 그리고 금화가 들어 있는 지갑을 꺼내 그에게 바쳤다. 하지만 그는 그 안에 들어 있는 금화를 손바닥 안에 쏟고 이리저리 살펴보더니 다시 내게 돌려주었다. 나는 몇 번이고 그에게 지갑을 주려 했으나 결국 내 주머니에 다시 넣어둘 수밖에 없었다.

주인은 하인들에게 하던 일을 계속하게 한 뒤, 주머니 속에서 손수건을 꺼내 반으로 접은 다음 손바닥에 폈다. 그는 땅바닥에 손을 내려놓고 나보고 올라타라고 했다. 손바닥 두께가 30센티미터 정도였으므로 쉽게 올라갈 수 있었다. 나는 떨어지지 않으려고 손수건 위에 드러누웠다. 그는 조심스럽게 나를 손수건으로 감싼 후 그의 집으로 데려갔다.

집에 도착한 그는 아내에게 나를 보여주었다. 여자는 징그러운 벌레라도 본 듯, 소리치며 도망갔다. 하지만 내가 얌전하다는 것을 알고는 점차 나를 귀여워하게 되었다.

정오가 되자 하인 한 명이 음식을 가져왔다. 농부의 소박한 삶에 어울리게 커다란 고기 요리만 있었다. 요리가 담긴 접시 직경이 무려 7미터는 되는 것 같았다. 농부 내외와 세 아이, 그리고 나이 많은 할머니가 식탁에 둘러앉았다. 농부는 나를 들어 높이가 9미터나 되는 식탁 위에 올려놓았다. 나는 떨어질까봐 겁이 나서 가능한 한 식탁 가운데 자리로 들어가 가만히 있었다.

농부의 아내는 고기를 아주 잘게 자른 다음, 빵을 가루 내더니 그 부스러기 조각들을 내게 주었다. 나는 절을 해 고마움을 표시한 다음, 몸에 지니고 있던 포크와 나이프로 음식을 먹기 시작했다. 내가 식사하는 모습을 지켜본 그들이 매우 신기해하며 기뻐했음은 물론이다.

농부의 아내는 하녀에게 제일 작은 컵을 가져오라고 했다. 그러나 그것은 9리터의 물을 담을 수 있는 커다란 컵이었다. 그 컵에 마실 것을 따르자 나는 두 손으로 겨우 들어 올릴 수 있었다. 나는 영어로 '부인의 건강을 위하여'라고 큰 소리로 외치고는 아주 점잖게 음료를 마셨다. 사과 주스 같은 음료였으며 꽤 괜찮은 맛이었다.

그때였다. 농부 곁에 앉아 있던 열 살짜리 장난꾸러기 막내아들이 내 다리를 잡더니 허공으로 들어 올렸다. 대롱대롱 매달린 나는 사시나무 떨듯이 몸을 벌벌 떨었다.

주인은 아들에게서 나를 빼앗더니 아들의 뺨을 힘껏 때렸다. 유럽 기병대 1개 중대 정도는 단번에 쓰러뜨릴 만큼 힘센 주먹이었다. 그러고는 식탁에서 썩 꺼지라고 호통쳤다. 나는 주인의 아들이 혹시 내게 악의를 품지 않을까 걱정되었다. 나는 무릎을 꿇은 채 주인에게 소년을 야단치지 말아달라고 부탁했다. 주인은 내 말을 알아듣고 아들을 다시 식탁에 앉게 했다. 나는 얼른 아이에게 걸어가 그의 손등에 입을 맞추었다. 주인은 아이에게 나를 쓰다듬게 했고 아이는 나를 귀엽다는 듯 바라보았다.

농부의 집에는 엄청난 동물들이 있었다. 바로 개와 고양이었다. 고양이만 해도 영국 암소 세 배 크기였으며 개도 어마어마하게 컸다. 하지만 신기하게도 고양이는 나를 두려워했다. 무서운 짐승 앞에서 뒤를 보이면 그 짐승이 뒤따라와서 해친다는 것을 알고 있었기에 나는 당당하게 고양이 앞으로 걸어갔으며, 내가 다가가자 고양이는 두려운 듯이 물러났다. 개는 너무 순해서 두려워할 것이 전혀 없었다.

식사가 거의 끝날 무렵이었다. 한 살 정도 되는 아기를 안은 유모가 방으로 들어왔다. 나를 보자마자 아기는 큰 소리로 울기 시작했다. 런던 다리에서 첼시까지 들릴 정도로 우렁찬 울음이었다. 아이는 나를 장난감으로 갖고 놀겠다고 떼를 쓴 것이다. 그런데 어머니들은 다 그렇듯이 농부의 아내가 아기의 응석을 받아주었다. 농부의 아내가 위험천만하게도 나를 들어서 아기 바로 앞에 놓아준 것이다.

아기는 바로 내 허리를 붙잡더니 내 머리를 자기 입으로 가져갔다. 그 순간 내가 큰 소리를 지르자 아기는 놀라서 나를 떨어뜨렸다. 농부의 아내가 재빠르게 앞치마로 나를 받아주지 않았다면 분명 내 목이 부러졌을 것이다. 계속 보채는 아기를 달래기 위해 결국 유모가 젖을 꺼내 아기 입에 물렸다.

그 젖가슴이 눈에 들어오는 순간 나는 끔찍해서 고개를 돌릴 지경이었다. 솔직히 말한다면 그보다 더 흉한 물체를 본 적이 없었다고 말 할 정도였다. 궁금한 독자들을 위해 젖가슴 크기와 모양, 색깔에 대해 묘사를 해야 하겠는데, 도무지 그 젖가슴과 비교해 설명할 만한 것이 아무것도 없다. 젖가슴은 가슴에서 2미터 가까이 솟아올라 있었으며 그 둘레만도 5미터나 되었다. 젖꼭지만 해도 내 머리 크기의 절반 정도 되었으며 젖꼭지 주변의 빛깔도 참기 어려웠고, 그 주변에 나 있는 많은 점들과 주근깨들이 너무 지저분해서 도저히 구역질을 참을 수 없을 지경이었다. 아기에게 젖을 먹이기 위해 유모는 자리에 앉아 있었고 나는 식탁 위에 서 있었기 때문에 나는 젖가슴을 가까이서 자세히 바라볼 수 있었던 것이다.

하지만 독자 여러분이여, 오해 말기 바란다. 거인국 여자들의 젖가슴이 이상하게 생겼다는 이야기를 내가 하고 있는 게 아니다. 또한 하녀의 젖가슴이 유난히 지저분하다고 지적하는 것도 아니다.

자, 여기서 잠깐 영국 귀부인들의 살결에 대해 말해보기로 하자. 우리는 그 살결이 곱다고 말한다. 하지만 사실은 귀부인들의 크기가 우리와 같아서 추한 부분이 잘 드러나지 않기 때문이다. 그러나 현미경을 갖다 살결에 대본다면 어떨까? 가장 부드럽고 흰 살결도 억세고 거칠게 느껴질 것이며 피부색도 그다지 좋아보이지는 않을 것이다.

그러고 보니 릴리퍼트 사람들의 살결이 더없이 희고 아름다웠던 게 생각난다. 나와 친근하게 지내게 된 그 나라 학자에게 그 이야기를 했더니 그는 나를 가까이서 보는 것보다는 멀리서 볼 때 내 얼굴이 훨씬 희고 부드럽게 보인다고 말했었다. 솔직히 말해 나를 가까이서 처음 보았을 때 내 피부는 소름 끼치는 모습이었다고 그는 말했었다. 수없이 구멍이 숭숭 뚫려 있었으며, 수염은 산돼지 털보다도 훨씬 거칠다는 것이었다. 그러나 내 피부는 영국 남자들 중에서도 좋은 편이었으며 여행을 다니는 동안에도 별로 햇볕에 타지 않는 체질이었다.

그러니 독자 여러분, 거인국 사람들이 이상하게 생겼다는 편견을 갖지 말아주기 바란다. 그들은 잘생긴 종족이었다. 특히 주인의 얼굴은 내가 18미터 아래에서 올려다본 바에 따르면 아주 멋진 모습이었다.

식사가 끝나자 주인은 하인들이 일하는 밭으로 나갔다. 나는 너무 피곤해서 한숨 자고 싶었다. 농부의 아내는 내 속을 읽은 것처럼 나를 자기 침대에 눕힌 다음 깨끗하고 하얀 손수건을 이불로 덮어주었다. 하지만 말이 손수건이지, 커다란 배의 큰 돛보다도 컸으며 거칠었다.

나는 두 시간 정도 정신없이 잠을 잤다. 잠을 자면서 나는 고향의 아내와 아이들을 만나는 꿈을 꾸었다. 그러나 잠에서 깨어나니 나는 가로세로와 높이가 60미터 이상 되는 방에 홀로 누워 있었다. 나는 슬픔에 젖을 수밖에 없었다. 농부의 아내는 집안일을 하려고 밖으로 나가고 없었던 것이다. 그녀는 방을 나가면서 나를 보호하려고 그랬는지 문을 잠가놓았다. 아, 이후 내가 겪은 아슬아슬한 모험을 어떻게 묘사할 수 있을까!

침대와 바닥 사이는 8미터나 됐다. 대변이 몹시 마려웠던 나는 바닥으로 내려가야만 했다. 하지만 도무지 방법이 없었다.

내가 아무리 소리를 질러봐야 밖에 들릴 리 만무했다. 내가 침대 위에서 어쩔 줄 모르고 서성이고 있을 때였다. 두 마리 쥐가 커튼을 타고 올라오는 것이 아닌가! 쥐들은 냄새를 맡으며 침대 위를 이리저리 기어 다녔다. 그런데 그중 한 마리가 내 앞으로 다가왔다. 나는 위기를 느끼고 단검을 빼어 들었다.

잠시 후 다른 쥐 한 마리도 합세했다. 이 무시무시한 두 마리의 동물들은 양쪽에서 나를 공격해왔다. 다행히 쥐가 내게 달려드는 순간 한 마리의 배를 찔러 쓰러뜨릴 수 있었다. 다른 쥐가 재빠르게 달아났지만 내가 휘두른 칼로 등에 상처를 입었다. 그 쥐는 피를 흘리면서 도망갔다.

아슬아슬한 모험을 겪은 나는 놀란 마음을 진정하지 못하고 침대 위를 서성거렸다. 영국의 투견 마스티프만큼이나 커다란 쥐였다. 하지만 마스티프보다 날쌔고 거친 동물들이었다. 정말 절체절명이었다. 잠들기 전에 칼이 달린 허리띠를 풀어놓았더라면 틀림없이 갈기갈기 찢겨 쥐에게 잡아먹혔을 것이다. 죽은 쥐의 꼬리 길이를 재어보니 2미터나 되었다. 쥐가 완전히 죽지 않은 것을 보고 나는 목을 깊게 찔러 숨을 완전히 끊어놓았다.

얼마 후 농부의 아내가 방으로 들어왔다. 그녀는 내가 피투성이인 것을 보고 깜짝 놀랐다. 그녀는 황급히 내게 달려오더니 손으로 나를 집어 올렸다. 나는 손가락으로 죽은 쥐를 가리키며 아무렇지도 않다는 듯 미소를 지었다. 그녀는 나를 식탁 위에 올려놓더니 하녀를 불러 죽은 쥐를 창밖에 버리게 했다. 나는 피 묻은 칼을 웃옷 깃에 닦고 난 다음 칼집에 넣었다.

위험은 면했지만 아직 걱정거리가 남아 있었다. 바로 대변이었다. 정말로 급했다. 그리고 그 누구도 대신해줄 수 없는 일이기도 했다. 나는 농부의 아내에게 마루에 내려놓아달라는 뜻을 전하려고 애썼다. 내 뜻을 알아들은 그녀는 나를 마루에 내려놓았다.

나는 부끄러워 도저히 입으로 이야기할 수가 없었다. 그래서 문을 가리키며 몇 번이고 허리를 굽히는 시늉을 했다. 친절한 농부의 아내는 가까스로 내가 원하는 게 뭔지 눈치를 챘다. 그녀는 다시 손으로 나를 잡더니 정원으로 가서 나를 놓아주었다. 나는 200미터 정도를 걸어서 은밀한 구석으로 갔다. 나는 농부의 아내에게 나를 보지 말라고 손짓을 하고는 풀잎 사이에 몸을 숨기고 일을 보았다.

별로 깨끗하지 않은 일에 대해 길게 이야기하는 것을 독자들은 용서해주기 바란다. 어리석은 사람들이라면 무슨 그런 사소한 일을 이야기하고 있느냐며 혀를 찰지도 모른다. 하지만 사고력이 깊고 현명한 사람에게는 이런 이야기야말로 상상력을 깊고 풍부하게 만드는 데 도움이 될 것이며 또한 건전한 사회인으로 생활하는 데도 많은 도움을 줄 것이라고 나는 믿는다. 이 여행기를 내가 세상에 내놓는 것은 바로 그 때문이다. 이 글에서 나는 학식을 자랑하거나 화려한 문장으로 겉치장하는 일 따위는 하지 않는다. 나는 오직 진실만을 알리는 일에 온 힘을 쏟을 뿐이다. 나는 진실만이 사람들의 상상력을 키우는 데 도움이 되리라고 확신하고 있다.

제2장 공연으로 주인에게 큰돈을 벌게 해주다

주인에게는 아홉 살짜리 딸이 있었다. 나이에 비해 훨씬 조숙했으며 바느질도 잘했다. 그녀와 그녀의 어머니는 내게 잠자리를 새로 만들어주었다. 일종의 인형용 요람을 만들어준 것이다. 물론 그 침대는 내 필요에 따라 조금씩 개선되었지만 그것은 나중의 일이었다. 또한 소녀는 내게 내 셔츠와 속옷도 몇 장씩 만들어주었으며 그 옷들은 소녀가 직접 세탁했다.

소녀는 내게 선생님이기도 했다. 그녀가 거인국 말을 내게 가르쳐준 것이다. 내가 손가락으로 그 어떤 것을 가리키면 소녀는 이 나라 말로 그 이름을 말해주었다. 얼마 지나지 않아 나는 웬만한 것들 이름은 자유롭게 말할 수 있게 되었다. 소녀는 고운 마음씨를 지니고 있었으며 키는 나이에 비해 작은 편으로 12미터 정도였다.

소녀는 나에게 '그릴드릭'이라는 이름을 지어주었다. 이 나라 말로 난쟁이라는 뜻이었다. 내가 거인국에서 제대로 목숨을 유지할 수 있었던 것은 순전히 이 소녀 덕분이다. 내가 이 나라에 머물러 있는 동안 우리는 단 한 차례도 헤어져 지낸 적이 없었다. 나는 소녀를 꼬마 유모라는 뜻의 '글럼달클리치'라고 불렀다. 나는 그 소녀에게 유모 이상의 은혜를 입었다.

내 존재가 주변에 조금씩 알려지기 시작했다. 사람과 닮은 스플락넉 정도 크기의 동물을 우리 주인이 밭에서 발견했다는 것이었다. 스플락넉은 거인국에만 사는 동물이었으며 크기가 180센티미터 정도인 아주 귀여운 동물이었다. 그 스플락넉을 닮은 이상한 동물이 사람과 똑같은 흉내를 냈으며 이미 이 나라 말을 몇 마디 배웠다는 소문도 났다. 사람처럼 두 발로 걸어 다닐 수 있으며 성질도 온순해서 주인이 시키는 대로 말도 잘 듣는다는 것이었다.

하루는 이웃에 사는 주인의 가까운 친구가 소문이 사실인지 확인하려고 찾아왔다. 주인은 그가 보는 가운데 나를 식탁 위에 올려놓았다. 나는 주인이 시키는 대로 이리저리 걸으면서 칼을 뽑았다가 다시 칼집에 넣는 동작을 했다. 이어서 글럼달클리치에게 배운 대로 이 나라 말로 인사를 했다. 그리고 이렇게 찾아주어서 고맙다는 말도 덧붙였다.

주인의 친구인 이웃 사람은 영리한 사람이었으며 셈에 밝았다. 그는 무엇보다 돈을 중시하는 구두쇠이기도 했다. 나를 보자 그가 나의 주인에게 솔깃한 제안을 했다. 이곳에서 36킬로미터 정도 떨어진 옆 마을에 장이 서는 날, 나를 그곳으로 데리고 가서 돈을 받고 사람들에게 구경을 시키라는 것이었다. 그들이 나를 손가락으로 가리키며 이야기를 나누는 것을 보면서 나는 그 뭔가 심상치 않은 일이 벌어지고 있음을 알아차릴 수 있었다. 나는 두려운 마음으로 그들이 나누는 말을 엿들었다. 그들의 말 가운데 몇 마디는 알아들을 수 있었지만 무슨 내용인지 다 알 수는 없었다.

다음 날 아침 글럼달클리치는 눈물을 흘리면서 어머니에게서 전해 들은 이야기를 내게 해주었다. 그녀는 사람들에게 내가 무슨 일이라도 당할까봐 걱정한 것이었다. 또한 그녀는 나의 성품을 잘 알고 있었고 내가 명예를 중시한다는 것도 알고 있었기에 돈을 벌기 위해 많은 사람들 앞에서 구경거리가 된다면 내가 얼마나 수치스럽게 여길 것인가 걱정했다. 그뿐이 아니었다. 그녀는 자기 부모가 나를 자기에게 주겠다고 약속해놓고, 그 약속을 지키지 않을까봐 걱정이기도 했다. 작년에도 양 한 마리를 자기에게 주겠다고 약속해놓고, 그 양이 살찌자마자 도살장에 팔아넘겼다며, 그런 일이 또다시 벌어질지 모른다고 걱정했다.

사실 나는 내 명예에 대해서는 글럼달클리치만큼 걱정하지 않았다. 나는 언제고 반드시 자유의 몸이 될 것이고 언제까지나 이곳에서 지내지는 않을 것이라는 희망을 잃지 않고 있었기 때문이었다. 게다가 이곳에서 내가 지킬 만한 명예가 뭐가 있겠는가? 설사 내가 이 나라에서 명예를 잃은들, 고향 영국에서 누가 그 일을 알기나 할 것인가? 더욱이 영국의 국왕이라 할지라도 나 같은 처지에서라면 똑같은 고난을 겪었을 텐데 뭐 그렇게 수치스럽게 생각할 필요가 있단 말인가?

이윽고 장날이 되자 주인은 나를 여기저기 공기구멍을 뚫어놓은 상자에 넣어 이웃 마을로 데리고 갔다. 어린 딸도 말에 태워 함께 데려갔다. 비록 30분 정도밖에 되지 않는 거리였지만 내게는 정말 힘든 여행이었다. 내가 상자 안에서 말도 못할 정도로 심하게 흔들렸기 때문이었다. 말은 한꺼번에 12미터씩 내디뎠으며 엄청난 높이로 뛰어오르며 달렸기에 나는 마치 거대한 폭풍우를 만나 요동치는 배 안에 있는 것과 같았다.

시장에 도착한 주인은 여관에 자리를 잡은 후 여관주인에게 내 선전을 하라고 했다. 사람을 닮은 스플락넉만 한 동물이 말도 할 줄 알며 이런저런 재주를 부린다고 광고를 하라고 한 것이다. 나는 여관 가장 큰 방 한가운데 놓인 30제곱미터 정도 되는 식탁 위로 올라갔다. 글럼달클리치는 식탁 주위에 낮은 의자를 놓고 나를 돌보아주었다. 주인은 너무 많은 사람이 몰릴까봐 한 번에 30명만 받아들이기로 했다.

결과는 대성공이었다. 나는 소녀가 시키는 대로 식탁 위를 걸어 다녔으며 그녀의 질문에 큰 소리로 대답했다. 나는 구경꾼들을 향해 예의 바르게 인사한 후 와주셔서 감사하다고 말했다. 그리고 글럼달클리치가 내게 준 아주 작은 장난감 컵에 술을 담아 '모두의 건강을 위하여'라고 소리치며 건배했다. 또한 검술과 창술 시범도 보였다.

그날 주인이 열두 차례나 구경꾼을 받았기 때문에 나는 열두 번이나 같은 행동을 되풀이했다. 몸이 피곤하고 마음도 괴로워 죽을 지경이었지만 이미 소문이 쫙 퍼져서 문이 부서질 정도로 많은 사람들이 몰려왔다.

집으로 돌아온 후에도 나는 편히 쉴 수가 없었다. 소문을 들은 사람들이 이 마을 저 마을로부터 우리를 찾아온 것이다. 나는 단 하루도 쉬지 못하고 공연을 해야 했다. 따라서 집에 있으면서도 전혀 쉴 수 있는 날이 없었다. 다만 수요일이 거인국의 안식일이었던 게 다행이라면 다행이었다. 그날만은 나도 쉴 수 있었다.

하지만 주인의 욕심은 거기서 그치지 않았다. 돈벌이에 신이 난 주인은 이 나라의 가장 큰 도시들을 찾아 여행을 떠나기로 결심했다. 내가 이 나라에 도착한 지 두 달째 되는 1703년 8월 17일, 그는 집에서 800킬로미터나 떨어진 거인국 수도를 향해 길을 떠났다. 물론 글럼달클리치도 함께였다.

주인은 수도로 가는 길목에 있는 여러 도시에서도 공연을 했다. 구경꾼이 모일 만한 곳이라면 본래 여정에서 아무리 멀리 떨어져 있어도 개의치 않고 찾아갔다. 다행히 글럼달클리치가 나를 염려해 하루 조금씩만 길을 가자고 아버지에게 졸라 하루 200킬로미터 정도만 이동했다. 그동안 우리는 나일강이나 갠지스강보다도 몇 배나 넓고 깊은 강을 여러 번 건넜다. 런던의 템스강보다 작은 강은 하나도 없었다. 10주간의 여행 동안 나는 꽤 큰 도시만 열여덟 군데를 돌며 재주를 부려야 했다. 그리고 10월 26일 드디어 이 나라의 수도 로브럴그러드에 도착했다. '우주의 자랑'이라는 뜻이었다.

나는 수도에서 하루 10회 정도 공연했다. 나는 거인국 말을 어느 정도 할 수 있었으며 거인들이 내게 하는 말은 거의 완벽하게 이해하고 있었다. 거인국 글도 배워 문장을 직접 설명할 수도 있었다. 글럼달클리치가 집에서 쉬고 있을 때나 여행 도중 쉬는 시간을 이용해 내게 글을 가르쳐준 덕분이었다. 그 소녀는 그 나라의 종교에 대한 어린이용 책을 가지고 다니면서 그 책을 이용해 내게 글을 가르쳐주었던 것이다.

제3장 궁궐로 들어가다

몇 주 동안 단 하루도 쉬지 않고 무대에 오르다 보니 내 건강은 극도로 악화되었다. 주인은 돈을 벌면 벌수록 더 욕심을 냈다. 그의 욕심에 비례해서 나는 식욕도 잃었고 뼈만 남을 정도로 앙상해졌다. 그런 내 모습을 본 주인은 내가 곧 죽을 거라고 생각하고는 죽기 전에 돈을 더 벌려고 안간힘을 다 했다.

그러던 어느 날 궁궐 의례를 맡고 있는 관리가 찾아왔다. 왕비와 시녀들이 나를 보고 싶어 한다는 것이었다. 나를 이미 몇 번 본 시녀들이 왕비에게 내 이야기를 하자 왕비의 호기심이 발동한 것이다. 주인은 나를 궁궐로 데려갔고 나는 왕비 앞에 나섰다.

왕비 앞에서 나는 왕비의 발에 입을 맞추는 영광을 베풀어달라고 간청했다. 마음씨 좋은 왕비는 나를 식탁 위에 올려놓더니 새끼손가락을 내밀었다. 나는 두 팔로 손가락을 껴안고 아주 정중하게 그 끝에 내 입술을 댔다. 두 팔로 손가락을 껴안은 나는 아주 정중하게 입술을 그 끝에 댔다. 왕비는 내가 한 여행에 대해 내게 질문을 했고 나는 최선을 다해 명료하게 대답했다. 왕비는 아주 즐거워했다.

내가 마음에 든 왕비가 주인에게 뜻밖의 제안을 했다. 값을 후하게 쳐줄 테니 나를 팔지 않겠느냐는 것이었다. 내가 곧 죽을 거라고 생각했던 주인은 너무 기뻤다. 그는 금화 1,000개를 요구했고 왕비는 선선히 지불했다. 영국식으로 환산한다면 금화 1,000기니는 되는 거금이었다. 나는 이제까지 나를 친절하게 돌보아주었던 글럼달클리치를 거두어 계속 나를 돌보고 가르칠 수 있게 해달라고 왕비에게 간청했다. 왕비가 그 뜻을 주인에게 전했고 주인은 선선히 승낙했다. 자기 딸이 궁궐에서 생활할 기회가 온 것인데 마다할 이유가 없었다. 이렇게 하여 나는 글럼달클리치와 함께 궁궐에서 생활하게 되었다.

나와 이런저런 이야기를 나눈 후 왕비는 나를 들고 왕에게로 갔다. 왕은 마침 방에서 쉬던 중이었다. 근엄한 용모와 그에 걸맞은 성격을 가진 왕은 나를 보자 왕비에게 언제부터 스플락넉을 좋아하게 되었느냐고 물었다. 왕비의 오른손에 엎드려 있는 나를 스플락넉으로 착각한 것이다. 왕비는 나를 책상 위에 조심스럽게 세워놓고 나에게 자기소개를 직접 왕에게 하라고 말했다. 나는 왕에게 간단하게 내 이야기를 했다.

　그사이 글럼달클리치는 방문 앞에서 조바심을 내며 서 있었다. 소녀는 우리의 대화를 듣고 있었다. 잠시 후 왕비가 들어와도 좋다고 허락하자 그녀는 안으로 들어왔다. 소녀는 나를 집에서 처음 보았을 때 일이며 이후의 일들을 이야기해주며, 내가 한 말이 조금도 거짓이 아니라고 분명하게 말했다.

　왕은 학식이 뛰어났으며 특히 철학과 수학에 뛰어난 사람이었다. 그는 처음에는 내가 걷는 것을 보고 일종의 태엽 인형일 것이라고 생각했다. 그러나 내가 말을 하자 그는 깜짝 놀랐다. 하지만 그는 내가 이 나라에 오게 된 경위에 대한 내 설명을 믿을 수 없었다. 나를 비싼 값에 팔기 위해 농부가 꾸며내서 그런 말을 가르쳤다고 생각했다.

왕은 꼬투리를 잡으려고 내게 몇 가지 질문을 던졌다. 궁궐의 세련된 양식과는 거리가 멀지만 내가 조리 있게 대답하는 것을 보고 왕은 내 정체가 도대체 무엇인지 밝혀내고 싶어 세 명의 뛰어난 학자들을 불러오게 했다. 곧이어 거인국의 최고 석학 세 명이 달려왔다. 그런데 나를 살펴본 세 명의 학자들의 견해는 서로 달랐다. 다만 내가 정상적인 자연의 법칙으로 태어난 생물이 아니라는 데는 의견이 일치했다.

그들은 내 치아를 아주 세밀하게 관찰한 후 내가 육식동물이라는 것을 밝혀냈다. 하지만 거의 모든 동물들의 몸집이 나보다 훨씬 크고, 나보다 작은 동물들은 아주 재빠른데 어떻게 저렇게 작은 몸으로 음식을 구할 수 있었는지 잘 이해가 되지 않는다고 했다. 어떤 학자는 내가 먹을 수 있는 것은 달팽이나 곤충뿐일 것이라고 주장했다. 하지만 더 심도 있는 토론을 거치더니 내가 그런 것을 먹을 것 같지는 않다고 결론지었다.

한 학자는 의기양양하게 내가 태아나 낙태한 아이임에 틀림없다고 말했다. 하지만 그 견해는 곧 다른 학자의 반박을 받았다. 내 팔과 다리가 태아의 팔다리로 보기에는 근육질로 되어 있고, 확대경을 통해서 보이는 수염은 내가 결코 태아가 아니라는 것을 분명히 증명해주고 있었기 때문이었다.

그렇다고 나를 난쟁이로 볼 수도 없었다. 궁궐에는 왕비의 사랑을 받는, 거인국에서 가장 작은 난쟁이가 있었는데 그의 키도 9미터 정도는 되었으니 말이다. 학자들은 아주 오랫동안 논쟁을 벌였다. 그러고는 나를 '렐플럼 스칼카스'의 결과라고 결론 맺었다. 말 그대로 옮기자면 '자연의 장난'으로 태어났다는 것이다.

학자들의 논쟁이 끝나고 결론이 나오자 나는 내게도 말할 기회를 달라고 왕에게 간청했다. 왕이 허락하자 나는 나와 같은 크기의 사람 수백만 명이 살고 있는 나라가 다른 곳에 있으며 나는 그곳에서 왔다고 이야기했다. 그곳에서는 동물, 식물, 집 등 모든 것이 나와 같은 비율로 작기 때문에 원하는 것을 얻을 수 있다는 말도 했다. 학자들의 논쟁에 대해 정답을 말해준 것이었다. 하지만 학자들은 경멸의 미소를 지으면서, 그 농부가 나를 아주 잘 길들이고 아주 잘 가르쳤다고 자기들끼리 수군거렸다. 하지만 학자들보다 호기심도 많고 열린 정신을 갖고 있던 왕은, 아직 궁궐을 떠나지 않고 있던 농부를 불러와 자초지종을 물었다. 농부의 말을 들은 왕은 내 말이 사실일지도 모른다는 생각을 하게 되었던 것이 틀림없었다.

왕비는 글럼달클리치를 위해 편한 방을 하나 마련해주었고 내가 침실로 사용할 수 있는 상자도 만들어주었다. 나는 내 침실을 가구 제작자에게 직접 지시해서 만들게 했다. 3주 후에 한 변 길이가 5미터, 높이가 4미터 정도인 상자 모양의 나무 침실이 완성되었다. 또한 왕비는 내가 사용할 침대, 의자, 테이블 등도 마련해주었다. 왕비는 거인국에서 가장 부드러운 비단을 구해 내 옷을 만들어주었다. 이 나라의 최고 장인들이 총동원되었음은 물론이다. 나는 내 침실에 쥐가 들어올 수 없도록 자물쇠를 만들어달라고 했다. 열쇠 만드는 이가 여러 번 노력한 끝에 거인국에서 이제까지 본 적이 없는 아주 작은 자물쇠와 열쇠를 만들었다. 나는 그 열쇠를 항상 주머니에 넣고 다녔다.

왕비는 나와 함께 있기를 좋아했다. 나와 함께 하지 않으면 아예 식사를 거를 정도였다. 왕비는 내 식탁과 의자를 왕비 왼쪽 팔꿈치 밑에 놓게 한 다음에 식사를 했다. 왕비는 나를 위해 은 접시와 은 쟁반도 만들게 했는데 런던의 장난감 가게에서 볼 수 있는 소꿉놀이 가구들을 머리에 떠올리면 된다. 그것들을 챙겨주고 씻는 일은 모두 글럼달클리치가 담당했다. 왕비가 나와 함께 식사할 때면 열여섯 살 난 공주와 열세 살짜리 공주가 함께 식사했다. 나의 접시 위에 고기 조각을 놓아주는 일은 왕비의 몫이었다. 나는 그 고기를 칼로 잘게 잘라 먹었다. 거인국 사람들 눈에는 손가락 정도 크기의 귀여운 동물이 사람과 똑같은 행동을 하며 오물오물 고기를 씹어 먹는 모습이 무척이나 귀여웠을 것이다.

얼마 지나지 않아 왕도 나를 무척 좋아하게 되었다. 이 나라의 안식일인 매주 수요일에는 왕과 왕비가 왕자, 공주와 함께 식사를 했다. 그럴 때면 내 조그마한 의자와 식탁은 왕의 왼쪽 소금 그릇 앞에 놓였다. 왕은 내게 유럽의 관습, 종교, 법률, 정치, 학문 등에 대해 물어보았고 나는 알고 있는 한 성실하게 답변했다. 왕은 내 말을 경청했지만 대부분의 경우 내 말을 믿으려 들지 않았다. 왕의 학식이 깊은 것이 오히려 내 말을 믿는 데 방해가 되었다. 자신이 이제까지 알고 있던 것이 오히려 편견으로 작용했기 때문이었다.

왕은 어떨 때는 나를 손가락으로 가리키며 저 생물들도 관직이 있으며 둥우리를 만들거나 굴을 파고, 그걸 집이라고 부를 것이라고 말하며 껄껄껄 웃기도 했다. 또 어떨 때는 저 짐 승들도 사랑을 하거나 싸움도 할 것이며, 논쟁을 하고 속이고 배반할 것이다, 라고 말하기도 했다. 사랑하는 조국에 대한 그 토록 모욕적인 말을 듣고 나는 얼굴이 붉어졌지만 내가 화를 낼 처지가 아니었다. 하긴 모욕이랄 것도 없었다. 가만 생각해 보면 내가 내 조국에 대해 갖고 있는 생각보다 내 조국에 대 해 아무것도 모르는 왕의 말이 더 맞는 것 같은 생각이 들기 도 했으니 말이다. 게다가 나는 내가 정말 왜소하다는 생각이 들기 시작했다.

왕비는 이따금 나를 손 위에 올려놓고 거울 앞으로 다가서 곤 했다. 나는 거울 속의 내 모습을 보면서 자신을 향해 연민 의 미소를 짓지 않을 수 없었다. 나는 내 모습이 본래 크기보 다 정말로 수십 배 줄어든 것은 아닌지 정말로 걱정이 되기도 했다. 내가 보기에도 내가 한없이 왜소해 보였으니 거인 왕이 내 조국을 그렇게 보는 것은 당연하지 않은가.

이곳에서 지내면서 제일 기분 나쁜 존재가 왕비의 총애를 받는 난쟁이였다. 그는 자주 내 기분을 상하게 했다. 이 나라에서 가장 키가 작은 주제에 자기보다 훨씬 작은 생물을 보고는 아주 오만해졌다. 난쟁이는 내가 왕비 대기실의 식탁에서 귀족이나 귀부인들과 이야기하고 있을 때면 일부러 거들먹거리며 곁을 지나가곤 했다. 그는 내가 작다는 것을 기회 있을 때마다 강조하려고 애를 썼다. 그럴 때마다 나는 "어이, 친구!"라고 그를 부르거나 "어디 한판 붙어볼까?"라고 그에게 지지 않고 맞서곤 했다.

그러던 어느 날 식사를 하던 도중이었다. 난쟁이는 그런 식의 내 대꾸에 화를 내며 일어났다. 그러더니 왕비의 의자 팔걸이에 가만히 앉아 있는 나를 붙잡아 크림이 담긴 은그릇에 빠뜨리고 재빨리 달아나버렸다. 나는 거꾸로 떨어졌다. 헤엄을 잘 쳤기에 망정이지 안 그랬다면 아주 위험했을 뻔했다.

운이 나빴는지 글럼달클리치는 좀 먼 곳에 있었고 왕비는 너무 놀란 나머지 어찌할 바를 몰랐다. 잠시 후 글럼달클리치가 허겁지겁 달려와 나를 구해줄 수 있었다. 하지만 나는 이미 1리터 이상의 크림을 마셔서 초죽음이 된 후였다. 그 벌로 난쟁이는 매를 맞았으며 나를 던져 넣은 은그릇에 가득 담겨 있던 크림을 다 먹어야 했다. 또한 왕비의 사랑도 더 이상 받을 수 없게 되었으니, 얼마 후에 왕비가 난쟁이를 어느 귀부인에게 선물로 주어버렸던 것이다. 그 이후로 다시 그를 만날 일이 없게 된 것은 천만다행이었다. 그가 여전히 궁궐에 머물러 있었다면 내가 어떤 꼴을 당했을지 모를 일이다.

그가 내게는 얼마나 위험한 존재였는지를 확실히 보여주는 사건이 이전에도 한 번 있었다. 정말 심한 장난이었다. 모두들 함께 식사를 할 때였다. 왕비는 소의 정강이뼈를 집어 들고 골수를 빼내 먹은 다음 접시 위에 세워두었다. 글럼달클리치가 잠시 선반 쪽으로 간 틈을 타서 난쟁이가 나를 잡았다. 그러고는 내 두 다리를 한데 모아 붙이더니 허리까지 소 정강이뼈 속에 집어넣었다. 나는 우스꽝스러운 모습으로 박혀 있어야 했다. 사람들은 몇 분이 지난 다음에야 그 사실을 알 수 있었다. 소리를 질러 도움을 청하기에는 내 자존심이 허락하지 않았기 때문이었다. 왕비는 화를 몹시 냈다. 내가 용서를 구하지 않았다면 난쟁이는 그때 이미 추방되었을 것이다. 그는 호되게 매를 맞았을 뿐 다른 벌은 받지 않았다.

난쟁이뿐 아니라 나를 괴롭히는 상대는 또 있었다. 말하기에 좀 창피하지만 곤충들이었다. 바로 파리와 벌이었다. 거인 국에는 파리가 아주 많아서 여름마다 큰 곤란을 겪었다. 내가 사는 곳의 종달새 크기만 한 파리는 식사를 하는 동안 잠시도 쉴 틈을 주지 않고 내 귓가를 맴돌았다. 이따금씩 파리는 내 음식 위에 앉아 더러운 배설물이나 알을 낳고 가버렸다. 거인 들의 눈에는 잘 보이지 않았지만 미세한 것들까지 자세히 볼 수 있었던 나는 그것들이 확실히 눈에 띄었다. 나는 이 끔찍한 파리가 얼굴 가까이 날아올 때마다 깜짝깜짝 놀라지 않을 수 없었다. 파리를 보고 놀라는 내 모습을 보고 왕비는 내가 겁쟁 이라고 놀려댔다. 난쟁이는 파리를 손으로 잡은 뒤 내 코앞에 서 놓아버려 나를 놀라게 만들기도 했다. 언제까지고 겁을 낼 수만은 없어서 나는 내 주위를 날아다니는 파리를 칼로 찔러 죽였고 그 민첩한 행동에 왕비는 손뼉을 치며 감탄했다.

이번에는 벌 순서였다. 어느 맑은 날 아침이었다. 글럼달클 리치가 바람을 쏘이게 하려고 내가 들어 있는 상자를 창문 위 에 올려 두었다. 나는 상자의 창문을 열어젖힌 후 식탁에 앉아 서 아침 식사로 달콤한 케이크를 먹으려 하고 있었다.

그때였다. 케이크 냄새를 맡은 말벌 스무 마리 이상이 날아들어와 백파이프 소리보다 요란하게 붕붕거렸다. 몇 마리는 케이크를 조금 떼어 날아갔지만 나머지는 계속 소리를 내며 내 머리 위를 날아다녔다. 나는 그들의 독침이 두려웠지만 용감하게 칼을 빼 들고 벌들을 공격했다. 내가 벌 네 마리를 죽이자 나머지는 모두 달아났다. 나는 서둘러 창문을 닫았다.

벌들의 크기는 거의 메추리 정도나 되었다. 나는 벌들에게서 벌침을 조심스럽게 빼냈다. 바늘처럼 날카로웠으며 길이는 거의 4센티미터나 되었다. 나는 그 벌침들을 소중하게 간직했다. 내가 그 벌침들을 가지고 유럽으로 돌아왔을 때 나는 그것들을 내가 가져온 다른 것들과 함께 여러 곳에서 전시회를 열었다. 사람들이 신기하게 생각했음은 물론이다. 나는 네 개의 벌침 중 세 개는 그레셤 칼리지에 기증했고 하나만 내가 계속 보관했다.

제4장 거인국에 대해 설명하다

　　왕궁에서 얼마 동안 지내게 되자 나는 이 나라에 대해서 비교적 자세히 알 수 있게 되었다. 이제부터 내가 아는 한에서 이 나라에 대해 간략하게 설명하기로 한다.

　거인 왕이 다스리는 이 지역은 길이가 9,650킬로미터, 너비가 4,800~8,000킬로미터에 달했다. 그것으로 미루어볼 때, 나는 일본과 캘리포니아 사이에 바다만 있다는 유럽 지리학자들의 주장이 옳지 않다는 결론을 내릴 수밖에 없다. 왜냐하면 아시아의 거대한 타타리 대륙과 균형을 이루는 땅이 지구에 있어야 한다는 것이 내 생각이었기 때문이다. 나는 그동안 지리학자들이 만든 지도를 수정해, 이 거대한 땅을 아메리카 대륙 북서쪽에 붙여야 한다고 생각한다.

거인국은 반도였다. 북동쪽으로 4,800미터 높이의 산맥이 가로놓여 있는데, 꼭대기에 화산이 많아 지나갈 수 없어 저절로 국경을 이루었다. 그 산맥 뒤에 어떤 사람들이 살고 있는지는 아무도 몰랐다.

이 나라는 삼면이 바다였지만 항구가 하나도 없었다. 해안이 암초로 잔뜩 뒤덮여 있고 바다가 너무 거칠었기 때문인데 그 누구도 위험을 무릅쓰고 모험에 나설 생각을 하지 않았다. 그 때문에 이 나라 사람들은 다른 나라 사람들과의 교류 같은 것에 대해서는 생각조차 하지 않았다. 이 나라에 항구가 없는 또 다른 이유가 있다. 바다에서 물고기를 잡을 필요가 없었기 때문이었다. 바다에는 물론 물고기가 있었다. 하지만 그 크기가 내가 사는 곳의 물고기들과 같았기에 아무런 가치가 없었다. 내 생각에 식물과 동물을 이처럼 거대하게 만드는 자연의 법칙은 전적으로 이 대륙에만 제한적으로 작용하는 것 같았다. 그 이유에 대해서는 과학자나 철학자들의 말에 귀를 기울이는 수밖에 없다. 바다에는 배가 없었지만 대신 큰 강에는 배

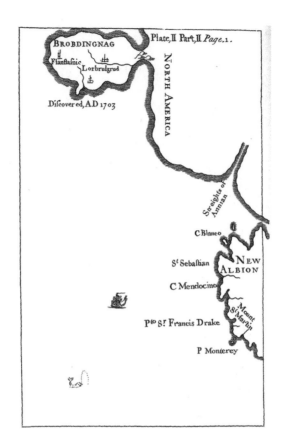

거인국 브롭딩낵 지도

영국의 지도제작가 겸 판화가 허먼 몰의 거인국 브롭딩낵(Brobdingnag) 지도, 『걸리버 여행기』 1726년
판에 실려 있다. 브롭딩낵의 위치는 현실과 맞지 않는 면이 있다. 소설에서는 배가 폭풍에 떠밀려 오늘날
인도네시아 말루쿠 제도에서 동쪽으로 2,400킬로미터 지점까지 표류했다고 하는데, 이 위치는 여전히 태
평양 미크로네시아 지역에 해당한다. 또한 브롭딩낵을 대륙 규모의 반도로 설명하는데, 소설 속에 묘사된
크기라면 북태평양 대부분을 덮을 정도다. 그러나 지도에서는 오늘날의 워싱턴 주와 비슷한 크기다. 스위
프트는 여행기의 신빙성에 대해 대단히 회의적이었다. 이 소설 속의 믿기 힘든 지리 설명은 당시 출간된
신뢰할 수 없는 수많은 여행서들에 대한 풍자로 볼 수 있다.

들이 많았다. 고기잡이 배들이었다. 강에는 아주 다양한 종류의 물고기들이 살고 있어 그것들을 잡아서 식량으로 삼았다.

이 나라 인구는 제법 많았다. 도시가 51개였고 성벽을 두른 마을이 100여 개 있었으며 그 외에도 수많은 촌락이 있었다.

거인국의 수도인 로브럴그러드는 한가운데를 흐르는 강을 경계로 거의 반반으로 나뉘어 있었다. 이 수도에는 8만 가구 이상이 살고 있었고, 크기는 세로가 그들의 단위로 3그롬글렁(87킬로미터), 가로가 2.5그롬글렁(72킬로미터)이었다.

글럼달클리치와 나는 가끔 마차를 타고 시내 나들이를 했다. 거리를 구경하거나 상점에 들르기 위해서였다. 물론 어린 소녀인 글럼달클리치 혼자 나를 데리고 외출한 것은 아니다. 마차에는 글럼달클리치의 여자 가정교사가 함께 타고 있었다.

나는 언제나 내 방, 그러니까 내 상자 속에 들어가서 그들과 함께 외출했다. 그리고 내가 원하면 글럼달클리치는 나를 꺼내어 손바닥 위에 놓기도 했다. 그러면 거리를 지나는 동안 집이나 사람들을 좀 더 잘 볼 수 있었다.

왕비는 나를 넣고 다니는 커다란 상자 외에 밖으로 나다닐 때 편하도록 작은 상자도 하나 만들어주게 했다. 한 변의 길이가 4미터 정도인 그 정사각형 상자는 내가 직접 설계했다. 세 군데 벽에 창문이 나 있고 모든 창문에는 불의의 사고를 방지하기 위해 바깥에 철사로 격자 모양의 창살을 설치했다. 나머지 한쪽 벽에는 튼튼한 꺾쇠를 두 개 달았다. 말을 타고 이동할 경우 그 꺾쇠를 이용해 작은 상자를 허리에 찰 수 있었다. 가끔 글럼달클리치가 몸이 불편해서 나들이를 갈 수 없을 때면 하인이 그 작은 상자를 허리에 찼다. 또한 왕이나 왕비의 행차 때 그런 방법으로 나는 밖으로 따라 나갈 수 있었다.

거인국 도시를 구경하고 싶을 때면 나는 언제나 그 외출용 상자를 이용했다. 대개의 경우 덮개 없는 가마에 탄 글럼달클리치가 내가 들어 있는 외출용 상자를 무릎에 올려놓았다. 그 가마는 왕비전의 하인 네 명이 메고 있었으며 뒤에는 왕실 복장을 한 두 명의 시종이 뒤따랐다. 그럴 때면 내 이야기를 소문으로 전해 들은 사람들이 호기심에 차서 가마 주위로 몰려들곤 했다. 마음씨 착한 글럼달클리치는 가마를 멈추게 하고는 사람들이 좀 더 쉽게 볼 수 있도록 나를 손바닥 위에 올려놓곤 했다.

어느 날 나는 거인국에서 가장 거대한 사원과 그 사원의 탑을 구경한 적이 있었다. 거인국 건물들의 규모를 여러분이 쉽게 상상할 수 있도록 잠시 그 탑에 대해 이야기해보겠다. 사원의 규모는 웅장했지만 솔직히 말한다면 나는 좀 실망했다. 가장 높은 탑이 900미터 정도밖에 되지 않았던 것이다. 거인국과 유럽의 크기로 비교해보았을 때 별로 감탄할 만한 높이가 아니었다. 기억이 정확하다면 비율상 솔즈베리 탑보다 못했다.

높이는 보잘것없었지만 아름답고 당당했다. 벽 두께는 30미터 정도 되었고 벽 사이 움푹 들어간 곳에는 대리석으로 된 신들의 석상과 실물보다 큰 국왕들의 석상이 있었다. 우연히 석상에서 떨어진 손가락 길이를 재보니 정확히 123센티미터였다. 글럼달클리치는 그 손가락을 손수건에 싸서 주머니에 넣었다. 아이들이 대개 그렇듯이 글럼달클리치는 하찮은 물건들을 보물처럼 소중하게 간직하곤 했다.

이번에는 궁궐의 부엌 크기에 대해 말해보겠다. 궁궐의 부엌은 180미터 높이의 아치형 천장을 한 우아한 건물이었다. 아궁이가 세인트폴 대성당 지붕보다 조금 작을 정도였다. 만일 내가 부엌 벽난로라든지 부엌에서 꼬치에 꿰어 익히는 고기들이라든지 다른 이야기들을 해준다면 내 말을 믿는 사람은 아무도 없을 것이다. 냉정한 비평가들은 여행가들이란 자신이 겪은 일을 과장하는 법이라고 말하곤 하는데, 내 이야기도 그런 의심을 받기 충분할 것이다.

하지만 나는 혹시 내가 과장하고 있는 건 아닌지 걱정해본 적이 없다. 내 걱정은 다른 데 있다. 그런 비난을 의식해서 나도 모르게 그들 모습을 작게 그리고 있는 것이 아닌지가 걱정이다. 만일 이 글이 브롭딩낵(이게 바로 거인국의 이름이다) 말로 번역되어 그곳에서 읽히게 된다면 국왕을 비롯한 모든 사람들이 자신들의 모습을 의도적으로 왜소하게 만들어 체면을 손상시켰다고 기분 나빠할지도 모른다.

제5장 여러 가지 위험한 모험들을 겪다

　　내가 아주 작은 사람이라는 사실 때문에 겪게 되는 귀찮은 일들만 아니었으면 나는 거인국에서 아주 행복하게 지낼 수 있었을 것이다. 그 사건들 가운데 몇 가지만 들려주도록 하겠다.

　글럼달클리치는 종종 나를 작은 상자에 넣어 궁궐 뜰로 데리고 갔다. 그리고 나를 그녀의 손에 두거나 땅에 내려놓아 걸을 수 있게 했다.

　첫 번째 사건은 난쟁이가 추방되기 전에 벌어진 일이었다. 글럼달클리치와 내가 궁궐 뜰로 나설 때 난쟁이가 우리를 따라 함께 간 적이 있었다. 글럼달클리치는 나를 땅에 내려놓았다. 난쟁이는 내 곁에 나란히 서 있었고 우리 가까이에는 키 작은 사과나무 한 그루가 있었다. 영국에서와 마찬가지로 거인국에서도 작은 나무를 난쟁이 나무라고 불렀다. 나는 장난삼아 난쟁이를 그 사과나무 같다고 말했다. 자기를 키 작은 나무라고 놀리자 그는 몹시 화를 냈다. 그는 기회를 엿보았다. 내가 사과나무 아래로 걸어가자 그는 기회라는 듯 나무를 흔들어댔다. 그러자 커다란 술통 크기의 사과가 우당탕 주위로 떨어졌다. 나는 놀라서 허리를 굽혔다. 그중 하나에 등을 맞아 나는 땅에 나자빠졌다. 다행히 다친 곳은 없었다. 내가 먼저 그를 놀려서 벌어진 일이기에 나는 그를 용서해달라고 빌었다. 덕분에 난쟁이는 아무 벌도 받지 않았다.

어느 날 내가 부드러운 풀밭에서 혼자 놀고 있을 때 일이었다. 글럼달클리치는 여교사와 함께 조금 떨어진 곳에서 산책을 하고 있었다. 그때 갑자기 우박이 쏟아졌다. 나는 그만 땅 위에 쓰러졌다. 내가 쓰러지자 우박은 마치 테니스공처럼 연달아 무자비하게 내 등을 강타했다. 나는 엉금엉금 기어 화단으로 숨어들어 가서 얼굴을 땅에 납작대고 엎드렸다. 그러나 머리부터 발끝까지 타박상을 입었기 때문에 열흘 동안이나 밖으로 나갈 수 없었다. 브롭딩낵의 우박은 유럽 우박의 거의 2,000배 크기였으니 내가 얼마나 위험했는지 충분히 짐작할 수 있을 것이다.

하지만 그런 것들은 작은 사고에 불과했다. 곧이어 바로 그 정원에서 더 위험한 사건이 벌어졌다.

글럼달클리치는 내가 이따금 혼자 생각에 잠기고 싶어 하면 나를 안전한 곳에 두고 가정교사와 함께 저만치 가곤 했다. 마침 그날은 글럼달클리치가 나를 평소에 넣어두던 상자를 챙겨오기 귀찮다며 그냥 집에 두고 왔다. 내가 소리를 질러도 들리지 않을 정도로 그녀가 멀리 갔을 때였다. 정원사가 기르는 하얗고 조그마한 스패니얼 개 한 마리가 정원에 나타났다. 개는 냄새를 맡고는 곧장 달려와 나를 덥썩 물더니 들어 올렸다. 정원사에게로 달려간 개는 꼬리를 흔들며 나를 땅에 가만히 내려놓았다. 천만다행으로 훈련을 잘 받은 개였다.

나는 너무 놀랐지만 다행히 내 몸은 상한 데가 없었다. 옷을 조금도 찢지 않고 얌전히 이빨 사이로 물고 갔던 것이다. 내게 언제나 친절하던 정원사는 너무나 놀랐다. 그가 다친 데는 없느냐고 물었지만 너무 놀라 숨이 넘어갈 지경이었던 나는 말을 할 수조차 없었다. 몇 분 후 겨우 정신을 차리자 정원사는 나를 글럼달클리치에게 데려갔다. 그녀는 개를 잘 단속하지 않은 정원사를 심하게 꾸짖었다. 그러나 이 일을 왕비에게 알리지 말라고 나는 글럼달클리치에게 신신당부했다. 몹시 놀란 왕비가 혹시 내 외출을 금지할까봐 걱정되어서였다. 이 사건을 계기로 글럼달클리치는 밖에 나갈 때면 절대로 내 곁을 떠나지 않았다.

사실 나는 크고 작은 사건들을 수없이 겪었지만 글럼달클리치에게는 말해주지 않았다. 소녀가 걱정할 것을 염려해서이기도 했지만 가끔은 그녀 없이 혼자 정원을 거닐고 싶기 때문이었다.

그녀에게 말해주지 않은 사건들을 몇 가지 소개하겠다. 한번은 이런 일도 있었다. 정원을 맴돌던 매가 나를 향해 내려왔다. 만일 내가 신속하게 칼을 빼든 채 울창한 과수 나무 밑으로 피하지 않았다면 그 매는 발로 나를 채어갔을 것이다.

한번은 또 이런 일도 있었다. 두더지가 만들어놓은 흙무더기 위를 걷다가 실수로 그 구멍에 빠져버린 것이다. 겨우 빠져나왔지만 옷이 엉망이었다. 나는 글럼달클리치에게 그럴듯하게 둘러댔다. 또한 달팽이 껍질에 걸려 넘어져 오른쪽 정강이가 부러진 적도 있었다.

새들에게 당한 일도 있었다. 새들은 내가 곁에 있어도 아무렇지 않은 듯 벌레나 달팽이를 찾았다. 사람으로서 정말 자존심 상하는 일이었지만 어쩌겠는가? 그러던 어느 날 내가 홍방울새를 향해 굵은 몽둥이를 던졌다. 몽둥이가 정통으로 홍방울새를 맞혀 새는 땅에 떨어졌다. 나는 재빨리 달려가 새의 목을 두 손으로 잡아서 들고 의기양양하게 글럼달클리치에게 달려갔다. 그러나 정신을 차린 홍방울새가 나의 머리와 몸을 날개로 내리쳤다. 마침 곁에 있던 하인이 그 새의 목을 비틀지 않았더라면 큰 상처를 입었을 것이다. 왕비는 그 홍방울새를 다음 날 내 저녁 식사로 요리해주라고 했다. 그 홍방울새는 영국의 백조보다 조금 더 컸던 것 같다.

시녀들은 이따금 나를 보거나 만지려고 글럼달클리치를 초대하곤 했다. 시녀들은 가끔 나를 발가벗기고는 가슴에 꼭 껴안아주기도 했는데 나는 그게 정말로 싫었다. 그녀들의 피부에서 너무 역겨운 냄새가 풍겼기 때문이었다.

나는 내가 존경하는 숙녀들을 욕보이기 위해 그런 말을 하는 것이 아니다. 몸이 작아진 만큼 내 후각은 더 날카로워졌다. 이 나라의 남자들은 귀부인들에게서 그런 역한 냄새를 맡을 까닭이 없었다. 거인국 숙녀들의 명예를 위해 하는 말이지만, 그녀들에게서는 영국의 어느 귀부인에게도 뒤지지 않을 만큼 좋은 냄새가 났다고 말하는 게 가장 객관적인 판단일 것이다.

그래도 몸에서 풍기는 체취는 그럭저럭 견딜 만했다. 정말 견딜 수 없는 것은 향수 냄새였다. 몸에 향수를 뿌린 시녀 곁에 있다가 나는 그 냄새에 기절할 뻔했던 적도 있었다. 그러고 보니 릴리퍼트에서 있었던 일이 기억난다. 어느 더운 날, 내가 한창 운동에 몰두하고 있을 때였다. 나와 아주 가깝게 지냈던 친구 한 명이 내 몸에서 지독한 냄새가 풍긴다며 코를 감싸 쥐었던 것이다. 나는 유럽인 중에서도 체취가 가장 심하지 않은 남자였는데도 말이다. 후각도 그렇게 상대적일 수밖에 없는 것이다.

시녀들을 만날 때 냄새보다 나를 더 기분 나쁘게 만드는 일이 또 있었다. 그녀들이 마치 나를 벌레 보듯 아무런 예의를 갖추지 않고 제멋대로 행동한 것이다. 시녀들은 내가 빤히 쳐다보고 있는 곳에서 옷을 갈아입었다. 화장대 위에 놓인 채, 아무것도 입지 않은 시녀의 몸을 보았을 때 나는 유혹을 느끼기는커녕 두려움과 역겨움을 느꼈을 뿐이다.

가까이서 보면 시녀들의 피부에는 쟁반 크기의 점들이 여기저기 있었고, 그 위에는 노끈보다 굵은 털이 달려 있었다. 피부도 아주 거칠고 울퉁불퉁한 데다 색깔 또한 오만 가지가 다 섞여 있었다. 그러니 피부 외의 다른 부분은 두말할 필요 없다.

시녀들은 내가 곁에 있다는 사실은 전혀 개의치 않고 오줌을 누었다. 1,000리터짜리 술통의 세 배가 넘는 요강에 한꺼번에 40리터 정도의 오줌을 내보냈으니 내가 어떻게 속이 메슥거리지 않을 수 있었겠는가!

그녀들 중에 가장 아름답고 쾌활하며 장난을 좋아하는 열여섯 살짜리 시녀가 있었다. 그녀는 때때로 나를 가슴 위에 올려놓고 자신의 젖꼭지를 타고 앉게 했다. 그런 후 온갖 짓궂은 장난을 다 해댔지만 자세하게 이야기하고 싶지는 않다. 독자 여러분의 너그러운 용서를 빌 뿐이다. 어쨌든 시녀들만 만나면 나는 기분이 상했다. 나는 글럼달클리치에게 다시는 시녀들 곁으로 데려가지 말아달라고 신신당부했다.

나는 왕비에게 가끔 바다 여행 이야기를 해주었고 왕비는 아주 즐거워했다. 그녀는 내가 우울할 때면 내 기분 전환을 시켜주려 애썼다. 왕비는 배를 모는 연습을 하면 건강에도 도움이 되고 기분도 좋아질 것이라며 나에게 돛과 노를 다룰 줄 아느냐고 물었다. 나는 물론이라고 씩씩하게 대답했다. 내 직업이 배의 외과의사였지만 가끔씩 위급할 때면 선원들과 마찬가지 일을 했기에 노 젓는 일은 누워서 떡 먹기였다. 하지만 이 나라에서 배를 띄운다는 건 나로서는 상상도 할 수 없는 일이었다. 이 나라의 가장 작은 보트도 유럽의 일급 전함보다 컸으며, 설사 내가 저을 수 있는 배를 만든다 할지라도 강에 띄우자마자 뒤집힐 게 뻔했다.

왕비는 내게, 내가 손쉽게 다룰 수 있는 배를 직접 설계하라고 했다. 또 뱃놀이 장소도 마련해주겠다고 했다. 내 설계에 따라 솜씨 좋은 목공이 유럽인 여덟 명 정도는 충분히 태울 수 있는 유람선을 만들었다. 모든 장비가 훌륭하게 갖추어진

배였다.

그러자 왕비는 목공을 시켜 길이가 90미터, 너비가 15미터, 깊이가 2.5미터 정도 되는 나무통을 만들게 했다. 물이 새지 않게 그 나무통에 콜타르칠을 하게 한 후, 궁궐 정원이 내려다보이는 방의 벽 쪽에 세워놓았다. 이곳에서 나는 가끔 기분 전환도 할 겸, 시녀들과 왕비를 즐겁게 할 겸, 뱃놀이를 했다. 귀부인들이 부채로 바람을 일으키면 나는 돛을 세우고 방향 조정을 했다. 시종 몇 사람이 입김을 불면 나는 내가 원하는 방향으로 배를 돌리는 기술을 선보였다.

이렇게 뱃놀이를 하다가 목숨을 잃을 뻔한 사고가 일어난 적도 있었다. 시종 하나가 보트를 물통에 집어넣은 후 글럼달클리치의 여교사가 부드럽게 나를 들어 올려 보트에 놓으려는 순간이었다. 나는 그녀의 손가락 사이로 미끄러졌다. 12미터 아래 마루로 떨어질 판이었다. 그러나 다행스럽게도 그녀의 가슴 장식에 달려 있던 커다란 핀에 매달려 겨우 목숨을 구할 수 있었다. 물통 속으로 개구리가 들어오는 사건이 발생했을 때 내가 노로 개구리를 두들겨 패서 쫓아낸 사건도 있었음을 지나는 김에 말해둔다.

내가 거인국에서 겪었던 일 중에 식당에서 일하는 사람이 기르던 원숭이에게 당했던 일이 가장 고통스러운 일 중 하나였다. 이제 그 이야기를 하자.

글럼달클리치는 일을 하러 가거나 다른 사람을 만날 일이 있을 때면 나를 그녀의 침실에 넣고는 문을 잠가 두고 밖으로 나가곤 했다.

어느 무더운 날이었다. 그녀는 창문을 닫으면 내가 너무 더워할까봐 침실 창문을 활짝 열어둔 채 밖으로 나갔다. 내가 들어 있던 큰 나무 상자의 창문도 모두 열어둔 채였다. 나는 의자에 앉아 조용히 생각에 잠겨 있었다. 그때 뭔가가 침실 창문을 통해 방으로 들어오는 소리를 듣고 나는 깜짝 놀랐다. 나는 나무 상자 안의 의자에 앉은 채 밖을 내다보았다. 원숭이가 이리저리 뛰어다니고 있었다. 원숭이는 내가 들어 있는 상자를 발견하고 가까이 다가왔다. 창문을 통해 나를 들여다보며 재미있다는 표정을 짓고 있었다. 나는 두려움에 질려 상자 구석으로 물러났다.

나를 발견한 원숭이는 고양이가 쥐를 가지고 놀 듯, 슬며시 문을 통해 손 하나를 쑥 안으로 넣었다. 나는 이리저리 피했지만 웃옷 자락이 원숭이에게 잡히고 말았다. 원숭이는 나를 밖으로 끌어냈다. 나를 바깥으로 끌어낸 원숭이는 오른손으로 나를 잡고 마치 젖을 먹이는 것 같은 자세를 취했다. 내가 몸부림을 치자 원숭이는 나를 더욱 거세게 끌어안았다. 다른 손으로 내 얼굴을 쓰다듬는 것이 나를 원숭이 새끼로 생각하는 것 같았다.

그때 글럼달클리치가 그녀의 침실 문을 열고 들어왔다. 그러자 원숭이는 나를 안은 채 창문으로 뛰어나갔다. 그러고는 홈통 위를 걸어서 건너편 건물 지붕 위로 올라갔다. 글럼달클리치는 비명을 질렀다. 그녀는 온통 미칠 지경이었다. 곧이어 궁궐에 큰 소란이 일었고 많은 사람들이 모여 원숭이를 보았다.

지붕 위에 올라앉은 원숭이는 나를 한쪽 앞발로 들더니 다른 손으로는 옆구리에 달린 주머니에서 먹을 것을 꺼내 내 입에 쑤셔 넣었다. 나를 새끼로 알고 내게 뭔가 먹여준 것이다. 내가 고개를 휘젓자 원숭이는 나를 달래듯 쓰다듬어주었다. 그 모습을 구경하고 있던 사람들은 모두 웃지 않을 수 없었다. 하지만 그들을 비난할 수는 없는 노릇이었다. 당사자인 나만 제외한다면 누구에게나 우스꽝스러운 장면임이 틀림없었기 때문이었다.

곧이어 사다리가 놓였고 몇 사람이 지붕 위로 올라왔다. 원숭이는 지붕 기와에 나를 던져버린 채 도망쳤다. 지붕은 땅에서 450미터 되는 높이였다. 나는 아찔했다. 언제 바람에 날려 떨어질지 몰랐고 자칫 어지러워지면 처마까지 굴러 떨어질 수도 있었다. 다행히 글럼달클리치의 충실한 시종이던 소년 한 명이 올라와 나를 바지주머니에 넣고 안전하게 내려주었다.

원숭이가 내 입안에 쑤셔 넣은 더러운 '음식물' 때문에 나는 거의 숨이 막힐 지경이었다. 나의 꼬마 보호자 글럼달클리치가 작은 바늘로 입에서 그것을 꺼내주었다. 나는 배 속에 들어 있던 것까지 모두 토하면서 그 자리에서 쓰러졌다. 일단 토하고 나니 한결 살 것 같았다. 그러나 그 흉악한 원숭이가 옆구리를 하도 세게 틀어쥐는 바람에 온몸에 멍이 들었고, 기력도 떨어져서 2주 정도 침대에 누워 있어야만 했다. 나를 사랑하는 왕비는 친히 여러 번 병문안을 왔으며 그 원숭이를 잡아 죽이게 했다. 왕비는, 앞으로 그런 동물을 궁궐에 두지 말라는 엄명을 내렸다.

몸이 회복되자 나는 왕을 찾아갔다. 나를 염려해준 것에 대한 감사를 표하기 위해서였다. 그런데 왕은 나를 놀려주고 싶었나 보다. 내가 원숭이에게 잡혀 있을 때 내가 무슨 생각을 하고 있었는지, 원숭이가 먹여준 음식의 맛은 어땠는지, 지붕 위에서 마신 신선한 공기에 내 식욕이 돋지나 않았는지, 만일 내가 살고 있는 나라에서 이런 일이 벌어졌다면 어떤 식으로 대처했을지, 장난기 띤 얼굴로 내게 물었다.

나는 자존심이 상했다. 나는 영국에는 본래 원숭이가 살고 있지 않지만 다른 지방에서 데려온 원숭이들이 있으며, 아주 작은 원숭이이기 때문에 만일 그들이 공격해 온다면 한꺼번에 열 마리 이상도 해치울 수 있다고 대답했다. 그리고 나를 골탕 먹인 그 흉악한 동물도(사실 그 원숭이는 코끼리만큼 거대했다) 내가 마음만 먹었다면 단검을 사용해 물리칠 수 있었을 것이라고 대답했다. 그 대답을 하면서 나는 두 눈을 날카롭게 뜨고 칼집에 손을 댄 채 분연히 일어섰다.

그러나 내 대답은 웃음거리밖에 되지 않았다. 왕 주변 사람들이 일제히 웃음을 터뜨렸던 것이다. 그 모습을 보고 나는 깨달았다. 자신보다 월등히 뛰어난 사람 앞에서 자신의 명예를 지키기 위해 노력한다는 것은 정말 헛된 일이었다. 하긴 영국에서도 자주 겪은 일이었다. 머리에 들어 있는 지식도 하잘것없고 인품도 형편없는 사람이, 마치 자신이 대영제국의 위대한 인물이나 되는 것처럼 잘난 체할 때 얼마나 사람들의 비웃음을 사게 되는 것인가! 내가 딱 그 꼴이었다.

부끄러움을 무릅쓰고 한 가지 이야기만 더 하자. 어느 날인가 나는 글럼달클리치와 그녀의 여교사와 함께 마차로 약 한 시간 정도 걸리는 곳으로 나들이를 간 일이 있었다. 글럼달클리치의 건강이 별로 좋지 않아 좋은 공기를 쐬게 하기 위해서였다. 여교사와 글럼달클리치는 들판 근처에서 말을 멈추었다. 글럼달클리치가 내 외출용 나무 상자를 내려놓자 나는 밖으로 나와 걸어 다녔다.

그런데 그 작은 길에 소똥이 있었다. 나는 그 똥을 뛰어넘으려고 껑충 뛰었다. 하지만 똥 무더기가 너무 높아 미처 넘지 못하고 무릎이 똥 한가운데 빠지고 말았다. 애써 걸어 나오자 시종 한 사람이 손수건으로 깨끗이 닦아주었다. 그러나 온몸이 온통 똥투성이라 글럼달클리치는 집에 돌아올 때까지 나를 상자에 가두어두었다.

왕비는 글럼달클리치에게 그 이야기를 전해 들었으며 시종들은 궁궐 전체에 그 이야기를 퍼뜨렸다. 나의 명예는 염두에 두지 않은 채 그 이야기는 며칠 동안 사람들 입에 오르내리며 그들을 즐겁게 해주었다. 나는 그런 식으로 거의 매일 우스꽝스러운 이야기를 궁궐에 제공했다.

제6장 국왕과 영국에 대해 이야기를 나누다

나는 일주일에 한두 번 궁궐에서 왕의 모습을 볼 수 있었다. 왕의 알현식에 나도 참석했던 것이다. 그리고 이따금 이발사가 와서 왕에게 면도를 해주는 모습을 보았다. 처음 봤을 때는 정말로 무시무시한 광경이었다. 면도칼이 낫의 두 배 이상이나 길었으니 내가 놀랐던 것도 무리가 아니었다. 이 나라 관습에 따라 왕은 일주일에 두 번씩 면도를 했다.

그때 내게 좋은 생각이 떠올랐다. 나는 이발사에게 면도를 하고 난 거품을 달라고 부탁했다. 그가 마다할 이유가 없었다. 나는 그 거품을 뒤져서 그중 가장 빳빳한 수염 몇십 개를 골랐다. 그런 후 나는 부드러운 나무를 골라서 빗 모양으로 자른 후 가느다란 바늘로 구멍을 뚫었다. 이어서 나이프로 수염 끝을 부드럽게 다듬은 후 구멍에 끼워 넣자 아주 쓸 만한 빗이 되었다. 내가 가지고 있던 빗은 이가 다 빠져서 쓸 수 없게 되었던 참이었다.

나는 빗 외에 다른 수공예품들도 만들었다. 빗은 내가 쓰기 위해서였지만 다른 공예품들은 왕비를 위해 만든 것들이 많았다. 그중 대표적인 것이 왕비의 머리칼을 이용해 만든 의자였다. 나는 그것을 왕비에게 장식용으로 선물했고 왕비는 무척 기뻐했다. 그 의자를 본 사람들이 모두 감탄했음은 물론이다. 이 나라에서 이렇게 섬세한 수공예품을 만들 줄 아는 사람은 아무도 없었다.

한편 국왕은 음악을 좋아해서 자주 연주회를 열었다. 나도 가끔 초대를 받았지만 음악 소리가 너무 커서 도통 음정을 구별할 수가 없었다. 그때 나는 기발한 방법으로 왕을 즐겁게 해 주겠다는 생각을 했다. 젊었을 때 나는 하프시코드 연주를 조금 배웠다. 글럼달클리치에게는 작은 하프시코드가 있었고 일주일에 두 번씩 선생이 방문해서 그녀에게 연주법을 가르치고 있었다. 나는 이 악기로 영국 음악을 연주해서 왕과 왕비를 즐겁게 해주고 싶었다.

하지만 그건 쉬운 일이 아니었다. 이 나라의 소형 하프시코드는 그 크기가 거의 18미터나 되었으며 건반 하나의 폭이 30센티미터나 되었으니 내가 아무리 두 팔을 벌리더라도 건반 다섯 개 이상은 내 손이 닿지 않았기 때문이었다. 더욱이 건반을 주먹으로 두드린다는 건 너무 힘든 일이었다.

나는 방법을 생각해냈다. 우선 나는 곤봉 크기만 한 막대기 두 개를 준비했다. 굵은 쪽은 쥐 가죽으로 싸서 아무리 세게 두드려도 건반이 상하지 않게 했다. 그리고 하프시코드 건반 바로 아래 높이가 1.2미터쯤 되는 긴 의자를 갖다놓았다. 나는 그 의자 위로 올라간 후 이리저리 재빨리 옮겨 다니며 두 개의 막대기로 건반을 두드려 곡을 연주했다. 춤곡이 왕비를 아주 즐겁게 해주었음은 물론이다. 하지만 내게는 연주라기보다는 아주 격렬한 운동이었다.

그러던 어느 날이었다. 아마 왕이 나와 대화를 나누고 싶어진 모양이었다. 왕은 나를 나무 상자에 든 채로 어전 탁자 위에 갖다놓으라고 명령했다. 그리고 상자 안에서 의자 하나를 가지고 나와 그의 얼굴을 마주 볼 수 있도록 상자 위에 올라 앉으라고 명령했다. 그렇게 하니 왕과 나 사이의 거리가 3미터가량 되었다. 나는 그런 식으로 왕과 여러 차례에 걸쳐 대화를 나누었다.

이웃 나라와 왕래가 없던 왕은 내가 유럽과 영국에 대해 이야기를 하면 은밀히 경멸에 찬 표정을 지었다. 어느 날 나는 다른 나라를 경멸하는 것은 국왕의 인품에 어울리지 않는다고 큰 용기를 내어 말했다. 사람의 이성은 몸이 크다고 해서 발달하는 것이 아니며 유럽에서는 그 반대로 키 큰 사람들이 머리가 좋지 않다는 이야기까지 했다. 그리고 내가 보잘것없는 생물로 보일지 모르지만 언젠가는 국왕에게 큰 도움이 될 수도 있을 것이라고 말했다.

국왕은 이해력이 높은 사람이었다. 그는 내 이야기를 주의 깊게 들어본 후 어느 정도 내 이야기를 믿기 시작했다. 그리고 나를 전보다 높이 평가하기 시작했다. 왕은 영국 정부에 대해 이야기를 들려달라고 했다. 그리고 본받을 만한 제도가 있다면 수용할 용의가 있다고까지 했다. 내가 뛰어난 웅변가들처

럼 훌륭한 혀를 가지고 있었으면 얼마나 좋을까 하고 아쉬워
했다는 것을 독자들은 알아주길 바란다. 나는 진정으로 나의
조국에 대해 많은 것을 자랑하고 싶었고 조국을 찬미하고 싶
었다.

나는 우선 영국의 영토에 대해 설명한 후 영국의 귀족원과
의회에 대해 설명을 했다. 그리고 영국 사람들이 국왕을 보좌
할 자질을 키우기 위해, 법률을 만드는 일에 기여하기 위해,
엄정한 재판관이 되기 위해, 용기와 충성심으로 나라와 국왕
을 지키는 기사가 되기 위해 얼마나 많은 노력을 하는지, 입에
침이 마르게 설명했다.

나는 의회제도에 대해서도 상세히 알려주었으며 영국의 종
교와 종파가 얼마나 많은지, 각 정파의 정당에 얼마나 사람이
많은지 설명해주었고 영국의 운동이나 오락을 포함해 영국의
명예를 드높일 수 있는 것은 한 가지도 빼놓지 않고 왕에게
이야기해주었다. 그리고 마지막으로 지난 100년간 영국에서
일어난 역사적 사건들을 간추려 이야기해주었다.

위의 내용들을 나는 한 번에 몇 시간씩 다섯 차례 만남을
통해 왕에게 들려주었다. 우리가 여섯 번째 만났을 때 국왕은

내가 말한 내용에 대해 의문을 제시하거나 질문을 했으며 때로는 반박하기도 했다. 그중 그는 상원의원과 하원의원의 빈자리가 생겼을 경우 어떻게 그 자리를 메우는가에 대해 깊은 관심을 가졌다.

상원의원의 경우 새로운 귀족이 되기 위한 자격은 무엇인지, 그 자격을 얻을 수 있는 방법은 무엇인지 물었고, 하원의원 선거도 과연 어떻게 공정하게 이루어질 수 있는지 물었다. 요컨대 상원의원의 경우 왕에게 아첨하거나 귀부인이나 총리대신에게 뇌물을 주어 새롭게 자리를 차지하는 경우는 없는지, 하원의원의 경우 돈만 많은 천박한 사람이 투표자들을 매수해서 덕망 높은 사람을 낙선시킨 경우는 없는지 물었다. 또한 왕이 듣자 하니 상당한 노력과 돈이 있어야 하원의원이 될 수 있는 반면 보수는 한 푼도 없는 제도로 보이는데, 많은 사람들이 집안을 망치면서까지 의원이 되려고 하는 이유는 뭐냐고 물었다. 혹시 그 사람이 부패한 정부와 어울려서 개인적 이익을 도모하지는 않는지, 그래서 결국 국민에게 피해를 주지는 않는지 물었다.

국왕은 그 외에도 많은 질문을 던졌다. 하지만 여기서 그 질문과 대답을 모두 반복하지는 않겠다. 어쨌든 내가 그에게 말해준 자리들은 아주 높은 덕망과 고결한 정신을 가진 사람이 맡아야만 하는 자리로 그에게 비친 것이 분명하다. 그는 과연 그런 사람들이 얼마나 될 것인가, 의심스러워 내게 그런 질문을 한 것이리라. 솔직히 말한다면 내게도 그런 의심이 들었음을 부인할 수 없다.

국왕은 영국의 법원에 대해서도 자세히 알고 싶어 했다. 과연 법관들이 편파적인 적은 없는가, 편의에 따라 법을 다르게 해석한 경우는 없는가 물었다. 그 질문에 내가 조금 우물쭈물했다는 것을 밝히면 영국의 명예가 손상되는 일이 될 것이니 이만 그치겠다.

나는 왕에게 전쟁에 대한 이야기도 해주었다. 그러자 국왕은 아마도 우리가 싸움을 무척 좋아하는 국민이거나 이웃에 아주 나쁜 사람들이 살고 있는 게 틀림없다고 말했다. 더욱이 평화 시에도 상비 군인이 있다는 말을 듣고는 매우 놀랐다. 국민의 대표를 통해 나라가 잘 통치되고 있는데 도대체 누구를 두려워한단 말인가? 도대체 누구와 싸운단 말인가? 자기 집 정도는 자기가 다 잘 지킬 수 있는 것 아닌가? 이것이 국왕의 생각이었다.

국왕이 가장 크게 놀란 것은 지난 1세기 동안 영국에서 일어난 역사적 사건들을 들려주었을 때였다. 그 역사라는 것이 순전히 음모, 반란, 학살, 추방 등으로 이루어져 있지 않느냐는 것이었다. 그것들은 탐욕, 편견, 위선, 불신, 잔인, 격분, 광기, 증오, 질투, 악의 등이 만들어낸 가장 나쁜 결과가 아니냐는 것이었다.

다음번에 다시 만났을 때 국왕은 내가 이야기한 것들을 요약해 내게 되풀이했다. 그는 그가 물은 것과 내가 대답한 것을 서로 비교한 후 양손으로 나를 감쌌다. 그리고 내 몸을 부드럽게 쓰다듬으며 국왕은 내게 다음과 같이 이야기를 해주었다. 나는 아직도 그 이야기를 해줄 때의 그의 표정과 태도를 잊을 수 없다. 특히 그 내용은 내 가슴속 깊은 곳에 남아 있다. 그가 해준 이야기를 더듬어 기억해보면 다음과 같다.

"나의 조그마한 친구 그릴드릭, 그대는 영국이라는 나라에 대해 놀랄 만한 찬사를 늘어놓았다. 그대는 의원의 자격을 갖추려면 무지해야 하고, 게을러야 하며, 부도덕해야 한다는 것을 증명했다. 그리고 그대의 나라에는 온통 법을 악용하고 왜곡하고 어기는 데 온 노력을 기울이는 자들이 많으며 이들에 의해 법이 해석되고 운용되고 있음을 잘 알려주었다.

처음에는 제대로 만들어진 제도들이 그대 나라에서 조금씩 무너지기 시작하더니 이제는 부패되어 원래 모습도 알아보기 어려울 정도로 변하게 되었다는 것도 나는 알게 되었다. 또한 그대의 말을 들으니 어떤 지위에 합당한 자가 그 지위에 오르는 일은 거의 일어나지 않는 것 같다.

덕망이 있어 귀족이 되거나, 사제들이 열심히 공부하여 높은 자리에 오르는 것 같지도 않고, 용기 있는 자가 군인이 되거나 정직한 사람이 재판관이 되는 것 같지도 않다. 국가를 사랑한다고 국회의원이 되거나 지혜가 있어서 왕의 신하가 되는 것 같지도 않다. 그대는 나라 밖으로 여행을 많이 했으니 비교적 그런 악덕으로부터 자유롭다고 믿고 싶다.

그대의 이야기와 내 질문, 그리고 그에 대한 그대의 답변을 통해 종합해볼 때, 그대의 민족 대부분은 세상 표면을 기어 다니는 생물 중 가장 해롭고 가증스럽기 짝이 없는 가장 작은 벌레들의 집단이라고 나는 결론 내릴 수밖에 없다.”

제7장 거인국에 대한 추가 설명

　　　　　　나는 진실을 사랑하기에 조국에 관한
이야기를 하나도 감추지 않고 모두 국왕에게 해주었다. 그 결
과 국왕이 내 조국에 대해 내린 모멸적인 판단을 듣게 되었다.
하지만 화를 낼 수 없었다. 화를 내봤자 이 나라에서는 언제나
놀림감이 되었기 때문이었다. 내가 그런 대답밖에 못한 것에 대
해 고국 독자들에게 정말 미안한 마음을 감출 수 없다.

　하지만 세상에서 완전히 고립되어 다른 나라의 관습을 전
혀 모르던 국왕에 대해 우리는 너그러워야 한다. 지식이 부족
하면 편협해질 수밖에 없지 않은가. 더욱이 이렇게 먼 나라에
살고 있는 국왕의 판단을 모든 인류의 기준으로 삼을 수는 없

는 법이다. 이런 내 이야기를 입증해줄 만한 이야기를 지금부터 하나 들려주겠다. 도저히 믿기 어려운 이야기다.

국왕의 사랑을 받고 싶은 마음에 나는 이미 오래전에 발명된 화약 제조법에 대해 이야기를 해주었다. 나는 화약에 조그만 불길이라도 닿는다면 아무리 커다란 것일지라도 천둥소리와 함께 하늘로 날려버릴 수 있다고 왕에게 말했다. 게다가 나는 아무리 견고한 성벽도 단숨에 무너뜨리고 1,000명 이상이 타고 있는 배도 가라앉힐 수 있는 포탄에 대해 이야기해주었다. 모두 이 나라에는 없는 것들이었다.

나는 화약 성분을 내가 잘 알고 있으며 원료 또한 싼값에 쉽게 구할 수 있다고 국왕에게 말했다. 게다가 나는 대포도 만들 수 있다고 말했다. 아무리 큰 포신이라도 60미터 정도면 될 것이고 그런 대포 20~30개만 가지면 그의 영토에 있는 가장 강력한 도시의 성곽조차 몇 시간 안에 무너뜨릴 수 있을 터였다. 나는 만일 어느 도시가 국왕에게 거역해 반란이라도 일으킨다면 도시 전부를 부수어버릴 수 있는 힘을 국왕이 지니게 될 것이라고 말했다. 나는 국왕이 내게 베풀어준 호의에 대한 보답으로 자그마한 성의를 표하기 위해 이런 제안을 한 것이다.

내 말을 들은 국왕은 크게 노여워했다. 나처럼 보잘것없고 나약한 벌레가 어찌 그런 잔인한 생각을 품을 수 있느냐면서. 그리고 그런 무시무시한 살육에 대해 어쩜 그렇게 태연하게 이야기할 수 있느냐면서. 국왕은 그 기계는 악마가 만든 것임에 틀림없다고 말했다. 그는 기술을 발견하거나 자연현상에서 뭔가를 배우는 것은 즐거운 일이지만 화약 제조법을 배우느니 차라리 왕국의 절반을 잃어버리는 게 낫다고 단언하듯 말했다. 그러더니 목숨이 아까우면 다시는 그런 이야기는 꺼내지도 말라고 명령하듯 말했다.

왕이 얼마나 편협한 원칙에 매달려 있으며 안목이 좁은가를 보여주는 아주 좋은 예였다. 국왕은 존경과 사랑과 숭배를 받을 만한 재능을 지니고 있었다. 원대한 지혜와 학문을 갖추고 있었다. 통치를 잘해 국민에게 찬양도 받고 있었다. 하지만 그뿐이었다. 국민의 생명과 자유, 재산까지도 마음대로 할 수 있는 절대적 권력을 가질 기회가 왔는데도 노여워하며 거절한 것을 보면 이 나라의 왕은 야심이 없는 사람이었다.

The KING of BROBDINGNAG, and GULLIVER.

「브롭딩낵 왕과 걸리버 The King of Brobdingnag and Gulliver」

영국 캐리커처 화가 제임스 길레이의 1803년 작품. 영국의 조지 3세를 거인 브롭딩낵 왕으로, 작고 보잘 것없는 체구의 나폴레옹을 걸리버로 묘사한 풍자화다. 거인국 브롭딩낵 이야기에서 스위프트는 거인들을 통해 인간이란 것이 크게 확대해서 세세히 뜯어보면 얼마나 추하고 어리석은 존재인지를 폭로한다. 또한 브롭딩낵 왕의 이야기를 통해 영국 또는 유럽으로 대표되는 인류 문명의 수준 낮음을 풍자하고 비판한다.

영국 독자들은 그가 편협한 사람이라며 그의 인품을 깎아
내릴지도 모른다. 하지만 그건 인품의 문제가 아니라 무지의
소치였다. 유럽 물질문명은 정치를 과학으로 만드는 데 성공
했지만 그는 아직 거기에 이르지 못한 것이다.

어느 날 나는 국왕과 이야기를 나누다가 정치에 관한 책이
영국에는 수천 권이나 된다는 이야기를 하게 되었다. 나는 자
랑이라고 생각하고 해준 말인데 거꾸로 국왕에게 또다시 영
국에 대한 나쁜 인상을 심어주고 말았다. 그는 상대가 그 누구
이든 간에 비밀, 치밀한 전략, 음모 등을 중시하는 이는 혐오
하고 경멸한다고 말했다.

그는 국가의 기밀이라는 말도 이해하지 못했다. 브롭딩낵
의 경우 적국도 없었고 경쟁하는 나라도 없었기에 당연한 일
이었다. 국가 통치에 관한 그의 지식은 일정한 테두리에 머물
러 있었다. 상식이니, 이성이니, 정의와 관용이니, 지극히 당연
한 것에만 머물러 있었다.

국왕의 견해에 따르면 곡식 한 줄기가 자라던 곳에 두 줄기
가 자라게 해주고, 풀 한 포기 자라던 곳에 두 포기가 자랄 수
있게 해주는 사람이면 그 사람이야말로 진정으로 사람들을

위해 뭔가를 한 것이며, 그 사람이야말로 조국에 봉사한 위대한 사람이라는 것이다. 국왕은 그런 사람이 한 일이야말로 정치하는 사람들 모두가 한 일을 다 합한 것보다 훌륭한 일이라고 결론 내리듯 말했다.

국왕을 보아서 알 수 있듯이 브롭딩낵 사람들의 학문은 여러 가지로 부족한 것이 많았다. 도덕, 역사, 시, 수학 이렇게 네 가지 학문뿐이었으니 그 분야에서만 뛰어난 자질을 발휘했으며 그중 수학도 생활에 유용한 쪽에 적용되도록 발달했다. 사상이나 초월, 추상, 존재 같은 말에 대해서는 아주 작은 의미조차 설명해줄 학자가 없었다. 내가 이들과 대화하면서 가끔 답답함을 느낀 것은 그 때문이었다.

이제 마지막으로 이들의 군대에 대해 이야기해보겠다.

자랑스러운 왕의 군대는 17만 6,000명의 보병과 3만 2,000명의 기병으로 이루어져 있었다. 하지만 그들을 진정으로 군인으로 보기는 어려웠다. 그들은 여러 도시의 상인들과 시골 농부들로 구성되어 있었기 때문이다. 군대는 귀족과 지주가 지휘했는데 그에 대한 보수는 받지 않았다. 훈련은 엄격했고 군기도 잘 잡혀 있었다. 농부들의 지휘관이 바로 지주고,

시민들 지휘관은 무기명 투표로 선출된 그 도시의 귀족이었으니 당연한 일이었다.

나는 수도 로브럴그러드의 시민군이 도시 근처 연병장에 훈련하기 위해 모여 있는 것을 가끔 보았다. 보병 2만 5,000명, 기병 6,000명 정도로 추산되었지만 정확한 수를 확인하는 것은 불가능했다. 생각해보라. 30제곱킬로미터 크기의 연병장에 모여 있는 사람들 수를 내가 무슨 수로 셀 수 있단 말인가? 그들이 일제히 칼을 뽑아 휘두르는 모습은 아무리 상상력을 동원해도 잘 그려지지 않을 것이다. 그것은 마치 하늘에서 동시에 1만 개 이상의 번개가 치는 것과 같았다.

이웃 나라도 없는데 왜 군대가 필요한지 나는 궁금했다. 왕과 나눈 대화를 통해 나는 그 이유를 알게 되었다. 내란에 대비하기 위해서였다. 많은 세대를 거치는 동안 이 나라도 인류 전체가 겪은 것과 똑같은 시련을 겪은 것이다. 귀족들은 권력을 위해, 시민들은 자유를 위해, 왕은 절대적인 지배력을 위해 서로 다투어왔다. 법률 덕분에 그런대로 싸움이 억제되었지만 가끔 그들 중 한쪽이 법을 깨뜨렸고 수차례에 걸쳐 반란이 일어나기도 했다.

마지막 내란은 지금 국왕의 두 세대 전에 있었다. 하지만 이들은 서로 화해하고 평화롭게 끝을 맺었다. 시민군은 당시 사람들의 합의로 편성되었으며 지금까지 유지되어왔다. 결국 이 나라의 군대는 내부 평화를 지키기 위한 군대였다.

제8장 다시 영국으로 돌아오다

    나는 언제나 거인국에서 벗어나는 자유를 꿈꾸었다. 하지만 도무지 방법을 알 수 없었기에 그 어떤 계획조차 세우는 것이 불가능했다. 이 나라 바다에 내가 타고 온 것과 같은 배는 나타나지 않았다.

    한편 국왕은 이 나라 배와 다른 배가 나타나면 육지로 끌어올려 그곳에 탄 사람들을 모두 로브럴그러드로 데려오라는 엄명을 내려놓았다. 국왕은 내가 비슷한 크기의 여자를 만나 이 나라에 자손을 많이 퍼뜨렸으면 하고 은근히 바라고 있었던 것이다. 그러나 나는 카나리아처럼 새장 속에 갇힌 채 후손을 남기는 치욕을 겪고 싶지는 않았다. 그러느니 차라리 죽음을 택하는 게 낫다는 게 내 생각이었다. 만일 왕의 뜻대로 되었다면 내 후손들은 이 나라 귀족들에게 장난감이나 애완 동물로 팔려서 브롭딩낵 여기저기로 뿔뿔이 흩어지게 되었을 것이다.

나는 왕과 왕비의 사랑을 받았고 그들은 내게 많은 도움을 주었다. 그리고 나는 많은 사람에게 즐거움을 주었다. 하지만 나는 존엄성을 가진 한 인간으로서 대접을 받은 것이 아니었 다. 집을 떠날 때 남편으로서, 아버지로서 아내와 아들과 한 약속도 잊을 수 없었다. 나는 나와 동등한 대화를 나눌 수 있 는 사람들 사이에서 살고 싶었다. 개구리나 강아지에게 밟혀 죽을 걱정 없이 거리와 들판을 걷고 싶었다.

그런데 자유는 의외로 빨리 찾아왔다. 그리고 내가 자유를 얻게 된 방식이 아주 특이했다. 조금도 거짓 없이 그 상황을 있는 그대로 적어보겠다.

거인국에 도착한 지 2년이 다 지나고 3년째 접어들 무렵이 었다. 글럼달클리치와 나는 그 나라 남쪽 해안 순시 길에 오른 왕과 왕비를 따라나서게 되었다. 나는 이미 말한 바 있는 너비

3미터가량의 외출용 나무 상자에 들어가 있었다.

나는 천장의 네 구석에 밧줄로 잡아맨 흔들 침대를 달아줄 것을 부탁했었다. 하인이 나를 들고 말을 타고 갈 때나 걸어갈 때 그 침대에 편안히 눕고 싶어서였다. 그리고 그물 침대 바로 위 지붕에 30센티미터가량의 구멍을 뚫게 했다. 잠을 자는 동안 바람이 들어와 더위를 식히게 하기 위해서였다. 나는 판자를 앞뒤로 당겨 그 구멍을 마음대로 여닫을 수 있게 설계했다.

순시 여행이 끝나자 왕은 바다에서 29킬로미터 떨어진 도시 근처 성에 머물렀다. 오랜 여행에 글럼달클리치와 나는 무척 지쳐 있었다. 나는 가벼운 감기에 걸린 정도였지만 가엾은 글럼달클리치는 방에 누워 밖으로 나오지도 못할 정도로 앓고 있었다. 나는 바다가 보고 싶었다. 바다야말로 내가 이곳에서 벗어날 수 있는 유일한 출구가 아닌가? 생각해둔 방법은 아무것도 없었지만 어쨌든 바다를 바라보며 내 꿈을 키우고 싶었다.

나는 머리가 몹시 아프다고 조금 과장해서 엄살을 부렸다. 그리고 글럼달클리치에게 내가 좋아하는 시종과 함께 바다의 신선한 공기를 마시게 해달라고 간청했다. 글럼달클리치는 홍

수 같은 눈물을 흘리며 허락했다. 마치 앞으로 무슨 일이 벌어질지 알고 있었던 것만 같았다. 글럼달클리치는 내가 자기 곁을 떠나는 것에 대해 몹시 불안해하고 서운해했다. 그녀는 나를 잘 보살피라고 시종에게 엄격히 당부했다. 나는 그 모습을 결코 잊을 수 없다. 시종은 상자를 들고 성에서 약 1시간 정도 거리에 있는 바다로 나를 데리고 갔다.

해변에 이르자 나는 그곳 바위 위에 상자를 내려달라고 시종에게 말했다. 나는 창문을 열고 바다를 향해 그리움의 눈길을 보냈다. 지쳐 있던 나는 흔들 침대에 누웠다가 잠이 들었다. 내가 잠든 것을 확인한 시종은 추위를 막아주려고 상자의 창문을 꼭 닫고는 바위 틈새에서 새알이라도 주울까 하여 좀 먼 곳으로 갔다.

얼마나 잠에 빠져 있었을까, 나는 상자 위에 달아둔 고리를 누군가 세차게 잡아당기는 바람에 갑자기 잠에서 깨어났다. 상자가 하늘을 향해 빠르게 날아가는 게 느껴졌다. 처음에는 상자가 세차게 흔들려서 침대에서 떨어질 뻔했으나 곧 흔들림은 가라앉았다. 나는 두려움에 소리를 몇 번 질러보았다. 하지만 아무 소용없었다. 창밖을 내다보니 구름과 하늘만 보일 뿐이었다.

그때였다. 바로 위에서 날개 치는 소리가 들렸다. 나는 내가 지금 얼마나 위급한 상황에 처해 있는가를 금세 깨달을 수 있었다. 독수리가 나를 들고 가다가 바위에 깨뜨리려는 것이었다. 상자를 깬 다음 나를 삼키려 하고 있었다. 5센티미터 두께의 나무 상자 속에 들어 있는 나를 독수리가 먼 거리에서 예리한 시각으로 먹잇감으로 찾아냈던 것이다.

얼마 후 날개 치는 소리가 아주 빨라졌다. 내가 들어 있는 나무 상자가 아래위로 마구 흔들렸다. 누군가가 내가 들어 있는 상자를 물고 있는 독수리에게 몇 번의 공격을 가한 것 같았다. 갑자기 나무 상자가 밑으로 떨어져 내리기 시작했다. 거의 1분이 넘는 긴 시간이었다. 속도가 너무 빨라 나는 숨이 멎는 것 같았다. 얼마 후 나이아가라 폭포 소리보다 더 큰 철썩 소리를 내며 상자가 물에 떨어졌다. 그런 후 얼마 동안 캄캄해서 아무것도 보이지 않았다. 상자가 물속에 빠진 것이다. 얼마 후 상자는 수면 위로 천천히 올라오기 시작했다.

마침내 창문을 통해 빛이 들어오는 것을 나는 느낄 수 있었다. 바다 위였다. 상자는 내 몸무게와 상자 안 물건들의 무게,

네 귀퉁이에 붙인 철판들의 무게 때문에 물밑으로 1.6미터가량 잠긴 채 바다에 떠 있었다. 처음에는 영문을 몰랐으나 곰곰 생각해보니 나를 움켜쥐고 가던 독수리와 먹이를 빼앗으려던 독수리들 간에 싸움이 벌어져 나를 떨어뜨린 것 같았다. 아래쪽에 붙여둔 아주 무겁고 강한 철판 덕분에 떨어지는 동안 균형을 유지했고 물에 떨어질 때도 부서지지 않았다. 아래위로 올렸다 내렸다 할 수 있는 문도 빈틈없이 꽉 맞물려 있어서 물이 거의 스며들지 않았다.

나는 흔들 침대에서 내려와 공기를 들이기 위해 지붕의 판자를 밀어 구멍을 열었다. 놀라기도 했지만 공기가 부족해서 거의 질식할 지경이었다.

제일 먼저 사랑스러운 글럼달클리치 생각이 났다. 그녀와 함께 있었더라면 결코 이런 일은 당하지 않았을 텐데! 불과 한 시간 만에 그녀와 이렇게 멀리 떨어져버렸다. 나를 잃어버린 슬픔에 왕비의 분노까지 살 테니, 그녀가 가엾어서 못 견딜 지경이었다. 하지만 그도 잠깐, 나는 이내 내 신세를 한탄해야만 했다. 내 신세가 글럼달클리치보다 더 한심한 지경이었으니 그녀 걱정을 더 이상 할 겨를이 없었다. 아, 도대체 나보다 더 비참하고 어려운 일을 겪은 여행자가 또 있을까! 여기가 어딘지도 모르는 채, 어떤 일이 벌어질지 아무런 기약도 없이 나무 상자 안에 갇혀 있다니!

내가 들어 있는 상자는 언제든 쉽게 부서질 수 있었다. 심한 바람이라도 불거나 파도가 치면 뒤집혀버릴 수도 있었다. 또는 창문 유리가 깨져 바닷물이 밀려들어 죽을 수 있었다. 여행 중 일어날 사고에 대비해 창밖에 붙여둔 강한 쇠 창틀이 유리창을 간신히 보호해주고 있을 뿐이었다. 나는 상자 지붕을 들어 올려보려 했다. 지붕에 올라갈 수 있다면 이런 화물 창고 같은 상자에 갇혀 죽는 신세는 면할 것 같아서였다. 하지만 그마저 할 수 없었다. 지붕이 너무 무거웠기 때문이었다. 하긴 이래저래 마찬가지였다. 상자가 뒤집히거나 깨져서 죽지 않는다 하더라도 결국은 추위와 굶주림으로 비참하게 죽을 터였다. 매 순간을 최후로 생각하며 나는 네 시간 정도를 보냈다.

독자들에게 미리 말했듯이 창이 없는 벽 바깥에는 꺾쇠 두 개가 붙어 있었다. 말을 탄 하인이 거기다 가죽 띠를 꿰어 허리에 찰 수 있게 만든 것이다. 내가 비참한 상황에서 괴로워하고 있을 때 꺾쇠가 붙어 있는 벽 쪽에서 뭔가 삐꺽거리는 소리가 들렸다. 아니, 들리는 것 같았다.

나는 조금 후에 상자가 어디론가 끌려가고 있다는 환상에 사로잡혔다. 때때로 누군가가 세차게 당긴다는 느낌을 받았고 그때마다 물결이 창 꼭대기까지 올라와 상자 안이 어두워졌기 때문이었다.

그런데 가만히 정신을 차리고 집중해보니 환상이 아니었다. 정말로 내 상자가 어디론가 끌려가고 있었다. 내게는 어쩌면 구조될지도 모른다는 희망이 희미하게나마 들기 시작했다. 물론 어떤 식으로 구조될 것인지는 생각조차 할 수 없었다. 나는 바닥에 붙어 있던 의자의 나사를 풀었다. 그리고 몇 시간 전에 열어두었던 판자 구멍 바로 아래에 나사를 이용해 의자를 고정시켰다. 나는 그 의자 위에 올라가서 구멍 가까이 대고 내가 알고 있는 모든 언어를 다 사용해 살려달라고 큰 소리로 외쳤다. 나는 늘 지니고 다니던 지팡이에 손수건을 묶어 구멍 밖으로 내보내 여러 번 흔들었다. 하지만 아무 응답이 없었다.

그렇지만 그사이에도 상자가 계속 움직이고 있는 것만은 확실했다. 한 시간이나 지났을까, 꺾쇠가 있는 쪽 벽에 무엇인가 단단한 것이 부딪쳤다. 그 순간 내 몸이 허공으로 펄쩍 튀어 올랐다. 이윽고 내 상자 덮개 위로 밧줄이 내려와 고리 사이에 끼는 것 같은 소리가 들렸다.

상자가 위로 천천히 올라가기 시작했다. 거의 1미터 정도 올라갔을 때 나는 구멍 밖으로 다시 손수건을 매단 지팡이를 내밀고는 혼신의 힘을 다해 살려달라고 소리쳤다. 그러자 분명 내 고함 소리가 아닌 다른 사람의 고함 소리가 세 번 들렸다. 그 소리가 얼마나 황홀하고 달콤한 것이었는지 경험해보지 않은 사람은 상상조차 할 수 없을 것이다.

이윽고 내 머리 위로 누군가 내려오는 소리가 들렸다. 그리고 구멍을 통해 '안에 누구 있거든 말하라'는 소리가 들렸다. 분명히 영어였다. 나는, 내가 영국 사람이라고 대답하며 나를 제발 이 지하 감옥 같은 곳에서 구해달라고 애걸했다. 그러자 톱으로 구멍을 내줄 테니 조금 기다리라는 답이 들려왔다. 나는 그럴 필요 없이 아무나 손가락을 고리에 걸어 들어 올리면 될 것이라고 말했다. 그러자 사람들 웃는 소리가 들렸다. 나는 나와 키도 비슷하고 힘도 비슷한 사람들이 위에 있으리라고는 도저히 생각할 수 없었던 것이다.

얼마 후 목수가 와서 톱으로 내가 나갈 수 있는 너비 1미터 정도의 구멍을 내주었고 이어서 사다리가 내려왔다. 나는 사다리를 타고 기어올라 갔다. 기진맥진해 있던 나를 사람들이 배로 끌어올렸고 이어서 상자도 끌어올려 배에 놓았다.

내 모습에 매우 놀란 선원들은 내게 질문을 퍼부었다. 하지만 나는 대답을 할 수 없었다. 아직 제정신이 들어오지 않았기 때문이었다. 나는 이토록 작은 배에 그렇게 많은 작은 사람들이 있는 것을 보고 놀랐다. 오랫동안 거인들에게 익숙해 있었던 내게 선원들은 난쟁이처럼 보일 수밖에 없었다.

그 배의 선장은 슈롭셔 출신인 토머스 윌콕스였다. 그는 아주 점잖고 훌륭한 인품을 지닌 사람이었다. 그는 내가 기진맥진해 있는 것을 알고는 선장실로 데려가 술을 마시게 했다. 나는 그의 침대에 누웠다. 하지만 나는 잠들기 전에 내가 들어 있던 상자 안에 잃어버리기 아까운 물건들이 들어 있으니 버리지 말라고 선장에게 말했다.

그 안에는 멋진 흔들 침대, 상당히 좋은 야외용 침대, 의자 두 개, 탁자 하나와 캐비닛 하나가 있었다. 그리고 내 방 벽면은 모두 비단과 목면으로 덮여 있었다. 여기서도 나는 실수를 했다. 선원 한 명을 보내 그 상자를 이곳으로 가져오게 하면 내가 전부 꺼내 보여주겠다고 한 것이다.

선장은 내가 헛소리를 한다고 생각했다. 하지만 나를 달래기 위해 내가 원하는 대로 하겠다고 약속했다. 갑판에 올라선 그는 몇 명의 선원을 시켜 그 안의 물건들을 모두 꺼냈고 벽에 붙어 있던 담요도 뜯어냈다. 선원들이 힘으로 억지로 뜯어내는 통에 바닥에 나사로 고정해놓았던 의자와 캐비닛, 그리고 침대는 많이 상했다. 그들은 쓸 만한 물건들을 모두 가져온 후 상자는 바다에 던졌다. 구멍이 여기저기 난 상자는 즉시 가라앉았다.

나는 내리 몇 시간을 잠에 빠져들었다. 거인국에서 겪었던 위험한 일들이 꿈속에서 나를 괴롭혔지만 잠에서 깨어나자 몸은 훨씬 좋아졌다. 이미 저녁 8시였다. 선장은 내가 오랫동안 굶었을 것이라 생각하고 저녁 식사를 준비하라고 명령했다.

선장은 나를 아주 친절하게 대해주었다. 내 이야기가 논리 정연했기에 내가 미쳤다고 생각하지는 않는 것 같았다. 식사가 끝나고 두 사람만 남게 되자 선장은 사연을 물었다. 내가 어떻게 그렇게 방처럼 큰 상자에 갇혀 표류하게 되었느냐는 것이었다. 선장은 뭔가 바다 위를 떠다닌다는 선원의 보고를 받고 처음에는 배인 줄 알았다고 했다. 선장의 명령으로 보트를 타고 가까이 가서 살펴보고 돌아온 선원들이, 고개를 절레절레 흔들며 바다 위를 떠다니는 집이라고 보고했다고 했다. 선장은 바보 같은 소리 말라며 직접 가서 살펴보았으며 선장도 놀라서 보트에 매달고 배로 끌고 왔다는 것이었다. 내가 흔든 손수건을 보고 그 안에 사람이 들어 있는 것을 알게 되었다고 선장은 덧붙였다.

나는 내 상자를 발견했을 때 혹시 커다란 새들이 날아가는 것을 본 선원은 없었느냐고 선장에게 물었다. 선장은 선원 중 한 명이 몇 시간 전에 북쪽으로 날아가는 독수리 세 마리를 본 것 같다고 말하는 것을 들었다고 대답했다. 그 독수리들이 너무 높이 날고 있어서 거대한 독수리임을 그 선원은 알지 못한 것 같았다. 선장은 내가 왜 물어보는지 알 턱이 없었다.

선장은 내가 무슨 큰 죄를 지어서 커다란 상자 속에 갇혀 바다를 떠다니는 벌을 받은 것으로 생각하는 것 같았다. 아니, 은근히 그런 투로 내게 사실을 고백하라고 말하기도 했다. 그런 사람을 태운 게 기분이 좋지는 않지만 가장 먼저 도착하는 항구까지는 나를 무사히 데려다주겠다고 했다.

나는 선장의 의심을 풀어주려고 내가 영국을 떠날 때부터 겪은 일을 모두 이야기해주었다. 언제나 진실은 통하게 되어 있는 법이다. 내가 조리 있게 이야기하자 정직하고 훌륭한 인품의 선장은 내가 한 말이 진실이라는 것을 믿게 되었다.

나는 내 말이 사실이라는 것을 증명하기 위해 캐비닛을 가져다달라고 했다. 캐비닛 열쇠는 언제나 내 주머니에 간직하고 있었다. 나는 선장이 지켜보는 가운데 캐비닛을 열었다. 그리고 거인들의 나라에서 내가 모은 신기한 물건들을 그에게 보여주었다.

내가 제일 먼저 보여준 것은 왕의 수염으로 만든 빗이었다. 이어서 여왕의 엄지손가락 손톱을 몸체로 해서 왕의 수염으로 만든 또 하나의 빗이 있었다. 또 30센티미터에서 50센티미터 크기의 여러 개의 바늘과 핀도 들어 있었다. 못처럼 길고 큰 말벌 침이 네 개, 여왕의 머리카락, 여왕이 내 머리에 씌워주었던 금반지 등이 있었다.

나는 놀라는 선장에게 시녀의 발가락에서 직접 떼어낸 티눈을 보여주었다. 마치 사과처럼 컸다. 아주 딱딱했으므로 영국에 돌아온 다음 나는 그 속을 파낸 후 은으로 장식해서 컵으로 이용했다.

나는 나를 잘 대접해준 선장에게 반지를 선물하려 했으나 그는 단호히 거절했다. 나는 마지막으로 내가 입고 있는 바지를 그에게 보여주었다. 쥐 가죽으로 만든 것이었다. 아 참, 내가 그에게 보여준 것 중에는 글럼달클리치의 시종 입에서 뽑은 치아도 하나 있었다. 돌팔이 치과의사가 치통을 앓고 있는 시종에게서 잘못 뽑은 건강한 치아였다. 나는 그것을 깨끗하게 씻어 캐비닛에 넣어두었었다. 길이가 30센티미터, 지름이 10센티미터가량 되는 것이었다.

선장은 내가 들려준 이야기를 아주 재미있어했다. 그는 우리가 영국으로 돌아간 다음 이 이야기를 글로 써서 발표해야 한다고 말했다. 나는 무슨 특별한 경험을 한 것이 아니라 조금 큰 사람들의 일상을 경험한 것에 불과하니 사람들의 호기심을 끌 리가 없다고 대답했다. 사람들이란 이런 평범한 이야기보다는 기괴한 이야기에 더 흥미를 느끼는 법이기 때문이다. 하지만 나는 선장의 의견에 경의를 표했고 출판을 한번 고려해보겠다고 약속했다.

나와 오랫동안 이야기를 나눈 선장은 솔직히 궁금한 게 한 가지 있다고 내게 말했다. 내가 그렇게 큰 소리로 말하는 것으로 보아 그 나라 사람들 모두 귀가 어두운 게 아니냐는 것이었다. 나는 선장에게 사연을 말해주었다. 나는 선장에게 거기서 내가 사람과 이야기할 때는 마치 탑 꼭대기에 있는 사람과 말을 나누는 것 같아서 목청껏 외칠 수밖에 없었다고 말해주었다. 내 목소리가 2년 동안이나 그런 환경에 길들여졌기에 쉽게 그 습관을 버리기가 어렵다는 내 이야기를 듣고 선장은 고개를 끄덕였다.

내 목소리에 대한 선장의 이야기를 듣자 나도 선장과 선원들을 처음 보았을 때의 내 느낌을 말해주었다. 내가 처음으로 배에 올라 선원들을 보았을 때 내게는 그들이 정말 보잘것없고 형편없는 생물처럼 여겨졌었다. 거인국에서 나는 거울을 들여다볼 엄두를 내지 못했다. 어마어마하게 큰 것들에 길이 들어 있는 내 눈에 스스로가 너무 초라해 보이는 게 싫어서였다.

그러자 선장이 내게 궁금하다는 듯 물었다. 저녁 식사를 하는 동안 내가 놀란 눈으로 주위를 쳐다보며 웃음을 참지 못하는 것을 보았다며, 자신은 내 머리가 조금 이상한 것처럼 여겨

졌었다는 것이었다. 선장은 왜 그랬느냐고 내게 물어보았다.

나도 모르게 웃음이 나올 수밖에 없었다고 그에게 말했다. 그리고 동전 크기의 접시, 한 입도 안 되는 돼지 다리, 호두 껍질 정도 크기의 잔들을 보면 도대체 저렇게 작은 것들로 뭘 하려는 것일까 생각되어 저절로 웃음이 나온 것이라고 설명했다. 거인들과 살면서 나 자신이 작다는 사실은 잊어버린 채 어느새 그들 눈으로 세상을 보게 된 것이었다.

선장은 통킹(베트남 북부 지역)까지 갔다가 영국으로 돌아가는 중이었다. 배는 북위 44도, 동경 143도 지점에 있었다. 우리는 무역풍을 타고 남쪽으로 한참을 내려가 뉴홀런드(오스트레일리아) 근해를 지나 서남서로 방향을 잡았다가 다시 남남서로 방향을 잡아 희망봉을 돌았다. 항해는 순조로웠다. 그리고 거인국을 떠난 지 9개월이 지난 1706년 6월 3일 영국의 다운스 항에 도착했다. 나는 나중에 운임을 주겠다며 그 담보로 물건들을 배에 남겨두고 가겠다고 했지만 선장은 운임을 한 푼도 받지 않았다. 우리는 진심으로 아쉬워하며 헤어졌다. 나는 선장에게서 빌린 5실링으로 말과 안내인을 구할 수 있었다.

집으로 가는 도중 나는 내가 실수로 릴리퍼트로 다시 돌아온 것이나 아닌지 착각했다. 집들과 나무들, 가축들과 사람들이 너무 작아 보였던 것이다. 사람들을 만날 때마다 나는 그들을 밟아 죽일까봐 겁이 났다. 길을 비키라고 소리를 지르기도 했다. 내 엉뚱한 행동 때문에 여러 번 사람들에게 맞을 뻔하기도 했다.

집에 도착하자 하인 한 명이 문을 열어주었다. 나는 머리를 부딪칠까봐 두려워 고개를 숙이고 집 안으로 들어갔다. 아내는 달려 나와 나를 안으려 했다. 나는 무릎을 꿇고 그녀 무릎보다 더 아래쪽으로 머리를 숙였다. 그래야만 아내 입술이 내 입술에 닿을 것 같았다.

딸은 한쪽 무릎을 꿇고 내 손을 잡으려 했다. 하지만 딸이 일어설 때까지 그 애 얼굴을 바라볼 수 없었다. 머리를 위로 세우면서 18미터 위를 쳐다보던 습관 때문이었다. 나는 한 손으로 딸의 허리를 잡아 들고는, 하인들과 집에 와 있던 몇몇 친구들을 내려다보았다. 마치 나는 거인이고 그들은 모두 난쟁이인 것처럼 말이다.

나는 아내와 딸의 모습을 보고 아내에게 그동안 너무 아낀 것 아니냐, 왜 딸을 쫄쫄 굶겼느냐고 나무라듯 말했다. 딸과 아내가 곧 굶어 죽을 것처럼 보였기 때문이었다. 내가 너무나 어이없는 행동을 했기에 그들은 내가 제정신이 아닌 것처럼 여겼다. 습관과 편견은 그토록 무서운 것이다.

어느 정도 시간이 흐르자 나와 가족, 그리고 친구들은 나를 이해했고 나도 그들을 정상적으로 볼 수 있게 되었다. 아내는 내게 두 번 다시 바다로 나설 생각일랑 하지 말라고 했다. 하지만 내게는 악마적인 본능이 있었고 아내에게는 나를 막을 만한 힘이 없었다. 그래서 나는 또 여행을 하게 된다. 그 여행 이야기는 다음에 하기로 하고 일단 나의 불행했던 두 번째 여행기는 이렇게 끝을 맺겠다.

제3부

하늘을 나는 섬과
다른 여러 나라 여행

제1장 표류 후 '하늘을 나는 섬'에 구조되다

내가 집으로 돌아온 지 채 열흘도 되지 않아서였다. 콘월 출신의 윌리엄 로빈슨 선장이 나를 찾아왔다. 그는 300톤 급인 호프웰 호의 선장이었다. 나는 전에도 외과의사로서 그의 배를 탄 적이 있었다. 내가 영국으로 돌아왔다는 소식을 듣고 나를 찾아온 것이다.

내 건강이 양호한 것을 보고 그는 지금 생활에 만족하느냐고 아주 은근하게 묻더니 자신이 두 달 후에 동인도제도로 항해하게 될 것이라고 말했다. 그러고는 나를 찾아온 목적을 말했다. 내가 그 배의 외과의사로 일할 수 없느냐는 것이었다. 두 명의 조수 외에도 다른 외과의사를 둘 것이며 급료는 다른 사람의 두 배를 주겠다고 했다. 그는 그 외에 여러 가지 좋은 조건을 제시했다. 기회만 되면 밖으로 나가고 싶은 생각에 사로잡혀 지내고 있던 데다, 그가 정직한 사람이었으니 그의 제안을 거절할 이유가 없었다. 내게는 아직 가보지 못한 세상을 경험하고 싶다는 욕망이 솟구쳤다. 유일한 어려움이라야 아내를 설득하는 일이었지만 내가 항해를 떠나는 것이 아이들의 장래에 많은 도움이 될 것이라는 나의 말에 마침내 아내도 허락했다.

우리가 항해를 시작한 것은 1706년 8월 5일이었다. 그리고 1707년 4월 11일에는 세인트조지 항구에 도착했다. 우리는 그곳에서 3주를 쉰 후 통킹으로 갔다. 선장은 그곳에 꽤 오래 머무를 예정이었다. 그가 교역을 위해 구입하려던 물건 중에 아직 준비 안 된 것들이 많았기 때문이었다. 그는 그곳에 오래 머물면서 필요한 물건들을 구입할 계획이었다.

그곳에 선원들과 오래 정박해 있으려니 비용이 많이 들었다. 선장은 그 비용의 일부라도 벌어볼까 하는 생각에 범선 한 척을 구입했다. 그리고 그 배에 가까운 섬사람들과 교역할 상품들을 실었다. 선장은 그곳 원주민 세 사람을 포함해 열네 명의 선원을 그 배에 태웠다. 그리고 내게 자기 대신 그 배의 선장 일을 맡겼다. 그에게는 통킹에 남아 처리할 일이 많기 때문이었다.

교역할 섬을 향해 항해를 시작한 지 사흘도 되지 않아서였다. 심한 폭풍이 불어오기 시작했다. 우리는 5일 동안 처음에는 북북동쪽으로, 이어서 동쪽으로 정처 없이 밀려가는 신세가 되었다. 그런데 출항한 지 열흘째 되던 날 우리는 해적선을 만났다. 해적선은 짐을 가득 실은 우리 배를 금방 따라잡았다. 두 척의 해적선에서 해적들이 거의 동시에 우리 배로 올라오자 우리는 모두 항복했고 해적들은 우리 배를 뒤지기 시작했다.

해적들 중에 네덜란드인이 있었다. 그는 해적선 선장은 아니었지만 상당한 힘을 지닌 것처럼 보였다. 그는 우리가 영국인이라는 것을 알았다. 그런데도 그는 우리를 바다에 던져버리겠다고 욕설을 해댔다. 나는 네덜란드 말을 어느 정도 할 줄 알았다. 나는 그에게 우리는 같은 기독교인이며 이웃 나라 사람이니 선처해달라고 부탁했다. 그리고 선장에게 잘 말해달라고 말했다. 내 말을 들은 그는 무슨 이유에서인지 몹시 화를 내면서 우리를 당장 바다에 던져버리겠다고 위협했다.

　두 척의 해적선 중 큰 해적선의 선장은 일본인이었다. 그는 내게 와서 서툰 네덜란드어로 몇 가지 물어보았다. 나는 아주 공손하게 선처를 부탁했다. 내가 양순한 태도를 보이자 그는 우리를 죽이지 않겠다고 약속했다. 나는 그 선장에게 허리를 굽혀 절을 했다. 거기서 그쳤다면 아무 일도 없었을 것이다. 나는 내게 사납게 대했던 네덜란드인을 바라보며 같은 기독교인이 아니라 다른 종교를 믿는 사람에게서 이런 너그러운 처분을 받게 된 것이 마음 아프다고 말했다. 정말로 공연히 바보 같은 짓을 한 것이었다. 옆에서 그 말을 들은 네덜란드인은 불같이 화를 내며 우리를 바다에 던져버리라고 일본인 선장에게 말했다. 일본인 선장도 그의 말을 함부로 무시할 수는 없는 것 같았다. 하지만 이미 살려주기로 약속했으니 죽일 수는 없었다. 결국 나에게 죽음보다 더 가혹한 벌이 내려졌다.

　그들은 내 부하 선원들은 두 척의 해적선에 나누어 태운 후 나만 홀로 노와 돛이 달린 조그만 보트에 실어 바다에 버려두고 떠났다. 갑판에 서 있던 네덜란드인은 내가 보트에 타는 순간까지 쉬지 않고 욕설을 퍼부었다. 비슷한 사람은 더 미워하는 게 사람의 본성이라고 생각할 수밖에 없었다.

나는 그곳이 북위 46도, 동경 183도라는 것을 알고 있었다. 해적선을 만나기 한 시간 전에 관측을 해놓았던 것이다. 해적선에서 멀어지자 나는 망원경을 꺼내 주위를 살펴보았다. 남동쪽에서 몇 개의 섬이 눈에 들어왔다. 다행히 바람은 순조로웠다. 나는 돛을 올렸다. 세 시간가량 지난 후에 나는 그중 가장 가까운 섬에 도착할 수 있었다. 온통 바위로 된 섬이었다. 주변에 새알이 많아 잡초와 마른 해초로 불을 피워 구웠다. 가능하면 식량을 아껴야 했기에 새알만 먹었다.

나는 커다란 바위 밑에 잡초를 깔고 밤을 지냈다. 전에 모험을 자주 겪어서인지 그 와중에도 아주 편안하게 잠을 잘 수 있었다. 다음 날 나는 다른 섬을 향해 보트를 저어 갔으며, 그렇게 매일 다른 섬으로 옮겨갔다.

당시의 괴로운 상황을 구구하게 묘사하는 일은 그만두겠다. 독자들까지 괴롭히는 일이 될 게 뻔하기 때문이다. 5일 후에 내가 망원경으로 관측했던 섬들 중 제일 끝에 있던 섬에 도착했다는 것, 그것만 말해두겠다. 그 섬은 남남동쪽에 위치

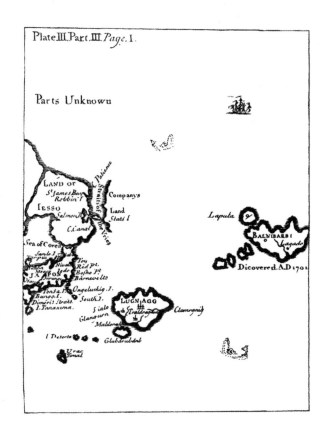

하늘을 나는 섬 라푸타와 발니바비 왕국 지도

영국의 지도제작가 겸 판화가 허먼 몰이 그린 하늘을 나는 섬 라푸타(Laputa)와 그들이 다스리는 지상 왕국 발니바비(Balnibarbi) 지도. 『걸리버 여행기』 1726년판에 실려 있다. 위치는 일본 동쪽, 가상의 섬 럭낵(Lugnagg)의 북동쪽이다. 지도 오른쪽에 발니바비와 라푸타, 가운데에 럭낵, 왼쪽에 일본이 보인다. 오늘날 동해에 해당하는 일본 왼쪽 바다를 'Sea of Corea'로 표기한 것이 눈에 띈다. '라푸타'는 미야자키 하야오 감독의 1986년 작 일본 애니메이션 「천공의 섬 라퓨타(天空の城ラピュタ)」를 통해서도 널리 알려졌다.

해 있었다. 나는 보트가 정박할 만한 곳을 찾으려고 그 섬을 한 바퀴 돌았다. 그리고 아주 작은 만에 상륙할 수 있었다. 향기 좋은 허브와 목초가 자라고 있는 작은 풀밭을 제외하고는 온통 바위뿐인 섬이었다.

섬에 상륙하자 나는 음식물을 조금 꺼내 허기를 달랜 후 남은 음식은 동굴에 보관해두었다. 그 섬에는 동굴이 아주 많았다. 나는 새알을 많이 모아서 바위 위에 놓고 마른 해초와 풀들도 모아두었다. 날이 밝으면 그것들을 구워 먹을 생각이었다.

밤이 되어 식량을 보관해둔 동굴에 누워 있자니 잠이 오지 않았다. 절망감 때문이었다. 이 외진 곳에서 어떻게 살아가나, 내 최후는 얼마나 비참할 것인가, 이런저런 생각에 밤새 거의 잠을 이루지 못했다. 시간이 얼마나 흘렀을까, 나는 겨우 기운을 차리고 동굴 밖으로 나와서 조금 높은 언덕으로 올라갔다. 이미 날이 밝아 있었다.

고개를 들어보니 하늘은 아주 맑았다. 햇빛에 눈이 부셔 고개를 돌리려는 순간, 갑자기 해가 뭔가에 가려졌다. 구름이 해를 가리는 것과는 어딘지 느낌이 달랐다. 나는 다시 고개를 들었다. 나와 태양 사이에 어떤 커다란 물체가 있는 것이 보였다. 그 물체는 섬을 향해 내려오고 있었다. 잠시 후 그 물체는 3킬로미터 정도 높이로 잠시 떠 있었다. 아주 단단한 물질로 이루어진 것 같은 물체였다. 아랫부분이 평평하고 매끈했으며 바다 빛이 반사되어 환하게 빛나고 있었다.

내가 서 있는 곳은 해변보다 200미터 정도 높았다. 잠시 후 그 커다란 물체는 내게서 1.6킬로미터도 안 되는 거리까지 다가오더니 천천히 밑으로 내려오기 시작했다. 나는 망원경을 꺼내 그 물체를 바라보았다. 그러자 놀랍게도 많은 사람들이 그 물체 가장자리에서 움직이고 있는 모습이 보였다. 그러나 그들이 무슨 일을 하고 있는지는 식별할 수 없었다. 내 눈앞에 하늘을 날아다니는 섬을 보고 있는 셈이었으니 나는 정말 놀랄 수밖에 없었다. 하지만 본능적으로 어쩌면 살아날 수도 있으리라는 희망도 동시에 생겼다. 어쨌든 사람들이 살고 있는 섬 아닌가!

섬이 잠시 가만히 있는 것 같았다. 그러더니 곧 조금 더 가까이 다가왔다. 그러자 섬의 옆모습이 보였다. 섬의 옆면에는 층층이 복도가 있었으며 아래위 복도를 연결하는 층계들이 일정한 간격으로 나 있었다. 가장 아래쪽 복도에서는 사람들이 낚시를 하고 있었으며 그것을 구경하는 사람들도 있었다.

나는 섬을 향해 손수건을 흔들었다. 섬이 조금 더 가까워지자 나는 목청껏 소리쳤다. 그 소리가 거기까지 들린 모양이었다. 내가 보이는 쪽으로 사람들이 몰려들었다. 그들은 내 고함 소리에 대답하지는 않았지만 조심스러운 표정으로 나를 가리키며 손짓을 하고 있었다. 나를 발견한 것이 틀림없었다. 네댓 명의 사람들이 서둘러 층계를 올라가더니 섬 꼭대기로 사라지는 게 보였다. 아마도 높은 이에게 보고하러 올라간 것 같았다.

시간이 감에 따라 사람들의 수가 점점 불어났다. 30분 정도 지났을까, 내가 서 있는 곳에서 채 100미터도 되지 않는 곳까지 섬이 다가왔다. 나를 정면에서 바라보고 있는 사람들은 그 외모로 보아 지위가 높은 사람들 같았다. 그들은 이따금 나를 쳐다보면서 서로 뭔가를 의논했다.

마침내 그들 중 한 명이 내게 말을 걸어왔다. 무슨 말인지 알 수 없었지만 이탈리아 계통의 언어 같았다. 부드럽고 예의 바른 목소리여서 나는 마음이 놓였다. 나는 한껏 듣기 좋은 억양을 사용하여 이탈리아어로 공손하게 대답했다. 비록 서로의 말을 알아듣지는 못했지만 내 의사는 손쉽게 전달된 것 같았다.

그들은 내게 해변으로 내려오라고 손짓했다. 나는 해변으로 내려갔다. 그들은 '하늘을 나는 섬'을 조종해 섬의 가장자리가 내 머리 위로 다가오도록 했다. 이어서 가장 아래쪽 복도에서 의자가 달린 줄이 내려왔다. 내가 의자에 앉자 도르래가 그 줄을 끌어올렸다.

제2장 '하늘을 나는 섬' 라푸타에 대해 설명하다

　　　　　　내가 섬 위로 끌어올려지자 곧이어 사람들이 나를 에워쌌다. 나와 가장 가까이 서 있는 사람들은 신분이 높아 보였다.

　그들은 매우 놀랍다는 표정으로 나를 바라보았다. 나도 마찬가지였다. 그들은 정말로 진기한 모습과 차림새를 하고 있었다. 그러나 무엇보다 놀라운 것은 그들의 얼굴이었다. 똑바로 머리를 들고 있는 사람은 없었고 모두 오른쪽이나 왼쪽으로 머리가 기울어져 있었던 것이다. 눈도 하나는 깊숙이 틀어박혀 있었고 다른 하나는 그 눈 위에 있었다. 그들의 옷에는 해와 달, 별들 그림과 함께 온갖 악기들이 수놓여 있었다.

그들 중에는 아주 특이한 모습의 사람들이 또 있었다. 복장을 보니 시종 차림이었는데 그들은 공기를 채운 주머니를 짧은 막대기에 매달아 손에 들고 있었다. 나중에 알았지만 그 공기주머니 속에는 말린 완두콩이나 작은 자갈들이 가득 들어 있었다. 나는 그들이 가끔 공기주머니로 가까이 있는 사람의 입이나 귀를 두드리는 모습을 볼 수 있었다.

나중에 나는 그 이유를 알게 되었다. '하늘을 나는 섬' 사람들은 너무나 깊은 사색에 잠기는 게 특징이었다. 그들은 자주 자기 생각에 너무 빠져 모든 것을 잊기 십상이었다. 따라서 가끔 발성기관이나 청각기관에 외부 자극을 주지 않으면 다른 사람과 대화를 할 수 없었다. 그래서 여유가 있는 사람들은 '클리메놀'이라 불리는 시종들을 거느리고 있었다. 그들은 자기 주인이 남과 대화할 때 공기주머니로 입과 오른쪽 귀를 부드럽게 두드려주는 일을 했다. 시종은 주인이 길을 걸을 때도 부지런히 따라다니면서 가끔 주인의 눈을 부드럽게 두드려주었다. 주인들은 외출할 때는 반드시 시종을 함께 데리고 나갔다.

나는 나를 맞은 사람들과 함께 그 섬의 꼭대기까지 올라갔다. 올라가는 도중 그들은 몇 번이나 자기들이 하고 있는 일을 잊어버렸다. 시종이 머리를 두드려야 비로소 기억이 되살아나 다시 나를 이끌었다.

나는 그들과 함께 섬 꼭대기의 왕궁에 도착했다. 국왕은 좌우에 신하들을 거느리고 옥좌에 앉아 있었다. 옥좌 앞에는 지구의와 천구, 그리고 온갖 수학 기구가 널려 있는 커다란 탁자가 있었다. 내가 그곳에 들어가자 사람들 사이에 약간 소란이 일었다. 하지만 왕은 자기 생각에 잠겨 우리를 알아차리지 못하는 것 같았다.

국왕은 뭔가 어려운 문제를 풀기라도 하듯 깊은 생각에 잠겨 있었다. 우리는 국왕이 그 문제에서 벗어나기까지 적어도 한 시간 이상을 기다려야 했다. 그의 양쪽으로는 젊은 시종들이 공기주머니를 들고 있었다. 겨우 문제를 풀었는지, 왕이 휴식 자세를 취하자 한 시종이 부드럽게 입을 두드렸고 다른 시종은 오른쪽 귀를 두드렸다. 그러자 국왕은 마치 잠에서 갑자기 깨어난 사람처럼 우리를 바라보았다. 그러다가 나에 대해 미리 전갈을 받았던 사실을 생각해냈다.

국왕이 입을 열자 시종 한 명이 내게 다가와 공기주머니로 내 오른쪽 귀를 가볍게 두드렸다. 나는 그럴 필요 없다는 몸짓을 했다. 나중에 알게 된 것이지만, 그 때문에 나는 왕을 비롯해 모든 사람들에게 내가 학식이 형편없는 사람이라는 선입관을 갖게 만들었다. 국왕이 뭔가 내게 질문을 했던 것 같다. 나는 내가 알고 있는 언어를 총동원해 국왕에게 이야기했다. 하지만 말이 통할 리 없었다. 어쨌거나 왕은 이방인에게 친절했고 나는 그곳에서 친절하게 받아들여졌다.

나는 국왕의 지시에 의해 꽤나 훌륭한 방으로 안내되었다. 이 나라 국왕은 손님을 맞아들이는 데는 이전에 내가 만났던 그 어느 국왕들보다 훌륭했다. 낯선 사람이었음에도 두 사람의 시종이 내 시중을 들었으며, 저녁 식사를 하게 되었을 때는 국왕 가까이 있던 대신 가운데 네 명이 나와 함께 식사를 했으니 영광스러운 일이었다.

이곳의 식사는 아주 특이했다. 식사는 두 가지 코스로 이루어져 있었으며, 코스마다 세 가지 요리가 나왔다. 첫 번째 코스에는 정삼각형으로 자른 양고기와 마름모꼴로 자른 소고기, 동그란 모양의 푸딩이 나왔다. 두 번째 코스에는 두 마리를 엮어서 바이올린 모양으로 구워낸 오리 고기와, 플루트와 오보에 모양의 소시지와 푸딩, 그리고 하프 모양으로 만든 송아지 요리가 나왔다. 시종들은 빵을 원뿔이나 원기둥, 평행사변형 등 갖가지 기하학 도형으로 잘랐다. 식사를 하는 동안 나는 여러 물건의 이름을 물어보았다. 대신들은 귀와 입을 두드리는 시종들의 도움을 받아 대답을 해주었다.

저녁 식사가 끝나고 대신들이 돌아가자 어떤 이가 두드리는 시종을 데리고 나를 방문했다. 왕의 명령으로 내게 온 것이었다. 그는 손에 펜과 잉크, 종이, 그리고 서너 권의 책을 들고 있었다. 내게 말을 가르치라고 왕이 보낸 사람이었다. 나는 그와 네 시간 동안 함께 있으면서 열심히 이 나라 말을 배웠다. 수많은 단어를 종이에 적고 그 옆에 뜻을 쓰는 식이었다. 그런 식으로 나는 이 나라의 간단한 문장들을 익힐 수 있었다.

또한 하인이 하는 몸짓을 문장으로 적어 사람의 행동을 표현하는 법을 배웠으며 그가 가져온 책을 통해 천체 이름, 도형 이름, 악기 이름 등을 익혔다. 그가 떠나간 후 나는 모든 단어를 알파벳순으로 다시 적었다. 며칠이 지나자 나는 하늘을 나는 나라의 언어에 대해 기본실력을 갖추게 되었다. '하늘을 나는 섬' 또는 '떠다니는 섬'을 이 나라 말로 바꾸면 '라푸타'였다.

시중을 드는 사람들은 내 새 옷을 마련해주기 위해 재단사를 시켜 내 몸의 치수를 재게 했다. 그런데 그 방법이 유럽의 방법과는 사뭇 달랐다. 재단사는 먼저 고도를 측정하는 도구로 키를 쟀다. 그리고 자와 컴퍼스로 신체의 부피와 윤곽을 측정한 후 그 모든 것들을 종이에 적었다. 6일이 지난 후 재단사가 옷을 가져왔는데 내 몸에 전혀 맞지 않았다. 도중에 계산이 틀렸기 때문이었다. 재단사는 다시 치수를 쟀다. 입을 옷이 없어 방에만 머물러 있었던 기간을 이용해 나는 라푸타 말을 더 확실히 익혔다. 그래서 다음에 국왕을 만났을 때는 그의 이야기를 어느 정도 알아들을 수 있었으며 제법 대답도 할 수 있었다.

얼마 후 국왕은 이 왕국의 수도 래가도 쪽으로 라푸타를 이동하도록 했다. 그곳은 약 430킬로미터 떨어진 곳에 있었다. 그곳에 가는 데는 4일 조금 더 걸렸을 뿐이었다. 나는 섬의 움직임을 조금도 느낄 수 없었다. 이 왕국의 수도인 래가도로 가는 도중 국왕은 섬을 몇 개 도시와 마을 위에 잠시 멈추게 했다. 국민의 진정서를 받기 위해서였다. 사람들이 작은 추를 달아놓은 줄을 몇 가닥 아래로 내려보냈다. 그러면 국민들이 그 줄에 진정서를 매달아놓는다. 그런 다음 줄을 끌어올려 진정서를 받아보는 것이었다. 이따금 포도주와 음식물을 도르래로 끌어올리기도 했다.

내가 알고 있던 수학 지식이 이 나라 사람들의 어법을 익히는 데 큰 도움이 되었다. 게다가 나는 음악에 대해서도 상당한 지식이 있었기에 더 큰 도움을 받았다. 이 나라 어법은 수학과 음악에 많이 의존하고 있었기 때문이었다. 예를 들어 어떤 동물이 아름답다고 말할 경우에도 사다리꼴, 원, 평행사변형, 타원 등의 기하학 용어로 표현했다. 음악에서 빌려 온 용어를 사용하기도 했는데 그 복잡한 이야기는 그만하겠다.

하늘을 나는 나라의 윗사람이 아랫사람에게 지시하는 내용은 마치 수학 공식처럼 언제나 더없이 정교했다. 그 지시를 실행하는 사람들의 능력으로는 도저히 이해할 수 없을 정도였다. 그래서 매번 실수가 생겼다. 또한 이 나라 사람들은 수학과 음악을 제외한 다른 분야에 대해서는 아주 서투르거나 어색했다. 상상력이나 공상, 발명 같은 단어는 그들에게는 낯설

뿐 아니라 그런 뜻을 나타내는 낱말조차 없었다.

　이 나라 사람들의 가장 큰 특징 중 하나는 이들이 언제나 불안에 싸여 있으며 마음의 평화를 한순간도 누리지 못하고 있다는 것이었다. 나는 그 이유가 궁금했다. 그런데 알고 보니 이들이 불안을 느끼는 이유가 정말 볼 만했다. 그들은 천체에 두려워할 만한 변화가 감지되었다며 불안해하고 있었다. 예를 들어 태양이 계속 지구로 접근하고 있어, 시간이 지나면 태양이 지구를 삼키게 될 것이라며 걱정이 태산 같았다. 태양 표면에 노폐물이 쌓여 빛을 더 이상 비추지 못하면 어쩌나 하는 것도 이들의 주된 걱정거리 중 하나였다. 31년 후에는 혜성이 지구로 날아들어 파멸을 초래할 것이라고 걱정하는 사람도 있었다. 그 외에도 태양에 공급되는 에너지가 끊겨서 태양이 식어버리면 어쩌나 걱정하기도 했다. 그리고 그 모든 것이 정확한 수학 계산으로 뒷받침되고 있었다.

　그래서 이들은 편안한 마음으로 잠자리에 들 수 없었으며 보통 사람들이 누리는 생활의 즐거움이나 기쁨을 느낄 수 없었다. 그들이 아침에 이웃을 만나면 제일 먼저 묻는 것이 태양의 상태였다. 태양이 지거나 뜰 때의 모습은 어떠했으며 다가

오는 혜성과 충돌을 과연 피할 수 있을까 하는 것들이 그들의 화제였다. 이들의 마음 상태는 유령이나 귀신 이야기를 듣고 무서워서 혼자 잠자리에 들지 못하는 어린아이들의 상태와 아주 비슷했다.

이 라푸타에서 눈에 확 띄는 특징이 하나 더 있다. 이 섬의 여자들이 아주 활기차다는 사실이었다. 이 나라 여자들은 남편을 싫어했고 타지에서 온 사람들을 좋아했다. 그런데 이 섬에는 언제나 섬 아래 땅의 여러 도시에서 온 이방인들이 많았다. 그들은 공무나 사적인 일을 해결하기 위해 궁궐에 와 있었다.

그 이방인들에게는 '하늘을 나는 섬'의 남자들과 같은 수학 재능이 없었다. 그래서 그들은 멸시의 대상이었다. 하지만 라푸타의 여자들은 재능 있는 남편보다 무능한 그들을 더 좋아했다. 여자들은 그들 가운데 한 명을 골라 애인으로 삼았다. 남편이 언제나 사색에 잠겨 있었으니 들킬 염려 없이 마음대로 즐길 수 있었다. 심지어 남편 앞에서도 애인과 다정하게 입을 맞출 수 있었다. 물론 두드리는 시종이 곁에 있으면 몸을 사렸다.

나는 '하늘을 나는 섬'이 세상에서 가장 아름답고 풍요로운 곳 중 하나라고 생각했다. 그러나 이곳의 부인이나 딸들은 자기들이 라푸타에 갇혀서 생활하고 있다고 한탄했다. 이곳에서는 모든 것이 풍족했으며 위엄을 누리며 살 수 있고 원하는 것은 무엇이든 얻을 수 있다. 하지만 여자들이 원하는 것은 바깥세상 구경이었다. 이 나라 수도인 저 아래 래가도에 가서 온갖 즐거움을 만끽하고 싶어 했다.

그러나 국왕이 특별히 허락하지 않는 한 여자들은 래가도에 갈 수 없었다. 한번 아래로 내려간 여자들을 다시 설득해서 위로 돌아오도록 만드는 일이 얼마나 어려운가를 대신들은 경험을 통해 잘 알고 있었다. 예를 하나 들어보자.

여자로서는 온갖 호사를 다 누리던 한 귀부인이 있었다. 바로 총리대신의 아내였다. 그녀에게는 이미 자식도 여럿 있었다. 그런데 그녀가 건강이 나쁘다는 이유로 쉬겠다며 래가도로 내려갔다. 그런데 한번 내려간 그녀는 감감무소식이었다. 그녀는 밑으로 내려가더니 몇 달 동안이나 숨어 지낸 것이다. '하늘을 나는 나라'에서 가장 부자고 점잖으며 아내를 무척 사랑하는 남편을 그녀는 버린 것이다. 국왕의 명령으로 그녀를 수소문해본 결과 형편없는 음식점에서 누더기를 걸치고 있는 그녀를 겨우 찾아냈다. 입고 있던 옷은 그녀와 함께 살고 있던 늙고 병든 남자를 돌보기 위해 저당 잡혔다고 했다.

그 병든 사람은 귀부인을 매일 구타했다고 한다. 하지만 그 사람으로부터 그녀를 데려오는 일은 정말로 힘들었다. 겨우겨우 그녀를 위의 섬으로 다시 데려오자 남편인 총리대신은 그녀를 조금도 비난하지 않고 부드럽게 맞이했다. 그러나 그 귀부인은 꾀를 부려서 보석을 모두 챙긴 후 다시 아래 땅으로 내려갔다. 그러고는 그 남자에게 되돌아갔고 둘이 자취를 감추었는데, 그 이후로는 아무 소식이 없다는 것이다.

사실 이 이야기가 아주 먼 나라 이야기라기보다는 우리 영국에서도 종종 벌어지는 일로 여겨지는 사람도 많을 것이다. 여자들의 변덕이란 어디를 가든 변함이 없는 법인가 보다.

제3장 '하늘을 나는 섬'의 원리와 왕국 통치법에 대해 설명하다

그사이 나는 이 나라 말을 아주 잘할 수 있게 되었다. 나는 왕에게 왕궁 밖으로 나가 '하늘을 나는 섬'의 진귀한 것들을 구경할 수 있게 해달라고 간청했다. 국왕은 기꺼이 승낙하면서 나를 도와줄 가정교사를 하나 붙여주었다. 나는 '하늘을 나는 섬'을 움직이는 기술이 과연 어떤 건지, 어떤 자연의 원리에 의한 것인지 알고 싶었다. 이제부터 하는 설명은 조금 철학적이고 과학적이니 독자 여러분은 좀 지루하더라도 참아주기 바란다.

'하늘을 나는 섬'은 정확히 원형으로 되어 있었다. 지름은 약 7킬로미터, 면적은 40제곱킬로미터, 높이는 270미터였다. 그리고 밑바닥은 약 180미터 두께의 평평한 암석으로 되어 있었으며 그 암석판 위에는 몇 가지 광물들이 순서대로 덮여 있었다.

암석판 제일 윗부분, 그러니까 표면에는 3~4미터 두께의 질 좋은 흙이 덮여 있었다. 표면은 바깥쪽에서 안을 향해 경사가 져 있었기 때문에, 섬에 비가 내리면 작은 시내를 이루어 가운데로 모여들었는데, 각각 둘레가 약 800미터인 네 개의 큰 연못으로 흘러들어갔다. 이 연못들의 물은 태양열에 끊임없이 증발하여 넘쳐흐르지 않았다. 더구나 국왕은 섬을 구름 위로 띄울 수 있었기에 원하지 않으면 비를 피할 수 있었다.

한편 섬 중심부에는 지름이 45미터인 움푹 파인 곳이 있었는데, 천문학자들은 그곳에 세워진 거대한 돔 속으로 내려갔다. 그래서 그 돔은 '플랜도나 개그놀'이라 불렸는데 '천문학자의 동굴'이라는 뜻이었다. 그 동굴은 라푸타의 표면으로부터 약 90미터 내려간 곳에 있었다.

'천문학자의 동굴'에는 항상 스무 개의 램프가 불을 밝히고 있었으며 여러 가지 천문학 기구들이 있었다. 그중에서 가장 흥미로운 것은 베틀 짜는 북처럼 생긴 거대한 천연 자석이었다. 그 자석은 길이가 6미터나 되었으며 굵은 부분의 두께는 3미터나 되었다. 자석은 강한 철로 만든 축이 지탱하고 있었는데, 축은 자석 한가운데를 꿰뚫고 있었다. 사람들은 그 축을 중심으로 자석을 움직였는데 매우 정확하게 수평으로 균형을 잡고 있어서 작은 힘으로도 움직일 수 있었다. 자석 바깥에는 높이와 두께가 약 1.2미터, 지름이 약 10미터인 속이 빈 강철 실린더가 둥그런 테처럼 둘러싸고 있었다. 자석을 둘러싼 실린더는 높이가 약 5.5미터인 여덟 개의 기둥이 받치고 있었다. 그리고 실린더 안쪽 가운데에는 30센티미터 정도 깊이의 홈이 파여 있었는데 그곳에 축의 양쪽 끝이 꽂혀 있어서 필요할 때마다 돌릴 수 있었다.

바로 그 천연 자석을 이용해 라푸타의 사람들은 섬을 운전했다. 그 힘으로 섬을 위아래로 오르내리거나 이동할 수 있었다. 이제부터 그 원리를 설명해보겠다.

그 자석의 한쪽 끝은 미는 힘을 가지고 있었으며 다른 쪽 끝은 당기는 힘을 가지고 있었다. 당기는 힘이 있는 자석의 끝 부분을 땅을 향해 똑바로 세우면 섬은 내려간다. 반대로 미는 쪽을 아래로 세우면 섬은 다시 위로 올라간다. 또한 자석을 약간 비스듬하게 놓으면 그 섬의 움직임도 비스듬해진다. 이러한 운동의 힘으로 섬은 국왕이 다스리는 영토 여러 지역으로 움직일 수 있었다. 조금 상세한 설명이 필요하지만 공연히 독자 여러분의 머리를 아프게 하고 싶지 않다. 다만 이 비스듬히 올라가거나 내려가는 힘으로 섬이 옮겨 다닌다고만 생각해주기 바란다.

하지만 이 섬은 자석의 힘이 미치는 범위가 한정되어 있기에 섬이 다스리는 영토 밖으로는 나가지 못하며, 한없이 높은 곳까지 뜰 수도 없었다. 천문학자들의 연구 결과 자석에 영향을 주는 광석은 지하 28킬로미터 지점에 있었다. 그런데 그 광석은 국왕이 다스리는 영토 경계 안에만 있었기에, 국왕은 자석의 힘이 미치는 범위 안에 있는 국가만 굴복시켜 다스릴 수 있었다.

자석을 지평선과 평행하게 두면 섬은 그 자리에 멈추어 선다. 자석의 양극이 땅과 똑같은 거리에 있게 되어 당기는 힘과 미는 힘이 같아지기 때문이다. 이 천연 자석은 몇 명의 천문학자들이 관리하고 있었다. 그들은 왕이 지시하는 대로 자석의 위치를 바꾸는 일을 했으며, 우리 것보다 훨씬 성능이 좋은 망원경의 힘을 빌려 천체를 관측하는 일을 하면서 일생을 보냈다. 그들은 화성에 달이 두 개 있음을 알아냈고 93개의 혜성도 관측했다.

이제 왕이 저 아래 있는 도시들을 다스리는 방법에 대해 알아보겠다.

밑에 있는 도시에서 반란이 일어나거나 공물을 바치지 않으면 왕은 두 가지 방법을 사용해 그들을 제압했다.

첫 번째는 온건한 방법이었다. 응징하고자 하는 도시 위에 섬이 머물면서 햇빛과 비를 차단하는 것이다. 그러면 도시는 가뭄과 전염병에 시달리게 된다. 그들의 죄가 클 경우 큰 돌을 던지기도 한다. 아래 있는 사람들은 돌 폭격이 쏟아지는 동안 지하실이나 동굴로 피신하는 수밖에 없다.

그 방법으로 굴복을 시키지 못하면 부득이 좀 더 강력한 두 번째 방법을 쓴다. 섬을 아래쪽에 사는 사람들 위로 직접 내려가게 해 한꺼번에 집들을 파괴하고 사람들을 죽이는 것이다. 이런 극단적인 방법을 사용한 적은 거의 없었다. 국왕도 그렇게까지 하고 싶어 하지는 않았고 신하들도 그런 건의는 하지 않았다. 그러면 사람들의 원한을 살 테고, 아래에 있는 신하들의 영지에도 막대한 피해를 줄 수 있기 때문이었다. 하지만 이유는 그것만이 아니었다.

'하늘을 나는 섬'의 지배 아래 있는 이 왕국 전체의 이름은 발니바비였다. 발니바비를 다스렸던 역대 왕들이 과격한 두 번째 방법을 사용하지 않은 이유는 사실상 다른 데 있다. 만일 응징하기로 한 도시에 큰 바위들이 있으면 아주 곤란한 문제가 발생한다. 높은 탑이나 돌기둥이 세워진 경우에도 사정은 마찬가지다. 만일 '하늘을 나는 섬'이 갑자기 그 도시에 내려 앉는다면 두께 180미터인 바닥의 암석판이 충격 때문에 깨질 수도 있고 아래쪽 집들에서 피우는 불의 열기에 달아올라 폭발해버릴 수도 있다.

밑의 도시에 사는 사람들은 그 사정을 잘 알고 있었다. 그래서 자신들의 자유와 재산에 대해 어느 정도까지 요구를 해야 하는지 익히 알고 있었다. 식민지 백성들의 저항에 몹시 화가 난 왕이 설사 그 도시를 파괴하기로 마음먹은 경우라도, 왕은 아주 천천히 섬을 내려가도록 명령한다. 겉으로는 백성을 사랑하기 때문이라고 변명하지만 실은 섬 바닥이 망가질까봐 두렵기 때문이다. 이곳의 모든 철학자들에 따르면 섬 밑바닥이 손상되면 이 섬을 하늘로 끌어올리는 자석의 힘이 사라진다고 한다.

내가 발니바비에 도착하기 3년 전의 일이었다고 한다. 왕국에서 두 번째로 큰 도시인 린달리노에서 반란이 일어났다. 억압에 불만을 품고 있던 시민들이 들고 일어나 '하늘을 나는 섬'에서 파견한 총독을 감금했다. 그리고 재빨리 도시 사방에 네 개의 커다란 탑을 세웠다. 시의 중심부에는 뾰족한 바위가 있었는데 탑의 높이는 그 바위와 같았다.

그들은 각각의 탑 꼭대기와 바위 꼭대기에 커다란 천연 자석을 붙여놓았다. 그리고 자신들의 계획이 실패할 경우를 대비해서 가장 잘 타는 연료를 엄청나게 모아두었다. 천연 자석 계획이 실패하면 '하늘을 나는 섬'의 밑바닥을 태워버릴 심산이었다.

린달리노 시에서 반란이 일어났음을 안 국왕은 섬을 린달리노 시 위에 떠 있도록 명령했다. 국왕은 도시 위에 며칠 머물면서 햇빛과 비를 차단했다. 하지만 린달리노 시민들은 일치단결해 이미 식량을 비축해놓은 상태였다. 게다가 시 중심부에는 강이 흐르고 있어 시민들은 비가 오지 않아도 견딜 수 있었다.

1차 진압 수단이 효과가 없자 왕은 일단 그들의 말을 들어보기로 했다. 그러자 시민들은 세금을 면제해달라, 총독을 자기네 손으로 뽑게 해달라는 등 대담한 요구를 했다. 요구가 지나치다고 생각한 국왕은 섬 거주자들에게 돌을 던지라고 명령했다. 하지만 린달리노 시민들에게는 이미 대비책이 있었다. 시민들은 모두 네 개의 탑과 튼튼한 건물, 동굴 속으로 피신했고 그와 함께 귀중품도 이미 옮겨놓았기에 거의 피해를 입지 않았다.

국왕은 최후의 방법을 쓰기로 했다. 국왕은 섬을 그 도시의 가장 높은 곳에서 36미터 떨어진 곳까지 접근시키라고 명령했다. 시민들에게 겁을 주고 공포심을 불러일으키기 위해서였다. 명령을 받은 천문학자들은 자석을 작동했다. 그런데 아래로 내려갈수록 섬이 평소보다 더 빨리 움직이는 것이 아닌가! 천연 자석을 돌려보았지만 안정되지 않고 자꾸 아래로 끌려

천문학자들과 라푸타를 움직이는 천연 자석

1875년경 출간된 『걸리버 여행기』에 실린 삽화. 라푸타는 자석의 힘으로 움직인다. 지지대 없이 자기력만으로 물체를 움직이는 자기 부상(磁氣浮上, magnetic levitation, maglev) 원리를 이미 적용한 셈이다. 또 라푸타 천문학자들은 화성에 두 개의 달이 있음을 알아내는데, 실제로 화성에는 포보스와 데이모스 두 위성이 존재한다. 놀랍게도 두 위성은 이 소설이 출간되고 약 150년 뒤인 1877년에야 미국 천문학자 아사프 홀이 발견했다. 한편 린달리노 시민들의 반란은 당시 영국의 억압과 착취에 맞서 싸운 아일랜드 사람들의 반란을 비유한 것이다.

제3부 하늘을 나는 섬과 다른 여러 나라 여행

211

가는 것 같았다.

그들은 재빨리 국왕에게 보고했다. 왕은 섬을 띄우도록 명령한 후 천문학자들에게 무슨 일인가 알아보라고 했다. 가장 나이 많고 노련한 천문학자가 실험을 했다. 그는 90미터나 되는 튼튼한 끈 끝에 섬 밑바닥 암석판과 같은 성분의 커다란 광석을 매달았다. 그 끈을 천천히 내렸더니 어느 순간 갑자기 아래로 확 끌려갔다. 그 광석을 다시 끌어올릴 수 없을 정도로 강한 힘이었다. 그는 네 개의 탑과 바위 꼭대기가 광석들을 잡아끈다는 것을 실험을 통해 확인했다. 아래쪽 시민들이 천연 자석을 붙여놓았기 때문이었다.

국왕은 결단을 내릴 수밖에 없었다. 할 수 없이 국왕은 그 도시가 원하는 것을 모두 들어주었다. 만약 '하늘을 나는 섬'이 린달리노 시를 향해 조금만 더 가까이 갔더라면 다시는 위로 올라올 수 없었을 것이며, 국왕과 신하들은 모두 죽고 발니바비의 역사가 바뀌었을지도 모른다는 이야기를 어느 대신에게서 들었다.

제4장 '하늘을 나는 섬'을 떠나 수도 래가도에 도착하다

                     '하늘을 나는 섬' 사람들은 나를 함부로 대하지는 않았지만 어느 정도 무시하거나 경멸한 것도 사실이었다. 그들은 수학과 음악 외에는 아무 관심이 없었다. 내가 그 분야들에서 그들보다 훨씬 뒤떨어졌으니 멸시당하는 것이 당연했다.

    라푸타의 진기한 것들을 모두 보고 나자 나는 싫증이 나기 시작했다. 그 섬을 떠나 다른 것을 구경하고 싶은 생각이 간절했다. 여기 사는 사람들은 정말 재미가 없었다. 그들이 음악과 수학에 뛰어나다는 것은 나도 인정한다. 하지만 그들은 언제나 멍하니 사색에만 잠겨 있어서 그들과 함께 있어도 늘 심심하기만 했다. 발니바비 말을 열심히 배워 이제 상당한 실력을 갖추었지만 도무지 함께 대화할 사람이 없었다.

나는 평소에 친하게 지내던 대신에게 이 섬을 떠날 수 있게 해달라고 간청했다. 그는 왕의 친척으로 영향력이 컸다. 그는 섭섭하다고 말하면서도 왕을 설득해 내가 바라는 대로 해주었다. 2월 16일 나는 궁정 사람들과 작별했다. 국왕은 영국 돈으로 200파운드 값어치가 나가는 선물을 주었다. 나와 친한 대신도 이 나라의 수도 래가도에 살고 있는 그의 친구에게 소개장을 써주었으며 많은 선물도 주었다.

나는 섬에 끌어올려지던 때와 마찬가지로 줄을 타고 땅에 내려왔다. 땅을 밟으니 한결 편안한 기분이었다. 그곳 사람들과 같은 옷을 입고 있었으며 함께 이야기를 나눌 언어 실력도 갖추고 있었기에 아무 걱정이 없었다.

나는 대신이 소개장을 써준 사람을 찾아갔다. 그 사람의 이름은 무노디로, 신분이 높은 영주였고 수년간 래가도 총독까지 지낸 사람이었다. 소개장을 본 그는 나를 친절하게 맞아주면서 자신의 집에 머무르라고 했다.

래가도에 도착한 다음 날 그는 나를 마차에 태우고 거리를 구경시켜주었다. 도시 크기는 런던의 절반 정도였다. 그런데 집들이 온통 마치 폐가처럼 망가져 있어 도무지 사람이 살 만한 곳으로 보이지 않았다. 거리를 지나는 사람들은 바쁜 일이라도 있는 듯 아주 잰걸음으로 걸어 다니고 있었다. 그런데 그들 모두 누더기 차림이었으며 무엇엔가 화가 난 것 같았고 아주 사나운 표정들을 하고 있었다. 내가 의아한 표정으로 그들을 바라보았지만 무노디는 아무 말이 없었다.

무노디는 도시의 성문을 가로질러 5킬로미터 정도 떨어진 교외로 나를 데리고 갔다. 그곳에서는 수많은 노동자들이 열심히 일을 하고 있었다. 그런데 아무리 보아도 도대체 무슨 일을 하는지 알 수 없었다. 게다가 땅은 비옥해 보이는데 곡식이나 농작물이 자라고 있는 흔적은 볼 수 없었다. 나는 정말로 이상한 생각이 들어 무노디에게 물어볼 수밖에 없었다.

나는 저들이 왜 저렇게 열심히 일하느냐, 그런데 그 결과물은 왜 하나도 찾을 수 없느냐고 물은 것이다. 눈에 보이는 집들은 모두 허물어가고 있었으며 사람들도 아주 비참한 몰골이었다. 얼굴이나 차림새가 그들처럼 비참하고 가난한 사람들은 아직까지 본 적이 없다고 할 수 있을 정도였다. 내 물음에 그는 내가 아직 이곳에 온 지 얼마 안 되어서 잘 모를 것이다, 세상 여러 나라들의 관습은 서로 다르다는 일반적인 이야기만 해주었다. 그리고 나중에 여기서 약 32킬로미터 떨어진 자신의 영지로 가게 되면 자세한 이야기를 해주겠다고 했다. 그날은 그 정도만 구경하고 우리는 함께 다시 집으로 돌아왔다.

다음 날 우리는 그의 영지를 향해 길을 떠났다. 농지가 나타나자 농부들의 모습도 보였다. 그는 나에게 농부들이 경작하는 모습을 잘 살펴보라고 했다. 정말 이상한 방법이었다. 분명 농부들은 있었는데 몇 군데를 제외하고는 곡식 한 알, 풀 한 포기 찾아볼 수 없었다. 그런데 세 시간 정도 마차가 더 달리자 풍경이 완전히 바뀌었다. 아주 아름다운 농촌이 펼쳐진 것이다. 바로 그의 영지였다.

거리마다 깨끗하고 아름다운 농가들이 서 있었으며 포도밭과 들판과 목장에는 담장이 둘러쳐져 있었다. 상쾌한 풍경을 보고 내 표정이 밝아졌다. 그런데 내 표정을 본 무노디가 한숨을 내쉬었다. 그는 이곳이 바로 자신의 영지가 시작되는 곳으로, 자신의 방법으로는 이렇게 잘살 수 있는데 사람들이 자신을 나쁜 선례를 남긴 사람이라며 비난한다는 것이었다. 그리고 그의 행동을 따르는 사람은 거의 없으며 늙고 나약한 사람들만 그를 따른다고 했다. 나는 그게 도대체 무슨 소리인가 궁금했다.

얼마 안 있어 우리는 그의 집에 도착했다. 아주 잘 지어진 아름다운 집이었다. 샘과 정원, 산책길, 현관으로 이어진 가로수 길 등 모두 쾌적하고 아름다웠다. 나는 아낌없는 찬사를 보냈다.

저녁 식사 때까지 그는 아무 말이 없었다. 식사 후 이윽고 단둘이 있게 되자 그가 아주 우울한 어조로 말을 시작했다. 그는 한숨을 내쉬며 머지않아 그의 집을 모두 허물고 다른 사람들 방식으로 지어야 할지 모른다고 말했다. 농장도 파괴해서 이 나라 방식을 따라야 할 것이며, 농민들도 다른 사람과 같은 식으로 다스려야 할 것이라고 말했다. 그러지 않으면 오만하고 개인적인 허식에 사로잡힌 사람, 무지하고 변덕이 많은 사람이라는 등 온갖 악덕을 지닌 자로 비난을 받게 되며, 결국 이 나라를 다스리는 국왕을 분노하게 만들지도 모른다고 했다.

그는 라푸타의 궁궐 사람들은 그저 사색에만 빠져 있어, 아래에서 일어나는 실제의 일에는 신경 쓸 여유가 없다며 조심스레 이야기를 꺼냈다. 그의 이야기를 정리하면 다음과 같다.

40년 전에 래가도 사람들 몇 명이 라푸타를 방문한 적이 있었다. 그들은 라푸타에 5개월간 머물며 수학에 대한 지식을 조금 배웠다. 그들은 세상을 다 배운 것처럼 의기양양해서 래가도로 돌아왔다. 돌아오자마자 그들은 선무당이 사람 잡는다고, 이곳에서 이제까지 이룬 것들, 살아오던 방식들을 모두 부정했다. 그리고 예술, 과학, 언어, 기술 등을 모두 새로운 기반 위에 새롭게 세우겠다는 계획을 수립했다.

그들이 그 개혁 계획을 국왕에게 보고하자 국왕은 선선히 허락해주었다. 국왕의 허가를 받은 그들은 이 계획을 실행할 아카데미를 설립했다. 국민들은 모두 그들이 세운 계획에 들떠 있었다. 장밋빛 미래가 그들 눈앞에 펼쳐지는 것 같았다. 수도에서 개혁이 시작되자 나라 안 거의 모든 도시들이 래가도를 본받았다. 발니바비 전체에서 그런 아카데미를 세우지 않은 도시는 하나도 없을 정도였다.

아카데미 교수들은 농업과 건축뿐 아니라, 모든 제조업에 혁명을 가져올 수 있다고 말했다. 새로운 기구를 만들고 새로운 방법을 이용하면 한 사람이 십인 분량의 일을 할 수 있고, 궁전을 일주일 안에 지을 수도 있으며 한 번 지으면 영원히 쓸 수 있다고 했다. 과일도 원하는 계절에 열리게 할 수 있고 지금보다 백배는 더 수확할 수 있다고 했다. 문제는 이 방법 중에서 아직 실현된 것이 하나도 없다는 것이었다.

그들이 연구를 계속하는 동안 나라 전체가 비참할 정도로 황폐해졌으며 집들은 모두 파괴되었다. 도시의 식량과 옷도 부족해졌다. 새로운 방법이 실현되지 않았으니 얻은 것 하나 없이 기존의 것은 모두 틀렸다며 팽개쳤으니 당연한 일이었다. 그러나 학자들은 좌절하지도 않았고 계획을 철회하지도 않았다. 그들은 오히려 더욱 열심히 연구에 몰두했다.

하지만 무노디는 고집스럽게 이전 방식대로 일했고, 그렇게 영지를 운영했다. 그는 조상들의 집을 있는 그대로 두고 그곳에 살면서 새로운 것을 찾지 않고 관습대로 행동했다. 그의 방식을 따르는 귀족들도 몇 명 있었다. 그러자 그들은 예술의 적으로, 반국가적 위험인물로, 국가의 개혁을 뒤따르지 않고 자신의 안락만 도모하는 자들로, 게으르기 짝이 없는 자들로 지탄을 받았다.

나는 그 아카데미에 반드시 가보고 싶었다. 무노디에게 상의하니 며칠 후에 아카데미를 방문할 수 있게 해주겠다고 했다. 그러면서 나에게 5킬로미터쯤 떨어진 산기슭에 있는 파괴된 건물을 보여주고 싶어 했다. 그는 그 건물에 대해 이런 설명을 해주었다.

그는 집에서 800미터 떨어진 곳에 아주 편리한 방앗간을 가지고 있었다. 큰 강물의 힘으로 물레방아가 돌아가고 있었고 농사를 짓는 데 더없이 유용했다. 그런데 7년 전, 학자들 무리가 이곳을 방문했다. 방앗간에 대한 새롭고 혁신적인 방안을 마련했다며 무노디를 설득하러 온 것이었다. 그들은 이 방앗간을 부수고 산기슭에 새로운 방앗간을 짓자고 제안했다.

산의 능선을 따라 긴 운하를 판 다음 파이프와 기계를 이용해 물을 끌어와 방앗간을 돌리려는 계획이었다. 높은 곳의 바람과 공기가 물을 더 잘 흐르게 할 것이며 물을 경사를 따라 내려오게 하면 절반 수량의 물로도 물레방아를 잘 돌릴 수 있다는 것이었다.

당시 무노디는 궁궐과 사이가 별로 좋지 않았기에 반대했다가는 오해를 살 수도 있었다. 게다가 여러 친구들이 강요하는 바람에 마지못해 그 제안을 받아들였다. 결국 2년 동안 인부 100명을 동원해 일을 했으나 실패로 돌아갔다. 연구자들은 모든 책임을 무노디에게 씌운 후 돌아가버렸다. 그다음부터 그들은 무노디를 맹렬히 비난하기 시작했다.

그의 영지에서 며칠 지낸 후 우리는 다시 그의 집으로 돌아왔다. 그에 대한 평판이 아카데미에 별로 좋지 않았기에 그는 나를 직접 아카데미로 데려가지 않았다. 내가 홀대라도 받을까봐 염려가 되었던 것이다. 그 대신 나를 자기 친구에게 소개하여 그곳에 데려가게 했다. 무노디는 내가 연구 계획을 열렬히 찬양하는 사람이며 호기심도 많고 모든 것을 쉽게 잘 믿는 사람이라고 친구에게 소개했다. 사실 그의 이야기는 거짓말이 아니었다. 젊은 시절에 나는 무모하리만치 온갖 계획을 세우고 연구하는 일을 좋아했던 적이 있었다.

제5장 래가도의 거대한 아카데미를 방문하다

아카데미는 길을 사이에 두고 마주 보고 있는 두 개의 건물로 이루어져 있었다. 건물마다 수많은 방이 있었고 방마다 연구원들이 있었다. 나는 여러 번 아카데미를 방문했으며 그동안 내가 들른 방만 해도 500개는 될 것이다. 내가 방문한 곳에서 이루어지고 있는 연구들을 다 소개할 수는 없고 그중 흥미로운 것들만 소개하겠다. 독자 여러분은 어떻게 생각할지 모르겠지만 연구자 본인들은 저마다 창의적인 연구를 하고 있다며 의욕과 자부심이 대단했다.

내가 처음으로 만난 연구자는 삐쩍 마른 사람이었다. 손과 얼굴은 온통 거무스름했으며 덥수룩한 머리카락과 수염에는 여기저기 그을린 자국이 있었다.

그는 오이에서 태양 광선을 추출해내는 일에 8년간 몰두하고 있었다. 그는 그렇게 추출한 태양광선을 유리병에 밀봉해 두었다가 필요시에 사용할 수 있다고 주장했다. 8년만 더 있으면 연구가 성공해 필요로 하는 곳에 태양빛을 공급할 수 있다고 했다. 그는 연구에 필요한 오이가 모자란다고 내게 불평했다. 오이가 비싼 계절이기에 연구비가 많이 든다는 것이었다. 나는 태양 광선을 받아 자라는 게 오이만은 아닐 텐데 왜 하필 오이가 연구 대상일까 의문이 들었지만 약간의 기부금을 그에게 주었다. 연구자들은 그들을 방문하는 사람들에게 구걸하는 버릇이 있다며 무노디가 내게 미리 돈을 주었던 것이다.

그 방을 나온 나는 옆에 있는 연구실로 갔다. 그러나 곧 지독한 냄새 때문에 코를 싸쥐고 나오려고 했다. 그러자 안내인이 그렇게 되면 너무 큰 실례를 범하는 것이라며 나를 붙잡았다. 안내인은 이 방의 연구자가 아카데미에서 가장 오랫동안 연구를 한 사람이라며 그에 걸맞은 대접을 해주라고 했다. 나는 코를 싸잡을 엄두도 내지 못하고 그 방으로 다시 들어갔다.

연구자의 얼굴과 수염은 누런색에 물들어 있었고 손과 옷도 온통 오물로 더럽혀져 있었다. 안내인이 나를 소개하자 그는 나를 와락 껴안았다. 정말 피하고 싶은 인사표시였다. 그는 식량난을 해결한다는 사명감으로 정말 중요한 연구를 자신이 하고 있다고 주장했다. 그는 사람의 대변을 원래 음식으로 되돌리는 연구를 하고 있었다. 대변의 색깔과 냄새를 없애고, 거기 배어 있는 침과 효소를 걷어낸다는 계획이었다. 그에게는 매주 배설물이 가득 담긴 통이 공급되었다. 그 방을 나오면서 나는 그의 연구가 제발 성공하지 않기를 속으로 빌었다.

그 외에 온갖 연구자들이 다 있었다. 얼음에 열을 가해 화약을 만드는 일에 몰두하고 있는 연구자도 있었으며 꿀벌과 개미에게 영감을 받아 지붕부터 집을 짓기 시작하는 방법을 연구하는 사람도 있었다.

한편 농사비용을 절감하기 위해 돼지를 이용해 밭을 가는 방법을 연구하는 사람도 있었다. 그가 연구한 방법은 다음과 같다. 우선 아주 넓은 땅에 15센티미터 간격으로 20센티미터의 깊이에 도토리, 대추, 밤 등 돼지가 좋아하는 먹이를 묻어 둔다. 그리고 돼지 떼를 그곳에 몰아넣는다. 며칠이 지나면 돼지들이 먹이를 찾느라 땅을 온통 파헤쳐서 씨를 뿌리기 알맞게 될 것이며 돼지 똥은 거름으로 사용할 수 있다는 것이었다. 문제는 인력과 비용이었다. 돼지 먹이를 묻는다는 게 보통 일이 아니었으며, 그 먹이의 값이 너무 비쌌다. 하지만 위대한 진보를 이룩할 뛰어난 발명이라는 사실은 아무도 의심하지 않았다. 나는 그 외에도 거미줄에서 실을 뽑는 방법을 연구하는 사람, 지구의 자전과 공전을 조절해서 바람의 방향을 바꾸는 방법을 연구하는 사람 등, 정말로 인류역사에 남을 획기적인 연구를 하는 사람들을 만났다.

그런데 열심히 연구소 이 방 저 방을 방문하다가 나는 갑자기 배가 아파오기 시작했다. 안내원에게 배가 아프다고 호소하자 그가 마침 좋은 곳이 있다며 나를 어느 방으론가 안내했다. 그곳에는 배가 아픈 것을 고치기로 유명한 의사가 있다는 것이었다.

그 방으로 가니 그곳에는 길고 가느다란 주둥이가 달린 풀무가 있었다. 그 방에 있는 의사는 그 주둥이를 약 20센티미터 정도 항문에 집어넣고 바람을 뺀다고 한다. 그러면 내장을 홀쭉하게 만들 수 있고 복통이 낫는다는 것이다. 고질적으로 심한 복통에는 반대로 환자의 몸속에 공기를 집어넣는다. 풀무에 바람을 잔뜩 넣은 후 주둥이를 항문에 집어넣는 것이다. 풀무의 바람이 다 몸으로 들어가면 항문을 엄지손가락으로 꼭 막은 후 풀무에 다시 바람을 집어넣고 다시 몸에 바람을 넣는다. 그 작업을 서너 차례 반복해서 온몸에 빵빵하게 바람이 차면 항문을 막았던 손을 뗀다. 그러면 배 속으로 들어갔던 바람이 일시에 뿜어져 나오면서 해로운 물질을 배출한다는 것이다.

내가 그 방으로 들어갔을 때 의사는 마침 개에게 그 두 가지 실험을 하고 있었다. 하지만 첫 번째 개에게서는 그 어떤 효과가 있었는지 알 수 없었다. 개가 복통이 나았는지 아닌지 의사 표현을 하지 않기 때문이었다. 두 번째 실험 결과 개의 배는 거의 터질 지경이 되었으며 공기가 빠져나오면서 배설물이 뿜어져 나왔다. 나와 안내인은 구역질이 나는 걸 억지로 참아야만 했다. 개는 즉시 죽었다. 항문에 바람을 넣으며 개를 살리려 애쓰는 의사를 남겨두고 우리는 그 방을 떠났다. 그사이 내 복통은 저절로 사라지고 말짱해졌다.

그 외에도 수많은 진기한 연구들이 아카데미에서 진행되고 있었지만 일일이 다 소개하다가는 독자 여러분의 머리가 터질 지경이 될 것이다. 하지만 사람들이 '만능 기술자'라고 부르는 유명한 연구자는 꼭 소개해야만 하겠다.

그는 인간의 삶을 개선하기 위해 30년간이나 연구에 몰두하고 있었다. 그는 진정으로 인류에게 도움이 되는 연구를 하고 있었기에 특별히 두 개의 방이 할당되었다. 그리고 그 안에서 50명의 사람들이 일하고 있었다. 그들이 하는 일들 중에는 공기에서 물기를 제거한 후 그 공기를 응축시켜 휴대용으로 간직할 수 있게 하는 연구도 있었고, 대리석을 부드럽게 해서 바늘꽂이와 베개로 만드는 일에 대한 연구, 말이 넘어지는 것을 방지하기 위해 말발굽을 돌로 바꾸는 일에 대한 연구도 있었다.

그 '만능 기술자'에게는 두 가지 원대한 계획이 있었다. 첫번째 계획은 겨를 땅에 뿌리는 일이었다. 그는 겨 속에도 싹을 틔울 수 있는 능력이 있다고 주장했다. 그는 여러 실험을 통해 내게 그것을 증명해 보였지만 내 공부가 모자라서인지 이해할 수 없었다.

두 번째 계획은 어린 양의 몸에 여러 가지를 섞어 만든 혼합물을 발라서 털이 자라지 않도록 만드는 일이었다. 그는 그 나라 전역에 털 없는 양을 번식시킬 날을 꿈꾸고 있었다. 나는 그런 연구가 왜 필요한지 도무지 알 수 없었다.

이제 아카데미의 다른 쪽 건물을 소개하겠다. 그 건물은 실험보다는 사색에 몰두해 있는 연구자들이 쓰고 있었다.

처음에 만난 연구자는 꽤 큰 방에서 40명의 제자들과 함께 있었다. 방에는 온통 액자들이 들어차 있었다. 그는 기계 작용을 통해 사색이 필요한 모든 학문을 개혁하는 방안을 연구 중이라고 했다. 그러면서 지금껏 누구도 생각해내지 못한 고결한 연구라며 자랑했다. 그가 고안해낸 방법을 사용하면 아무리 무식한 사람이라도 철학, 시, 정치학, 법률학, 수학, 신학에 관한 책을 쓸 수 있다는 것이었다. 실로 거창한 계획이었다.

그는 가로세로 6미터나 되는 거대한 액자 앞으로 나를 데려갔다. 그 표면에는 주사위 정도 크기의 나무 조각들이 꽉 들어차 있었다. 그리고 각각의 면 위에 종이가 붙어 있었으며 그 종이 위에는 그 나라 말의 온갖 단어와 문법, 시제 격변화가 무질서하게 적혀 있었다. 교수는 기계를 움직일 테니 잘 보라고 했다.

그가 지시를 하자 학생들이 액자 주위에 붙어 있는 40여 개의 손잡이를 돌렸다. 그러자 단어의 배열이 완전히 바뀌었다. 학생들은 액자에 나타난 단어들을 사용해서 문장을 만들었다. 이 작업이 서너 차례 반복되었다. 기계를 돌릴 때마다 나무 조각들이 뒤집히면서 단어들이 새롭게 배열되었다.

교수는 이 작업으로 얻은 문장들을 여러 권의 책으로 엮었다. 그는 내게 그 책들을 보여주었다. 그냥 따로따로 떨어진 문장들이었다. 교수는 이 문장들을 서로 묶을 계획이었다. 모든 학문과 과학에 대한 완전한 체계를 완성하여 사람들에게 제공하겠다는 것이었다. 기금을 모아 래가도에 이런 액자 500개를 설치하기만 하면 일은 더 빨리 진행될 수 있을 것이라고 했다. 그는 자신의 모든 생각과 어휘를 이 액자에 집어넣었다고 했다. 또한 책에 나오는 관사, 명사, 동사를 포함해서 모든 품사의 비율을 정확히 계산했다고 장담했다. 나는 그의 독창성을 찬양하며 그 방에서 나왔다.

다음으로 우리는 언어를 연구하는 학자에게로 갔다. 그곳에서는 세 명의 학자가 언어를 개선하기 위해 연구하고 있었다. 첫 번째 계획은 여러 음절을 가진 말들을 한 음절로 줄이고 동사와 수식어들을 없애서 말을 간단하게 만들자는 것이었다. 정말 획기적인 아이디어였다. 그들은 명사만으로 모든 것을 생각하고 표현할 수 있다고 했다.

하지만 그의 궁극 목표는 말을 아예 없애자는 것이었다. 말을 없애면 삶이 단순명료해지고, 건강에도 도움이 된다고 그들은 주장했다. 우리가 말을 할 때마다 허파가 조금씩 마모되어 결국 생명을 단축하게 된다고 했다. 그들은 그 궁극적 목표에 도달하기 전에 우선 동사나 수식어를 없애는 연구를 하고 있는 중이었다. 불필요한 동사나 수식어 없이 명사로만 단어가 이루어진다면 그 명사에 해당하는 물건만 지니고 다니면서 말하는 대신 그 물건을 보여주면 된다는 것이었다. 물론 문제가 있었다. 항상 등에 커다란 물건 보따리를 가지고 다녀야 한다는 점이 바로 그것이었으며 그들은 그 불편을 해소하는 연구에 한창 몰두하고 있었다.

그들의 주장에 따르면 이 방법에는 아주 커다란 장점이 있었다. 말이 필요 없게 되면서 인간들이 공통으로 사용할 수 있는 언어를 가질 수 있게 된다는 것이다. 단지 각 나라가 비슷한 문명 수준을 지니고 있고 비슷한 물건들을 사용해야 한다는 제약이 있긴 하지만, 그 점도 연구를 통해서 개선점을 찾아낼 수 있을 것이다.

다음으로 나는 수학 교육 방식을 연구하는 사람들에게 가 보았다. 그곳에서 교수들은 상상하기조차 힘든 방법으로 학생들을 가르치고 있었다. 교수가 머리뼈 속에 들어 있는 성분의 물질로 만든 잉크를 사용해서 수학 공식과 명제들을 얇은 과자 위에 썼다. 그러면 학생들이 그 과자를 먹었다. 학생은 그 과자 외에는 다른 음식을 일절 손대지 않았다. 소화가 되는 정도에 따라 그 물질은 공식과 명제를 대동한 채 머리 위로 올라간다. 아직까지 이 방법이 성공하지 못한 이유는 그 물질의 양이나 성분에서 약간의 오차가 있었기 때문이다. 하지만 무엇보다 학생들의 올바르지 못한 학습 태도가 성공을 가로막았다. 이러한 공부 방식이 학생들에게는 괴로웠다. 그래서 그들은 교수 몰래 먹은 과자를 토해냈다. 그리고 규정대로 다른 음식을 절대로 입에 대지 않는 학생들이 아직 아무도 없었다. 무지한 자들을 가르치는 연구자는 힘들고 외로운 법인가 보다.

제6장 정치에 관한 아카데미를 둘러보다

　　나는 정치를 연구하는 사람들에게
도 가보았다. 하지만 그곳에서는 별로 기분이 좋지 않았다. 내
가 보기에 이곳 교수들은 정말로 정신이 나간 사람들이었다.
그들은 국왕의 지혜와 능력, 그리고 덕에 의해 현명한 신하를
선출할 수 있는 방법을 연구하고 있었다. 또 그들은 대신들을
교육하여 공공의 복지를 위하는 사람으로 만든다는 계획, 국
민과 국가에 뛰어난 공적을 세운 사람들에게 상을 주려는 계
획, 백성의 이익이 곧 국왕의 이익임을 국왕이 알고 실현할
수 있도록 가르치려는 계획, 이런 것들을 차질 없이 실행할
수 있는 사람을 등용하는 방법 등을 연구하고 있었다. 세상에

그보다 불가능하고 터무니없는 망상은 없었다. 그 연구가 성공하려면 인간의 마음속을 훤히 다 알 수 있어야만 하는데 그건 불가능한 일이었으며 그들이 계획하고 있는 일은 이 세상에서 아직 한 번도 실현되어보지 않은 일이었다.

하지만 이곳 정치 아카데미의 사람들이 모두 그처럼 터무니없는 사람들은 아니었다. 제대로 평가받아야 할 연구자들도 있었다. 그중에는 인간의 신체와 정치체계 사이의 유사성에 착안해서, 공공기관의 병폐나 부패에 대한 효과적인 치료 방법을 연구하는 의사도 있었다. 그 연구자의 주장을 여기에 옮겨보겠다.

인체나 정치체계나 건강이 유지되어야 하는 것은 당연하다. 그리고 비슷한 질병은 비슷한 방법으로 치료해야 한다. 국회는 인체와 마찬가지로 온갖 병에 시달린다. 가끔 아예 미쳐버리는 수도 있는데 그건 혈기가 남아돌기 때문이다. 때로는 머리와 가슴뿐 아니라 양손에 심한 경련을 일으키기도 하고 울화병이나 정신착란은 늘 안고 다닌다. 악취가 지독한 고름이 꽉 들어찬 종기는 아예 고질병에 속하며 그런 가운데도 개처럼 게걸들린 식욕을 과시하다가 소화불량 등의 병에 시달린다.

국회의 건강을 유지하기 위해서는 국회 회기가 시작되기 전에 우선 의원들의 맥박을 재야 한다. 그리고 의원들이 자리에 앉기 전에 각각의 증세에 따라 약을 처방한다. 진통제, 설사약, 황달 치료제, 담을 제거하는 약들을 증상에 따라 처방해 주는 것이다.

의원들이 모두 건강한 몸으로 의석에 앉게 되면 소모적인 논쟁을 줄일 수 있을 것이며 늘 입을 다물고 있던 사람들이 말을 할 수 있게 될 것이고, 말 많은 이의 입을 닫아줄 수 있을 것이다. 젊은이의 조급한 성격을 늦추어줄 것이며 늙은이의 고집을 꺾어줄 것이고 어리석은 자를 깨우쳐줄 것이며 버릇없는 자를 공손하게 만들어줄 것이다. 그렇게 되면 의회에서 그 뭔가 생산적인 결론이 나오기를 기대할 수 있다는 것이 그 연구자의 주장이었다.

한편 대신들이 지니고 있는 병도 치료할 수 있다. 이 나라 국민들은 대신들이 모두 기억력이 나쁘고 무엇이든 쉽게 잊어버린다고 불평한다. 그들에게는 이렇게 처방하면 된다. 우선 총리대신을 만나 이야기할 때는 무엇이든 쉽고 간단하게 말해야 한다. 조금만 복잡해도 이내 얼굴을 찡그릴 테니 반드시 5초 안에 끝내야 한다. 그리고 물러나올 때는 그의 코를 비틀거나 배를 힘껏 걷어차 그의 감정을 상하게 해야 한다. 또는 양쪽 귀를 세 번 잡아당기거나 다리를 핀으로 찌르던지, 아니면 팔을 꼬집어 멍들게 해야 한다. 그래야 해준 이야기를 잊지 않을 수 있다.

정치 아카데미 연구자는 다음과 같은 유익한 제안들을 하기도 했다.

상원의원들에게 자신의 의견을 발표하게 한 다음에 반드시 그 의견과는 정반대되는 쪽에 투표를 하게 하는 법을 만들자는 것이었다. 이 제안이 시행되면 국회는 반드시 국민에게 이로운 방향으로 움직일 것이라고 그는 주장했다.

그는 정당들이 서로 격렬한 싸움을 할 때, 그들을 화해시킬 수 있는 아주 멋진 방법도 생각해냈다. 우선 각 정당에서 각각 100명씩의 지도자를 뽑는다. 그리고 머리의 크기가 비슷한 사람들끼리 짝을 지어놓는다. 그런 다음 아주 숙련된 외과의사들에게 그들의 머리를 정확히 반으로 자르게 한다. 그런 후, 잘라낸 머리를 반대편 정당 사람에게 붙인다. 아주 정확성을 요구하는 작업이다. 그 연구자는 수술만 빈틈없이 정확하게 이루어진다면 정당 간의 싸움은 없어질 것이라고 주장했다. 두 뇌가 한 장소에서 서로 싸우다 보면 상대방을 더 잘 이해할 수 있게 되리라는 것이었다.

나는 그 정치 아카데미에서 아주 흥미로운 두 명의 교수를 만날 수 있었다. 둘은 국민을 괴롭히지 않고 세금을 거둘 수 있는 가장 편리한 방법에 대해 논쟁을 벌이고 있었다.

두 교수 중 한 명은 사악한 행동, 남에게 해를 끼치는 행동, 어리석은 행동을 하는 사람에게 세금을 매기면 세수가 엄청나게 늘어날 것이라고 주장했다. 이웃에 살고 있는 사람들을 배심원으로 임명해 적절한 세율을 정하면 된다는 것이었다.

그러나 다른 교수의 의견은 정반대였다. 그는 사람들에게 자신이 가장 가치 있다고 생각하는 자신의 육체적 능력이나 정신적 자질을 스스로 판단해서 그에 따라 세금을 매기게 해야 한다고 주장했다. 또한 그는 이성들의 사랑을 가장 많이 받는 사람이 가장 높은 세금을 내야 한다고 말했다. 그 사랑에 대한 평가는 그들이 받는 사랑의 정도와 질에 따라 그 기준이 정해지며, 당사자들이 증명하면 된다.

이런 방법으로 기지, 용기, 친절과 같은 성품도 많은 세금을 내도록 정한다. 자기가 소유하고 있는 덕성의 질과 양을 스스로 평가하게 한다는 것이다. 누구나 자신을 과대평가하고 있으니 세수가 저절로 늘어날 것이라는 주장이었다. 그러나 명예, 정의, 학식과 같은 것들은 과세대상이 되지 않는다. 아무도 남들이 가진 그런 자질을 별로 높이 평가하지 않을 것이며 스스로도 자랑스러워하지 않을 것이기 때문이다.

여자들은 자신이 얼마나 아름다운지, 옷을 입는 미적 감각은 어떤지 스스로 평가해서 세금을 매기게 한다. 세수가 엄청나게 증가할 것은 너무나 자명하다. 그러나 절개, 기품 등에 대해서는 세금을 매기지 않는다. 여자는 그러한 자질에 대해서는 결코 세금을 내려 하지 않을 것이다. 세상에 정절이나 기품을 높이 평가하는 여자는 한 명도 없기 때문이다.

또 어떤 교수는 정부에 대한 반란음모를 사전에 발견할 수 있는 방법을 연구하고 있었다. 그의 말에 따르면 의심 가는 정치가가 즐기는 음식, 그의 식사시간, 침대에서 눕는 방향, 특히 대변의 색과 맛, 소화 정도를 조사하면 그 사람의 생각이나 계획을 알아낼 수 있다는 것이다. 사람이란 누구나 변기에 앉을 때 가장 진지하게 깊은 생각을 하기 마련이며, 그 생각이 그 상황에서 그가 가장 몰두해 있는 일에 영향을 준다는 것이다.

그 교수는 여러 차례 실험을 거듭한 결과 아주 훌륭한 결과를 발표했다. 국왕을 암살할 생각을 품었을 때는 대변이 초록색을 띠게 되며 폭동을 일으키려 할 때도 평상시와 전혀 다른 색깔을 띠게 된다는 것이었다. 그는 내게 자신의 논문을 보여주었는데 그 내용은 아주 날카롭고 정확했다.

제7장 글럽덥드립에서 죽은 사람들을 만나다

아카데미까지 두루 방문하고 나니 계속해서 이 나라에 머무를 이유가 더는 없었다. 이제 알 만한 것은 다 안 것이다. 나는 고국인 영국으로 돌아가겠다고 마음먹었다.

나는 이 왕국이 캘리포니아 서쪽과 북부 태평양까지 뻗어나가 있다고 확신한다. 좀 더 정확히 말하자면 래가도는 태평양으로부터 240킬로미터 정도의 거리에 있었다. 이 나라에는 맬도나다라는 항구가 있어서 북서쪽에 위치한 럭낵과 교역으로 무척 북적거렸다. 럭낵은 북위 29도 동경 140도에 있는 섬으로 일본으로부터 남동쪽으로 약 480킬로미터 떨어져 있었다. 일본 왕과 럭낵 왕 사이에는 굳은 동맹이 맺어져 있었고 양국 사이에는 교역이 많이 이루어지고 있었다.

나는 맬도나다 항구로 가서 배를 타고 럭낵으로 간 후, 일본을 거쳐 영국으로 돌아가기로 마음먹었다. 노새를 타고 맬도나다로 가니 바로 럭낵으로 떠나는 배가 없어 당분간 그곳에서 머물러야 했다. 그곳에서 나는 친구를 한 명 사귀었다. 그는 신분이 높은 신사였는데 럭낵으로 떠나는 배가 한 달 동안은 없을 것이니 남서쪽으로 약 24킬로미터 떨어진 이웃 섬을 한번 둘러보자고 내게 제안했다. 호기심이 많은 내가 거절할 이유가 없었다. 그 섬의 이름은 글럽덥드립이었으며 '마법사의 섬'이라는 뜻이었다.

그 섬은 마법사들이 살고 있는 곳이었다. 당연히 그곳 총독도 마법사 종족이었다. 그 종족은 자기 종족들끼리만 혼인을 했으며 가장 나이 많은 사람이 총독이 되었다. 총독은 웅장한 궁전을 소유하고 있었으며 높은 성벽으로 둘러싸인 커다란 정원을 지니고 있었다.

그런데 총독과 가족들이 부리는 시종들이 아주 특이했다. 마법사인 총독은 귀신을 부르는 술법을 부릴 줄 알았다. 그는 죽은 자들 중에서 마음에 드는 자를 불러내어 하루 동안 시중을 들게 했다.

우리는 오전 11시 정도에 섬에 도착했다. 내가 이방인이었기에 내 친구가 먼저 총독을 만나 이방인이 알현할 수 있는 영광을 베풀 것을 부탁했다. 총독은 선선히 허락했다. 우리는 아주 기이한 제복을 입은 두 줄의 호위대 사이를 통과해 궁궐로 들어섰다. 우리는 역시 이상한 얼굴과 복장을 한 시종들이 두 줄로 서 있는 방 몇 군데를 지났다. 그리고 몇 채의 건물을 지나 접견실에 도착했다. 우리는 절을 세 번 한 후 가장 아래쪽 계단에 놓여 있는 등받이 없는 의자에 앉았다.

총독은 발니바비 말을 알고 있어서 의사소통에 지장이 없었다. 총독은 내 여행 이야기를 해달라며 나를 편하게 대하기 위해 주위 사람들을 물리쳤다. 그가 손가락을 움직이자 놀랍게도 주위에 서 있던 사람들이 순식간에 사라졌다. 마치 잠에서 깨어났을 때 꿈속 장면이 사라지는 것 같았다. 나는 무척이나 놀랐지만 이미 이야기를 어느 정도 들은 뒤라 까무러치지는 않았다. 나는 내 여행 이야기를 들려준 후 총독과 함께 식사를 했다. 새로운 유령들이 고기를 대접하고 식사 시중을 들었다. 해가 저물자 우리는 물러나와 글럽덥드립의 수도로 가서 숙소를 잡았다.

우리는 그 섬에 열흘간 머물렀다. 거의 매일 총독과 함께 지냈으며 밤에는 다시 숙소로 돌아와 쉬었다. 이제부터는 그 열흘 동안 있었던 일을 여러분에게 이야기해주겠다.

나는 차츰차츰 유령에 익숙해졌다. 그러던 어느 날 총독이 내게 놀라운 제안을 했다. 내게 호감을 가진 총독이 선심을 베푼 것이었다. 그는 내게 죽은 사람들 가운데 만나고 싶은 사람이 있으면 누구든 불러보라고 했다. 그런 후 그들에게 궁금한 것을 물어보라고 했다.

죽은 사람을 만나서 이야기를 직접 들을 수 있다니! 책이나 기록을 보면서 의문이 들었던 것들, 궁금했던 것들을 알 수 있는 기회가 아닌가! 이런 행운이 어디 있단 말인가!

나는 조금 흥분해서 우선 알렉산드로스 대왕을 만나고 싶다고 했다. 그러자 총독이 손가락을 까딱 움직였다. 그러자 지체 없이 우리가 서 있는 창문 아래 넓은 정원에 알렉산드로스 대왕이 나타났다. 내 그리스어 실력이 형편없어서 그리 말을 많이 나누지는 못했지만 한 가지 정확한 사실을 알게 되었다. 알렉산드로스 대왕은 자신이 독살된 것이 아니라 술을 너무 마셔서 열병으로 죽었다고 했다.

이어서 나는 알프스를 넘어가는 한니발 장군을 만났으며 전투를 앞둔 카이사르를 만났다. 나는 총독에게 로마의 원로원을 볼 수 있느냐고 물었다. 그가 고개를 끄덕인 후 로마 원로원 모습을 보여주자 나는 바로 그 옆에 오늘날의 국회 모습도 함께 보여달라고 했다. 그 둘을 나란히 놓고 보니, 로마의 원로원은 영웅과 반신반인(半神半人)들의 모임으로 보였으나 오늘날의 국회는 장사치, 소매치기, 강도, 뚜쟁이를 모아놓은 것으로밖에 안 보였다.

나는 카이사르와 함께 브루투스의 모습도 보았다. 놀랍게도 카이사르는 자신의 목숨을 빼앗은 브루투스를 자신보다 더 높이 평가한다고 말했다. 나는 영광스럽게도 브루투스와 긴 이야기를 나눌 수 있었다.

그 외에도 나는 수많은 영웅들, 반역자를 물리친 구국의 공로자들, 억눌리고 상처받은 나라에 자유를 찾아준 사람들을 다시 만났다. 그들을 만나면서 내가 얼마나 뿌듯함에 가슴이 벅차올랐는지는 독자들에게 제대로 전할 길이 없다. 나는 별도로 날을 하루 잡아서 지혜와 학문으로 유명한 사람들도 만나보았다. 호메로스와 아리스토텔레스를 그들의 추종자들과 함께 만났는데 추종자들 수가 얼마나 많았는지 궁궐을 가득 채우고도 남아 밖에 머물러야만 할 정도였다. 나는 데카르트도 만났으며 프랑스 물리학자 가상디도 만났다. 나는 고대 학자들과 대화하면서 5일을 보냈다. 또한 로마 초기 황제들도 만날 수 있었다.

돌아갈 날이 얼마 남지 않자 나는 가까운 시대 사람들을 만나고 싶었다. 나는 유럽 여러 나라에서 200~300년 동안 역사상 이름을 남긴 인물들과 그들의 조상들을 함께 만났다. 그런데 그들을 만난 후 나는 놀랄 수밖에 없었다. 고귀한 왕의 조상들 중에는 바이올린 악사, 궁정 대신, 성직자, 이발사, 수도원장 등이 많기 때문이었다.

또한 이른바 귀족 가문들에 왜 그렇게 악당들이 많았는지, 어떤 가문에는 왜 그렇게 사기꾼과 정신병자와 바보가 많았는지도 알게 되었다. 또 무슨 이유로 어떤 가문은 그렇게 잔인한 짓을 많이 하게 되었는지, 어떻게 해서 그 가문 혈통이 시종, 하인, 몸종, 마부, 도박사, 소매치기에 의해 바뀌었는지도 알게 되었다.

　현대에 가까운 사람들을 만나면서 나는 속이 메슥거리는 것을 참기 힘들었다. 그들을 만나고 보니 우리가 얼마나 현대사를 잘못 알고 있는지 확실히 깨닫게 되었다. 우리가 알고 있는 역사는 매춘부 같은 저자들이 모두 왜곡한 것이었다. 가장 영예로운 전쟁의 공적이 겁쟁이에게 돌아가 있었으며, 가장 현명한 조언을 바보들이 했던 것으로 꾸몄고 아첨하는 자를 성실한 자로, 조국을 팔아먹은 매국노를 애국자로 그렸던 것이다. 결백하고 능력 있는 사람들은 탐욕스러운 자들에게 모함을 당해 사형에 처해지거나 추방을 당했으며 악당들이 그 자리를 차지했다.

　도무지 인간에게 지혜가 있고 선심이 있다는 것을 믿을 수 없었다. 내게는 총독이 불러온 귀신들이 들려준 진실들을 낱낱이 여러분에게 들려주고 싶은 욕심까지 생겼다. 하지만 나는 참았다. 여러분이 믿기 어려울 테니까. 하지만 이것 한 가지만은 꼭 밝히고 싶다.

　나는 국왕들에 대한 기록과 국가의 위대한 업적에 대한 기록을 읽어본 적이 있었다. 나는 그런 공적을 남긴 사람들을 만나고 싶었다. 총독에게 그 뜻을 전했더니 총독은 진짜로 공적을 세운 사람들은 기록에 남아 있지 않다고 했다. 그나마 이름이 남아 있는 경우라도 형편없는 악당이나 반역자로 역사에 기록되어 있다는 것이었다.

불려온 사람들이 세상에 살아 있을 때의 일을 이야기하는 것을 듣고 나는 지난 수백 년 동안 인류가 얼마나 타락해왔는가를 알게 되었다. 우울하지 않을 수 없었다. 정신만 타락한 것이 아니었다. 신체 크기는 줄어들고 신경은 약화되었으며 온몸의 근육이 늘어지고 혈색은 창백해졌다.

마지막으로 나는 영국의 중산층 및 농민 몇 사람을 불러달라고 요청했다. 기준을 대폭 낮춘 것이다. 예절이 단순하고 공정한 거래를 하던 그들, 진정한 자유정신에 가득 찼던 그들, 나라를 위한 용기와 사랑으로 유명했던 중류층의 농민이 보고 싶었다.

나는 그들을 그들의 후손들과 비교하면서 그들에게 진심으로 감동했다. 동시에 비통한 마음에 젖어들었다. 그들의 순수성과 성실성이 지금에 와서는 그들의 후손에 의해 돈 몇 푼에

팔리고 있었다. 후손들이 투표권을 팔고 선거를 조작하고 있으며, 모든 악과 부패에 물들어 있음을 안다면 그들은 과연 어떻게 생각할까?

제8장 럭낵에서 영원히 죽지 않는 사람들을 만나고 일본을 거쳐 영국으로

나는 글럽덥드립의 총독에게 예를 갖추어 인사한 후 친구와 함께 맬도나다로 돌아왔다. 그곳에서 보름 정도 지내자 럭낵으로 가는 배가 준비되었다. 그 친구가 친절하게도 여비를 마련해주었으며 배를 타는 것도 도와주었다. 나는 그에게 작별 인사를 하고 배에 올랐다.

항해를 시작한 지 한 달이 지난 1708년 4월 21일, 내가 탄 배는 럭낵의 동남부 항구도시 클루그메닉에 흐르는 강으로 들어섰다. 나는 이방인이었기 때문에 엄중한 조사를 받았다. 다행히 발니바비 언어가 그곳에서도 통했다. 발니바비는 럭낵과 교역이 많기 때문이었다. 나는 일본으로 가기 위해 네덜란드인이라고 신분을 속였다. 일본에는 네덜란드인만 입국이 허용되고 있었던 것이다.

나는 세관에서 2주 정도 머물며 궁궐의 답신을 기다렸다. 2주 후 나를 트랄드랙덥으로 데려오라는 전갈이 궁궐에서 내려졌다. 나는 그동안 고용한 통역사와 함께 기병 열 명의 호위를 받으며 노새를 타고 국왕을 알현하러 갔다. 국왕은 내게 호의적이어서 숙소도 마련해주고 통역도 붙여주었다. 나는 럭낵에서 3개월을 머물렀다.

럭낵 사람들은 공손했고 마음씨가 좋았다. 그들은 동방 국가의 사람들이 모두 그러하듯이 자존심이 강했다. 하지만 외국인들, 특히 국왕의 후원을 받고 있는 외국인들에게는 친절했다. 나는 여러 명의 훌륭한 사람들과 교제를 할 수 있었다. 곁에 늘 통역사가 있어서 대화에 큰 불편이 없었다.

어느 날이었다. 나는 이 나라의 고관들과 대화를 하고 있었다. 그중 한 명이 내게 스트럴드브럭을 본 적이 있느냐고 물었다. 나는 스트럴드브럭이 무엇이냐고 물었다. 그러자 '영원히 죽지 않는 불멸의 존재'라고 그가 대답했다. 영원히 죽지 않는 존재라니! 그런 존재가 가능하다니! 당연히 나는 본 적이 없다고 대답했다.

그러자 그가 자세히 설명을 해주었다. 이곳에서는 아주 드물게 붉고 둥근 점이 왼쪽 눈썹 바로 위에 있는 아이가 태어나는 경우가 있었다. 그 점은 절대로 죽지 않는다는 확실한 표시다. 그 점은 동전만 하며 성장하는 동안 계속 커지면서 색도 변하게 된다. 열두 살이 되면 녹색을 띠게 되며 스물다섯 살이 지나면 짙은 푸른색을 바뀐다. 마흔다섯 살이 되면 마치 석탄처럼 검은색을 띠게 되며 매우 커진다. 그 이후로 점은 변화하지 않는다.

스트럴드브럭이 태어나는 경우는 아주 드물어서 럭낵을 통틀어 1,100명을 넘지 않는다고 했으며 그 가운데 50명은 수도에 살고 있다고 했다. 가장 최근에 태어난 스트럴드브럭은 3년 전에 태어난 여자아이이라고 했으며 죽지 않는 사람이 태어나는 것은 유전 영향이 아니라 완전히 우연이라고 했다. 스트럴드브럭 사이에서 태어난 아이도 보통 사람처럼 죽음을 맞이한다는 것이었다.

죽지 않는다니! 그 이야기를 들은 나는 이루 말할 수 없는 희열을 느꼈다. 나는 내게 그 이야기를 해준 사람과 오랫동안 대화를 나누었다. 나는 환호성을 지르며 이 나라 사람들을 축복했다. 죽지 않는 사람들이 있으니 예전 미덕을 그대로 전수받은 삶을 즐길 수 있을 것 아닌가! 과거의 지혜를 계속 이어 가르칠 수 있을 것 아닌가! 그런 지혜를 가르치는 선생들이 있으니 럭낵은 가장 지혜롭고 행복하게 살 수 있는 나라가 될 수 있는 것 아닌가! 죽음에 대한 불안과 공포에서도 완전히 벗어나 있는 사람들이 살고 있다니! 나는 그들이 얼마나 행복할지 홀로 상상하기에 바빴다.

내게는 한 가지 궁금한 것이 있었다. 그렇게 훌륭한 사람들을 왜 궁궐에서 볼 수 없었을까 하는 점이었다. 이마 위에 커다란 점이 있다고 했으니 쉽게 눈에 띄었을 텐데 왜 보이지 않았을까? 그렇게 지혜로운 그들을 왜 왕이 고문으로 모시지 않았을까? 나는 그토록 고귀한 덕성을 지닌 현인들이 타락하고 방탕한 궁궐 모습과는 어울리기 어려웠을 것이라고 나름 추측했다. 또한 경박한 젊은이들이 인생 선배의 충고를 들으려 하지 않기 때문일지도 모른다.

나는 그 귀족에게 스트럴드브럭을 만나 많은 이야기를 나누며 여생을 보내고 싶다는 뜻을 전했다. 그러자 그가 묘한 표정을 지었다. 언제 기회가 닿으면 둘이 함께 만나보자고 말을 하면서도 뭔가 마지못해 하는 말 같았다. 게다가 그는 마치 나를 딱하게 여기는 것 같은 표정을 짓고 있었다. 그는 럭낵 말로 친구들과 잠시 이야기를 나누었다. 나는 그들의 대화를 조금도 이해할 수 없었다.

잠시 침묵이 흐른 후 그가 다시 내게 말했다. 내가 만약 스트럴드브럭으로 태어나게 된다면 어떻게 살 것이냐고 물어본 것이다. 스트럴드브럭에 대해 굉장한 호기심을 느끼는 나를 보고 내게 그 질문을 해보기로 자기들끼리 결정한 것 같았다. 나는 평소에도 내가 국왕이나 사령관이 되면 무엇을 하는 게 좋을까 자주 생각하는 버릇이 있었기에 그 물음에 쉽게 대답할 수 있었다.

사실 영원히 죽지 않게 된다면 어떤 일을 하면서 지낼까 나는 가끔 공상에 빠진 적이 있었다. 만일 스트럴드브럭 중 한 사람이 될 수 있는 행운이 내게 찾아온다면, 영원한 삶과 죽음의 차이를 이해하게 됨으로써 진정한 행복이 어떤 것인지 알 수 있으리라! 세상에 그보다 더 큰 행운이 어디 있단 말인가! 나는 그 귀족에게 길게 내 생각을 이야기해주었다.

우선 나는 부자가 되려고 노력할 것이다. 돈을 버는 방법을 익힌 후 절약을 하면서 합리적인 방법으로 재산을 불려나가 200년 안에 럭낵에서 제일 큰 부자가 된다. 그런 후 나는 예술과 과학을 연구할 것이다. 그리하여 그 누구보다 뛰어난 학자가 될 수 있을 것이다.

마지막으로 나는 이 나라에서 일어났던 모든 사건들과, 국왕과 대신들의 행동을 면밀히 관찰하여 아무런 치우침도 없이 객관적으로 기록할 것이다. 그와 함께 이 나라의 제도와 관습, 언어, 유행 등이 어떻게 변화해가는지도 정확하게 기록할 것이다. 그리하여 나는 살아 있는 지혜의 보고가 될 것이며 내 나라를 부강하면서 도덕적인 국가로 만드는 데 기여할 것이다. 또한 나는 국가의 예언자가 될 수도 있을 것이다.

60세가 넘은 다음에는 결혼하지 않고 홀로 지낼 것이지만 언제나 친절하게 살아갈 것이며 끊임없이 저축을 할 것이다. 그리고 내 경험을 통해 얻게 된 지혜로 젊은이들에게 미래에 대한 희망과 확신을 심어줄 것이다. 그들에게 세상살이의 모든 덕목들을 가르치며 희망을 불어넣어 준다면 그 얼마나 즐거운 삶이 될 것인가! 하지만 그 무엇보다 나는 나와 같은 불사신인 스트럴드브럭들과 즐겁게 함께 지낼 것이다.

나는 가장 나이 많은 스트럴드브럭으로부터 나와 동시대의 스트럴드브럭을 총망라해 열두 명을 추려서 함께 지낼 것이다. 이들 가운데 부를 원하는 사람이 있으면 누구에게나 나의 영지 주변에 안락한 숙소를 제공할 것이며 몇 명은 늘 식사를 함께 할 수 있을 것이다. 그들과 함께 지내면서 세상이 왜 부패하는지 연구하고, 부패와 대항해 싸울 것이다. 인간성의 타락을 막기 위해 힘쓸 것이다. 나는 국가들의 흥망성쇠를 지켜보며 즐거워할 것이고 자연의 변화를 바라보며 즐거워하리라. 문명국이 야만국이 되는 모습과 그 반대 모습도 지켜볼 수 있으리라. 자연과학의 위대한 발명들도 직접 체험할 수 있으리라.

나는 영원한 생명을 얻게 됨으로써 누릴 수 있는 행복, 희망, 기쁨 등에 대해 그에게 많은 이야기를 했다. 내 이야기가 끝나자 그가 내 말을 친구들에게 통역을 통하여 전달했다. 그들은 럭낵 언어로 한참 동안 이야기를 나누더니 껄껄껄 웃었다.

통역이 내게 그들의 말을 전했다. 우선 그는 인간의 어리석음으로 인해 빚어지는 잘못이 시정되기를 그들도 바라고 있으며 나의 그 희망이 실현되기를 진심으로 바란다고 말했다. 그런 후 그들이 알고 있는 스트럴드브럭의 실체에 대한 그들의 이야기를 내게 통역해주었다. 그 내용은 다음과 같다.

영원히 죽지 않는 생명을 가진 스트럴드브럭은 럭낵에만 있다. 그들 덕분에 럭낵 사람들은 죽음을 두려워하지 않고 삶에 대한 집착이 별로 강하지 않다. 스트럴드브럭이 없는 일본이나 발니바비 사람들은 그런 존재가 불가능하다고 믿으니 오히려 영생에 대해 관심이 많으며 죽음을 최대의 적이며 불행이라고 여긴다. 그러나 언제나 스트럴드브럭을 만나볼 수 있는 럭낵 사람들은 그 나라 사람들과는 달리 죽을 수 있다는 것을 행운으로 여긴다.

당신이 말한 영원히 죽지 않는 사람들의 모습은 그저 상상일 뿐이다. 당신이 그린 스트럴드브럭의 모습은 영원히 젊음과 건강, 정력이 남아 있다는 것을 전제로 한 모습일 뿐이다. 하지만 살아 있으면서 영원한 젊음이 지속되기를 바라는 것처럼 어리석은 일은 없다. 스트럴드브럭은 죽음의 운명에서는 벗어났는지 모르지만 늙음이라는 자연의 법칙에서는 벗어나지 못한다. 그리고 진짜 문제는 바로 거기에 있다.

늘어서 불편하기 짝이 없는 가운데 영원히 살기를 바라는 사람은 아무도 없을 것이다. 그 생각을 해보지 않은 사람들은 죽음이 조금이라도 연기되기를 한사코 바라고 있다. 슬픔과 고통 때문에 자살하는 경우가 가끔 있지만 편안한 마음으로 죽음을 맞으려는 사람은 거의 없다.

여기까지 말한 후 통역은 스트럴드브럭에 대한 그들의 상세한 설명을 내게 옮겨주었다. 다음 내용은 통역을 통해 전해 들은 스트럴드브럭의 실제 모습이다.

스트럴드브럭들은 30세까지는 여느 사람과 다름없이 산다. 그러나 그 이후로는 대개 우울증에 걸리고 80세가 넘으면 침울함 속에 묻혀 산다. 그들이 80세에 이르게 되면 당연히 노망이 들고 어리석어진다. 그뿐 아니라 죽을 수 없다는 사실에 무서운 절망을 느낀다.

그들은 고집이 세고, 불평이 많으며, 욕심도 많다. 또한 언제나 침울하고, 허영심이 강하며, 말도 많고, 남을 사랑할 줄 모른다. 그들에게는 자손을 향한 애정도 없다. 애정이 있어야 겨우 손자까지이고 그 아랫대의 후손들에게는 아무런 관심도 없다. 그들은 시기와 질투, 이루어질 수 없는 것들을 향한 욕망 덩어리들이다. 그 모두 젊음에 대한 질투심 때문에 야기된 것들이다.

하지만 그들이 진정으로 부러워하고 질투하는 것은 젊음이 아니다. 나이 든 사람들이 죽을 수 있다는 것을 그들은 진정으로 질투한다. 그들은 젊은 사람들을 바라보면서 그들이 누리는 쾌락이 자신들로부터 영원히 사라져버렸다는 것을 보고 한탄하며 질투하지만, 무엇보다 자신들이 결코 맛볼 수 없는 죽음을 남들이 맛보는 것에 대해 질투한다. 그 영원한 안식처로 떠날 기회가 자신들에게는 결코 올 수 없기에 남들을 질투한다.

그들은 젊은 시절이나 중년에 겪은 일 외에는 잘 기억도 하지 못한다. 혹시 기억하더라도 매우 불완전하다. 그들이 살았던 시대에 무슨 일이 있었는지 그들에게 묻기보다는 전설에 의지하는 게 훨씬 나을 것이다. 하지만 그 기억력마저 하나도 없는 스트럴드브럭이 그나마 낫다. 노망이 들어 하나도 기억하지 못하면 사람들의 동정과 도움을 받을 수 있다. 노망 든 사람에게서는 다른 스트럴드브럭이 가지고 있는 나쁜 성품이 그나마 조금 덜 나타나기 때문이다.

스트럴드브럭이 80세가 되면 법적으로 죽은 것으로 간주된다. 몸은 살아 있되 사회적으로는 죽은 자가 되는 것이다. 스트럴드브럭은 자신의 재산을 즉시 상속자에게 물려주어야한다. 그에게는 겨우 살아갈 수 있는 정도의 작은 재산만 남게 될 뿐이다. 아무런 재산도 없는 스트럴드브럭이 있다면 그 생계는 국가에서 충당한다. 그들은 상업 활동을 할 수 없으며 재산을 소유할 수도 없고 그 어떤 재판의 증인도 될 수 없다. 법적으로 아무런 보호도 받지 못하니 살아 있어도 죽은 것과 다름없다.

스트럴드브럭이 90세가 되면 그들은 이가 몽땅 빠지고 머리털도 죄다 빠져버린다. 음식 맛을 모르고 식욕도 없어진다. 그들은 항상 병을 앓고 있지만 병이 악화되지도 않고 호전되지도 않는다. 사물이나 사람의 호칭을 완전히 잊어버린다. 책을 읽을 수 없는 것은 물론이다. 게다가 그들에게는 아무런 오락거리도 없다. 또한 시간이 흐름에 따라 변화한 새로운 말을 알지 못하게 되며 200년 정도 살게 되면 그 누구와의 대화도 불가능하다. 자기 나라에 그 누구보다 오래 살았는데도 불구하고 완전한 이방인이 되는 것이다.

이것이 내가 들은 스트럴드브럭에 대한 이야기다. 나중에 나는 서로 다른 연령대의 스트럴드브럭을 대여섯 번 만날 기회가 있었다. 이들 가운데 가장 나이 어린 이가 200세 가까운 나이였다. 그들을 내게 데리고 온 친구가 나를 세상 구석구석을 다 돌아본 사람이라고 소개해도 아무런 흥미를 보이지 않았다. 그저 '슬럼스커대스크'를 달라는, 그러니까 '기념할 만한 것'을 달라는 말만 할 따름이었다. 구걸을 엄격하게 금지하고 있는 법을 피해 만든 점잖은 구걸 방법이었다. 비록 쥐꼬리만 하지만 나라에서 수당을 지급하기 때문에 구걸 행위를 금지한 것이다.

스트럴드브럭은 모든 사람들로부터 미움을 받는다. 그들이 죽음이라는 형벌을 피했기에 질투심에 미움을 받는 것이 아니다. 그들의 존재 자체가 불길한 징조였다. 스트럴드브럭이 태어나면 모두 불길한 징조로 받아들인다. 스트럴드브럭을 직접 보면서 가장 기분이 안 좋았던 것은 그들의 외모였다. 그들은 나이가 들면서 점점 송장 같은 모습을 띤다. 하지만 그 모습을 자세히 묘사하지는 않으련다. 내가 만난 대여섯 명의 스트럴드브럭은 연령 차이가 100~200년밖에 되지 않았지만 누가 나이가 많은지 금방 알 수 있었다.

스트럴드브럭을 보면서 영생에 대한 내 꿈이 사라졌음을 독자 여러분은 눈치챘을 것이다. 홀로 영생을 꿈꾸며 그렸던 환상들이 나를 부끄럽게 만들었다. 나는 스트럴드브럭과 같은 식으로 살기보다는 이 세상에 존재하는 가장 무서운 사형의 형벌도 달게 받겠다고 마음을 고쳐먹었다.

국왕은 죽음에 대한 공포에서 사람들을 벗어나게 하기 위해 스트럴드브럭 한 쌍을 영국으로 데려가는 게 어떻겠느냐고 내게 말했다. 물론 순전히 농담이었다. 럭낵의 법률에 스트럴드브럭은 해외로 나가는 것이 금지되어 있었다. 그렇지만 않았다면 그 어떤 비용과 수고를 들이더라도 그들을 기꺼이 영국으로 데려왔을 것이다.

혹시 스트럴드브럭에 대한 이 나라의 법이 너무 가혹하다고 생각할 독자가 있을지도 모르겠다. 그러나 내 생각에는 아주 합리적인 법이었다. 그들을 관대하게 대접하다가는 머지않아 나라 전체가 그들의 소유가 될 것이며 시민들의 힘도 약해질 것이다. 나이가 들수록 탐욕스러워지는 것이 바로 인간이기 때문이다. 결국 사회 전체가 붕괴될 위험에 처하게 될 것이다.

스트럴드브럭에 대한 이야기를 읽고 독자들은 꽤 흥미를 느꼈으리라고 나는 확신한다. 내가 이제까지 읽었던 여행기에서 그런 것과 비슷한 이야기를 들어본 적이 없었으니 말이다. 만약 어느 여행가가 이와 비슷한 이야기를 쓴다면 나와 같은 곳을 여행했기 때문일 것이다. 따라서 스트럴드브럭과 비슷한 이야기를 누가 쓰더라도 절대 표절이 아니라는 사실을 확실히 해둔다.

나는 럭낵을 떠나 일본으로 갔다. 럭낵 국왕은 떠나는 내게 무척 큰 친절을 베풀었다. 그는 일본 국왕에게 직접 추천장도 써주었고 커다란 금덩어리 440개와 붉은 다이아몬드 1개를 선물로 주었다. 영국에 돌아왔을 때 그 다이아몬드를 1,100파운드에 팔 수 있었으니 꽤 값나가는 보석이었다.

1709년 5월 6일 나는 국왕과 여러 친구들과 작별을 고하고 배에 올랐다. 그리고 보름 동안 항해한 끝에 일본 동남쪽에 있는 사모시(시모사) 항에 상륙했다. 나는 배에서 내리면서 럭낵 왕이 써준 추천장을 보여주었다. 세관 관리들은 손바닥 크기인 럭낵 국왕의 옥새를 금방 알아보았다. 도장에는 '절름발이 거지를 걷게 하는 왕'이라고 새겨져 있었다.

관리들은 내가 가져온 추천서를 보더니 나를 나라의 칙사처럼 영접해주었다. 마차에 시종까지 딸려 수도인 에도까지 가는 경비를 대주었던 것이다.

에도에 도착한 나는 일본 국왕을 만났다. 추천장 내용을 읽어 본 국왕은 내가 원하는 것이 무엇인지 물어본 후, 형제와 같은 럭낵 국왕의 부탁이니 내가 원하는 것은 무엇이든 들어주겠다고 말했다. 통역을 맡은 사람은 네덜란드 사람이었다.

나는 통역을 통해 내가 난파를 당해 럭낵에 닿게 되었으며 고국 사람들이 왕래하는 일본으로 오게 되었다는 것, 나를 나가사키까지 보내주어 무사히 고국으로 돌아갈 수 있게 해달라는 사연을 말해주었다. 앞서도 말했듯이 나는 네덜란드인 행세를 하고 있었다.

1709년 6월 9일 나는 길고도 지루한 여행 끝에 나가사키에 도착했다. 거기서 나는 450톤 급 암보이나 호를 타고 온 네덜란드 선원들을 만날 수 있었다. 그 배는 암스테르담에서 출발한 것이었다. 나는 그들에게도 철저히 네덜란드인 행세를 했다. 전에 네덜란드 레이던에서 공부했던 경험이 큰 도움이 되었다. 나는 이름도 출신지도 거짓으로 꾸며댔다.

선장은 내게 항해비의 절반만 받았다. 내가 항해 도중 외과 의사로서 일을 한다는 조건에서였다.

나는 드디어 유럽으로 가는 배에 올랐다. 항해 도중 특별한 일은 일어나지 않았다. 우리는 물을 얻기 위해 희망봉에 잠시 머문 후 4월 6일 암스테르담에 도착했다. 암스테르담에 도착한 나는 작은 배를 타고 영국으로 향했다.

1710년 4월 10일, 드디어 나는 다운스 항에 도착했다. 고국을 떠난 지 5년 6개월 만이었다. 배에서 내려 반가운 사람들을 만나 인사를 나눈 후 나는 곧장 레드리프로 향했다. 그리고 그날 오후 2시에 집에 도착해서 건강하게 지내고 있던 아내와 가족들을 만날 수 있었다.

제4부

말들의 나라 여행

제1장 선장이 되어 항해하다 선원들의 반란으로
해안에 홀로 남다

　　　　　　　나는 다섯 달 동안 고향집에서 아주
마음 편하게 지냈다. 가족들과 함께 지낸다는 게 새삼 행복하
게 느껴졌다.

　그러나 그것도 잠시였다. 어느 날 350톤 급 상선인 어드벤
처 호의 선장을 맡을 수 있느냐는 제의가 오자 마음이 흔들렸
다. 내가 외과의사지만 수많은 항해 경험으로 항해술에도 능
하다는 것이 알려져 선장으로 발탁된 것이다. 나는 그 제안을
받아들였다. 나는 로버트 퓨어포이라는 믿을 만한 젊은 외과
의사를 선원으로 고용했다. 내가 의사 일을 겸할 수도 있었지

만 바다에서 환자를 돌보는 일에 싫증이 났기 때문에 그를 고용했던 것이다. 내가 다시 항해 길에 나섰을 때 아내는 임신한 몸이었다.

1710년 9월 10일 우리는 포츠머스 항을 떠났다. 처음에는 순조로웠다. 하지만 도중에 많은 선원이 열대성 열병으로 죽었다. 제대로 항해를 계속하기 위해서는 새로운 선원들이 필요했다. 나는 바베이도스와 리워드 제도에서 새로운 선원들을 모집했다. 내가 그곳으로 가게 된 것은 나를 선장으로 고용한 상인들의 요구 때문이었다. 그들은 내게 남양군도의 인도인들과 교역하면서 새로운 상로를 개척하라고 요구했던 것이다. 하지만 나는 곧 후회막심한 일을 겪었다. 그곳에서 고용한 새로운 선원 대부분이 해적이었던 것이다.

내 배에는 모두 50명의 선원들이 있었다. 그런데 새로 모집한 선원들이 다른 선원들을 유혹해서 함께 반란을 일으켰다. 배를 점거하고 선장인 나를 감금하려는 음모를 꾸민 것이다.

미리 모의를 한 그들은 어느 날 합세해서 선실로 달려 들어오더니 내 손발을 묶었다. 그들은 조금이라도 저항하면 바다에 던져버리겠다고 나를 위협했다. 꼼짝없이 그들의 포로가 된 나는 어떻게 해볼 도리가 없었다.

배를 강탈한 그들은 본격적인 해적질에 나설 작정이었다. 하지만 제대로 된 해적질을 하려면 사람이 더 필요했다. 그들은 배에 실린 물건들을 팔아 돈을 마련한 후 선원들을 더 모집하기 위해 마다가스카르로 가기로 결정했다. 그들은 몇 주 동안 항해를 하면서 인도인과 교역을 하는 것 같았다. 새로운 선장도 이미 선출한 것 같았다. 나는 배가 어떤 항로로 이동하고 있는지 전혀 알 수가 없었다. 선실에 포로로 갇힌 채 언제 죽을지 모르는 처지에 놓여 있기 때문이었다.

그러던 어느 날이었다. 내 기억으로는 1711년 5월 9일이었던 것 같다. 선원 한 명이 선장의 명령으로 나를 이름 모를 해안가에 내려놓으려고 왔다. 그는 새 선장이 누구인지도 내게 말해주지 않았다. 그래도 인정이 있는 친구였던 것 같다. 그는 거의 새 옷이나 다름없는 옷으로 나를 갈아입혔다. 속옷도 여러 벌 주었다. 그는 동료들과 합세해서 나를 강제로 보트에 태웠다. 다행히 내 주머니를 함부로 뒤지지 않았다. 나는 주머니에 약간의 돈과 필수품을 그대로 지닐 수 있었으며 보잘것없는 단검이나마 무기로 간직할 수 있었다.

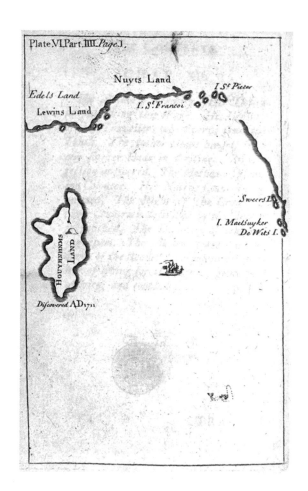

말들의 나라 지도

영국의 지도제작가 겸 판화가 허먼 몰이 그린, 말인 후이넘(Houyhnhnm)들이 사는 나라 지도. 『걸리버 여행기』 1726년판에 실려 있다. 지도로 보면 후이넘들의 나라는 오스트레일리아 대륙 남서쪽에 위치한 섬이다. 지도 위쪽에 보이는 것이 오스트레일리아 대륙이다..

그들은 5킬로미터 정도 노를 저어 가더니 나를 해안가에 내려놓았다. 나는 그곳이 어느 나라인지 그들에게 물어보았다. 하지만 그들도 어디인지 몰랐다. 처음으로 물건을 팔면 첫 번째로 발견한 육지에 나를 내려놓기로 선장이 결정했다는 것만 알았다. 그들은 내게 밀물에 휩쓸리지 않도록 주의하라는 충고만 남긴 채 나를 버려두고 가버렸다. 나는 또다시 혼자가 되었다.

나는 잠시 쉬면서 기운을 차린 후 내륙을 향해 걸어갔다. 야만인이라도 만나면 팔찌와 유리반지 등을 주면서 목숨을 구걸해볼 생각이었다. 항해에 나서는 선원들은 만약의 경우에 대비해서 그런 것들을 조금씩 몸에 지니고 있었다.

나는 주위를 살피며 조심조심 걸었다. 얼마 후 길을 발견할 수 있었다. 분명히 사람들이 다져서 만든 길이었다. 길에는 많은 발자국들이 있었다. 소 발자국이 몇 개 있었지만 대부분 말 발자국이었다. 이곳이 무인도가 아닌 것은 분명했다. 뒷일이야 어찌 되었건 사람을 만날 수 있으리라는 생각에 나는 길을 따라갔다.

얼마 정도 더 가니 들판에 몇 마리 동물들이 보였다. 나무 위에서도 같은 종류의 동물 한두 마리가 보였다. 너무나 기묘한 생김새였으며 얼핏 멀리서 보아도 금방 기분이 나빠질 정도로 흉측했다. 나는 그 동물들을 자세히 관찰하기 위해 수풀 속에 엎드렸다. 그것들 중 몇 마리가 내가 숨어 있는 곳 가까이 다가왔다. 그제야 나는 그 동물들의 모습을 똑똑히 바라볼 수 있었다.

그들의 머리와 가슴은 길고 짙은 털로 뒤덮여 있었다. 염소처럼 수염도 자라고 있었으며 등과 다리와 발 앞부분에는 긴 털이 자라고 있었다. 털이 없는 나머지 부분 피부는 옅은 갈색이었다. 그것들은 꼬리가 없었으며 엉덩이 부분에는 털이 없었다. 그들은 대부분 엉덩이를 땅에 대고 앉아 있었지만 눕거나 두 발로 서 있기도 했다. 발톱은 갈고리 모양으로 뾰족했다. 그들은 그 발톱을 이용해 나무 위로 오르기도 했으며, 제자리에서 껑충껑충 뛰기도 했다. 암컷은 수컷보다 작았으며 항문과 생식기를 제외한 신체 나머지 부분은 잔털로 덮여 있었다. 머리카락 색깔은 암수를 막론하고 갈색, 빨강, 검정, 노랑 등 다양했다.

나는 여행을 많이 했기에 수많은 동물들을 볼 수 있었다. 하지만 이렇게 기분 나쁜 동물은 결코 본 적이 없었다. 그 동물들을 보자 강한 경멸감이 밀려왔으며 혐오감에 욕지기가 날 정도였다.

얼마 후 나는 그들을 내버려두고 길을 따라 계속 걸었다. 길을 가다 보면 집을 발견하리라는 기대에서였다. 얼마 가지 않아 좀 전에 보았던 동물 한 마리가 내게로 다가왔다. 그 동물은 나를 보더니 앞발을 쳐들었다. 호기심에서인지 위협을 하려는 것이지 알 수 없었다.

혐오감에 나는 칼을 뽑아들고 칼등으로 그 동물을 가격했다. 혹시 여기 사는 사람들 가축인지도 몰랐기에 해치고 싶지 않았기 때문이었다. 그 동물이 통증에 큰 소리로 울부짖자 40여 마리가 넘는 무리가 들판에서 떼 지어 달려오더니 나를 둘러쌌다. 그들은 험악한 얼굴로 나를 향해 으르렁거렸다. 나는 옆의 나무에 등을 기댄 후 칼을 휘두르며 그 동물들과 거리를 유지했다. 이 고약한 동물들 중 몇 마리가 나무 위로 올라가더니 나의 머리에 배설물을 떨어뜨렸다. 나는 나무에 착 달라붙어 그것을 피했다. 배설물에서는 이루 말할 수 없는 악취가 나서 질식할 것만 같았다.

그때였다. 갑자기 동물들이 달아나기 시작했다. 나는 그들을 달아나게 만든 것이 무엇인지 살피기 위해 발걸음을 옮겼다. 왼쪽으로 고개를 돌리니 회색 말 한 마리가 들판을 천천히 걸어오고 있는 게 보였다. 그 말을 보고 동물들이 달아났다는 것을 알 수 있었다. 내게 가까이 다가온 말은 나를 보고 처음에는 좀 놀란 것 같았다. 그러더니 신기하다는 듯 나를 관찰하기 시작했다. 내 주위를 여러 번 돌면서 내 손과 발을 관찰하기도 했다. 말은 더없이 온화한 얼굴빛을 띠고 있었다.

참 순한 말이로구나, 생각하며 나는 쓰다듬어주려고 했다. 기수가 낯선 말을 달랠 때 그렇듯이 휘파람도 불었다. 그러자 말이 머리를 양옆으로 흔들더니 눈썹을 찡그리면서 나를 피했다. 그리고 앞발을 들어 올리면서 서너 번 울부짖었다. 나는 깜짝 놀랐다. 그 울음소리가 평소에 듣던 말 울음소리와는 너무 다르기 때문이었다. 마치 뭔가 뜻이 있는 말을 하는 것만 같았다.

그 말과 그렇게 마주 보고 있는데 이번에는 다른 말이 다가왔다. 갈색 말이었다. 얼핏 보기에도 먼젓번 말에게 아주 공손하게 대하는 것 같았다. 그들은 서로의 오른발을 가볍게 두드리고는 번갈아 몇 차례 울부짖었다. 마치 이야기를 나누듯이 억양에 높낮이가 있었다. 그러더니 나란히 서서 서성이기 시작했다. 마치 중대한 일을 앞에 두고 의논을 하는 것 같았다. 말들의 눈길이 종종 나를 향했다. 마치 내가 도망가지 못하도록 감시하는 것 같았다.

말들의 그런 행동에 나는 놀라지 않을 수 없었다. 나는 생각했다. 이곳에 사는 사람들은 얼마나 똑똑하기에 말들을 저 정도까지 길들일 수 있었을까. 아마 그들은 이 세상에서 가장 현명한 사람들이리라. 나는 그들을 빨리 만나보고 싶었다.

나는 그들을 한시라도 빨리 만나보고 싶다는 생각에 말들이 이야기를 나누도록 내버려둔 채 마을 쪽을 향해 걸음을 옮기려 했다. 그러자 나를 처음 만났던 회색 말이 나를 향해 뭔가 감정이 듬뿍 담긴 소리로 울부짖었다. 그 억양과 표정으로 보아 내게 뭔가 할 말이 있다는 것처럼 보였다.

나는 그 말에게 가까이 다가갔다. 도대체 무슨 말을 하려는 것인지 궁금하기 짝이 없었다. 속으로는 두려움에 떨고 있었지만 최대한 감정을 감추었다. 말이 하는 말에 귀를 기울이면서 내가 얼마나 당혹스러운 기분이었는지 독자 여러분도 쉽게 짐작할 수 있을 것이다.

두 마리의 말은 내게 가까이 다가오더니 내 손과 발을 열심히 살펴보았다. 회색 말이 앞발굽으로 너무 비벼대는 바람에 내 모자가 심하게 구겨졌다. 나는 모자를 벗어 제대로 편 후 다시 머리에 썼다. 그러자 두 마리 말이 상당히 놀라는 표정을 지었다.

이번에는 갈색 말이 내 코트 깃을 만졌다. 그것이 몸에 걸쳐져 있는 것을 보고 그 말은 다시 놀라는 표정을 지었다. 이어서 갈색 말은 내 오른손을 어루만졌다. 내 손이 부드러운 것을 보고 감탄하는 것처럼 보였다. 그런데 그 말이 발굽과 발굽 사이로 내 손을 너무 세게 짓눌러 내 입에서는 저절로 비명소리가 나왔다. 그러자 그 말은 나를 만질 때 아주 조심스럽게 행동했다. 말들은 내 구두와 양말을 보고도 이상하다는 표정을 지으며 몇 번이고 다시 만져보았다. 그러고는 서로 다양한 몸짓을 교환했다. 마치 철학자가 풀기 어려운 새로운 문제를 만났을 때 하는 동작 같았다.

내가 보기에도 말들의 행동에는 질서가 있었으며 이성적이었고 침착했다. 결코 아무 생각 없는 동물의 행동이 아니었다. 순간 내게는 그들이 변신한 마법사일지 모른다는 생각이 들었다. 마법사들이 낯선 사람을 보자 장난을 치려고 말로 몸을 바꾼 것이라고 짐작한 것이다. 나는 용기를 내어 그들에게 말했다.

"여러분, 내 짐작대로 여러분이 마법사라면 어떤 말이라도 다 알아 듣겠지요. 나는 조난을 당해 이곳에 오게 된 불쌍한 영국 사람입니다. 진짜 말이 된 셈 치고 나를 집이나 마을까지 태워주십시오. 보답은 해드리겠습니다."

나는 주머니에서 칼과 팔찌를 꺼냈다. 내가 이야기를 하는 동안 그들은 내 말을 주의 깊게 듣기만 할 뿐 가만히 있었다. 내 말이 끝나자 그들은 심각한 대화를 하는 것처럼 마주보고 울부짖었다. 나는 잘 알아들을 수는 없었지만 아주 명확한 언어인 것이 분명했다.

그들이 하는 말 중에서 나는 '야후'라는 단어가 여러 번 나오는 것을 알 수 있었다. 물론 그 뜻은 알 수 없었다. 나는 두 마리 말이 대화를 하는 동안 그 낱말을 혀로 연습했다. 그리고 그들의 이야기가 끝나자 말 울음소리를 흉내 내면서 '야후'라고 말했다. 돌연한 내 행동에 그들은 몹시 놀란 것 같았다. 그리고 회색 말이 같은 단어를 두세 번 반복했다. 틀림없이 내게 정확한 발음을 가르쳐주려는 것 같았다. 나는 흉내를 냈다. 갈색 말을 따라 발음 연습을 하다 보니, 비록 완전하지는 않았지만 발음이 좋아진 것을 분명히 알 수 있었다.

그러자 이번에는 갈색 말이 다른 단어를 하나 가르쳐주었다. 이번엔 발음하기가 훨씬 어려웠다. 비슷한 발음으로 옮겨 적으면 '후이넘'이라고 할 수 있을 것이다. 어려운 단어였지만 두세 번 반복하니 제법 잘 발음할 수 있었다. 그들은 내 언어 능력에 놀란 것 같았다.

둘은 이야기를 더 나눈 후에 발굽을 두드려 인사를 하고는 헤어졌다. 회색 말이 나보고 앞장서라는 신호를 했다. 나는 사람을 만나기 전까지는 어쨌든 회색 말의 뜻을 따르는 것이 상책이라고 생각하고 앞장섰다.

제2장 후이넘의 집에서 살게 되다

잠시 쉰 후에 5킬로미터 정도 걸어가
니 기다란 건물이 나타났다. 나무로 지은 집으로서 벽은 나뭇
가지나 밀짚 등을 엮어서 만들었다. 집이 보이자 나는 마음이
편해졌다. 나는 그곳에 사는 사람들이 나를 친절하게 맞아주
기를 간절히 원했다. 그들에게 선물로 주고 환심을 사기 위해
나는 몇 개의 장난감을 꺼냈다. 아메리카 인디언이나 야만인
들을 만날 때를 대비해 늘 지니고 다니던 것이었다.

회색 말이 나보고 먼저 들어가라는 신호를 보냈다. 매우 커
다란 방이었으며 바닥에는 부드러운 진흙이 깔려 있었다. 그
리고 한쪽 벽을 따라 선반과 여물통이 길게 뻗어 있었다. 그곳

에는 세 마리의 망아지와 두 마리의 암말이 있었다. 그들을 본 나는 그만 놀라고 말았다. 그들 중 몇이 엉덩이를 바닥에 대고 앉아 있었던 것이다.

집 안에는 이런저런 일들을 하고 있는 말들이 보였다. 내 눈에 그들은 그냥 평범한 가축으로 보였다. 동물들을 저렇게까지 잘 교육시킨 사람들의 문명은 얼마나 발달했을까, 그들은 얼마나 현명한 사람일까 하는 내 생각은 점점 더 확고해져 가고 있었다.

그 큰 방 건너편에는 세 개의 방이 또 있었다. 회색 말은 두 개의 방을 지나 세 번째 방으로 나를 안내했다. 그는 나에게 잠시 기다리라는 신호를 보내더니 먼저 방으로 들어갔다. 나는 두 번째 방에서 주인이 나오기를 기다렸다. 내 손에는 주인에게 선물로 줄 두 개의 칼, 세 개의 모조 진주 팔찌, 작은 손거울 한 개, 구슬로 만든 목걸이 등이 들려 있었다. 그 동안 말 울음소리가 서너 번 들렸다. 나는 사람 목소리가 들리기를 기다렸다. 그러나 말 울음소리만 들릴 뿐이었다. 회색 말의 울음소리보다 좀 더 날카로운 울음소리들이었다.

기다리는 동안 나는 방 안을 둘러보았다. 대체로 첫 번째 방과 같았지만 장식은 그보다 한결 단정하고 우아했다. 나는 몇 번이고 눈을 비볐다. 내가 혹시 꿈을 꾸고 있는지도 모른다는 생각이 들어 팔과 옆구리를 꼬집어보았다. 나는 다시 한 번 마법의 세계에 내가 들어온 것이라고 결론을 지었다.

얼마나 지났을까, 회색 말이 나오더니 나에게 따라 들어오라는 신호를 했다. 안으로 들어가자 아주 예쁜 암말 한 마리가 보였다. 그 말은 짚을 이어 만든 자리에 엉덩이를 깔고 앉아 있었으며 그 옆에 망아지가 한 마리 있었다. 그 말이 깔고 앉은 자리는 대충 만든 게 아니었다. 아주 솜씨 있고 정교하게 엮어져 있었으며 깨끗했다.

내가 방으로 들어가자 암말이 자리에서 일어나 내게 가까이 다가오더니 내 손과 얼굴을 자세히 관찰했다. 나를 아주 경멸하는 표정이 역력했다. 암말은 회색 말을 향해 몸을 돌리더니 뭔가 이야기를 나누었다. 그들의 대화 중에 '야후'라는 말이 자주 반복되는 것을 나는 알 수 있었다. 이곳에 와서 내가 처음으로 배운 말이 그 뜻도 모르는 '야후'라는 단어였다. 얼마 지난 후 내가 그 뜻을 알게 되었을 때, 그것이 내게 얼마나 큰 모욕이었는지도 알게 되었다.

이어서 회색 말이 나를 어떤 마당으로 안내했다. 집에서 약간 떨어진 그 마당에는 건물이 한 채 있었다. 우리는 그 건물로 들어갔다. 그 건물로 들어간 나는 깜짝 놀랐다. 내가 이곳에서 처음 만났던 그 혐오스러운 동물들이 끈으로 목이 매인 채 기둥에 묶여 있었던 것이다. 그 동물들 앞에는 먹이인 듯 나무뿌리와 고기가 놓여 있었고 그들은 그것을 먹고 있었다. 나중에야 알았지만 그 고기는 당나귀와 개고기, 사고나 질병에 의해 죽은 소의 고기였다. 그 짐승들은 앞발로 음식을 쥐어 뜯어 먹고 있었다. 그때 회색 말이 갈색 말 한 마리에게 뭐라고 명령했다. 나중에 알게 된 것이지만 그 갈색 말은 회색 말의 하인이었다. 갈색 말은 그 동물들 중에서 가장 큰 놈을 데리고 오더니 나와 나란히 세웠다.

회색 말과 갈색 말은 나와 그 동물을 자세히 관찰하면서 비교했다. 그러면서 그들은 야후라는 말을 몇 번이나 반복했다. 옆에 서서 그 동물을 자세히 본 나는 경악했다. 또한 공포감에 사로잡혔다. 나는 이 흉측한 동물에게서 인간의 모습을 발견했던 것이다. 그 동물이 바로 야후였다. 말들은 내게서 야후의 모습을 보고 그 동물과 나를 비교한 것이었다.

가까이서 보니 그 동물의 얼굴은 넓었고 코는 움푹 꺼져 있었다. 입술은 두툼하고 컸으며 입은 넓었다. 그 동물이 인간과 가장 비슷한 것은 바로 손과 발이었다. 손톱이 길었고 손바닥이 갈색인 점, 손등에 수북하게 털이 나 있다는 점만 빼놓으면 인간의 손발과 다를 바 없었다. 내가 구두와 양말을 신고 있어서 말들은 알아차리지 못했지만 사실상 나와 야후의 발은 똑같았다.

몸에 나 있는 털과 몸 색깔만 빼놓는다면 모든 점에서 나와 야후는 비슷했다. 하지만 말들은 곤혹스러워하고 있었다. 나와 야후가 비슷한 것 같으면서도 달랐기 때문이다. 바로 내가 입은 옷 덕분이었다. 말들은 옷이라는 물건에 대해 전혀 모르고 있었다. 그들은 옷을 내 피부로 알고 있었다.

갈색 말은 발굽과 발목 사이로 나무뿌리를 쥐더니 그것을 내게 주었다. 나는 나무뿌리를 두 손으로 받아 쥐고는 냄새를 맡아보는 척하고는 얌전하게 돌려주었다. 그러자 갈색 말이 야후의 우리에서 고기를 한 조각 가져왔다. 너무 역겨운 냄새가 나서 나는 고개를 돌렸다. 그러자 갈색 말은 그 고기를 야후에게 던져주었다. 야후는 그 고기를 게걸스럽게 먹어치웠다. 갈색 말이 이번에는 건초 한 다발과 귀리 한 움큼을 가져와 내게 보여주었다. 나는 고개를 흔들며 먹을 수 없다는 표시를 했다. 이런 것들을 먹으라고 주다니 정말 큰일이었다. 한시라도 빨리 사람들을 만나지 않으면 꼼짝 없이 굶어죽을 판이었다.

그때 마침 암소 한 마리가 옆으로 지나가는 게 보였다. 나는 암소를 손가락으로 가리키며 우유를 짤 수 있도록 허락해 달라고 했다. 회색 말이 내 뜻을 알아들었다. 그는 나를 집으로 데려간 다음, 암말을 불러서 뭔가 지시했다. 나중에 알았지만 그 암말은 하녀였다. 암말이 어느 방문을 열자 그 방에는 아주 많은 양의 우유가 흙과 나무로 된 그릇에 담겨 있었다. 암말은 우유를 큰 그릇에 가득 채워 내게 갖다 주었다. 나는 우유를 맛있게 마셨다. 그러자 기운이 나는 것 같았다.

정오가 되자 네 마리의 야후가 마치 썰매처럼 생긴 수레를 끌고 집 쪽으로 오는 모습이 보였다. 수레라기보다는 마차라고 불러야 하겠지만 말이 끄는 게 아니라 야후가 끌고 있었으니 마차라고 부를 수도 없었다. 수레 안에는 지체가 높아 보이는 늙은 말이 타고 있었다. 그 말은 사고로 앞발을 다친 듯, 뒷다리를 먼저 앞으로 내민 다음 수레에서 내렸다.

그는 이 집 주인인 회색 말과 식사를 하려고 방문한 것이었다. 회색 말은 그를 매우 정중하게 맞았다. 그들은 그 집에서 가장 훌륭한 방에서 짚으로 만든 방석에 엉덩이를 대고 앉더니 우유로 끓인 귀리를 먹었다. 그들의 여물통은 방 가운데에 원 형태로 놓여 있었으며 몇 개의 칸으로 나뉘어 있었다.

그들은 매우 단정한 모습으로 식사를 하더니, 얼마 후 회색 말이 나를 곁으로 오라고 불렀다. 그사이 그들이 나누는 대화에서도 야후라는 말이 자주 나오는 것을 나는 알 수 있었다.

그들은 나를 옆에 두고 많은 이야기를 주고받았다. 나의 행동을 아주 흥미롭게 여기는 것 같았다. 회색 말은 내게 귀리, 우유, 물, 불 등 몇 가지 이름을 내게 가르쳐주더니 나보고 한번 발음해보라고 했다. 나는 어렸을 때부터 언어에 소질이 있었다. 그래서 쉽사리 그것들의 이름을 흉내 내어 말할 수 있었다. 나는 그 때문에 그들에게 좋은 인상을 주었고 제대로 대접을 받을 수 있었다.

나는 이제 그들과 함께 지내게 되었다. 하지만 가장 큰 문제는 음식이었다. 도무지 내가 먹을 것이 없었다. 회색 말도 그 걱정을 했다. 나는 이리저리 생각을 해보았다. 귀리로 빵을 만들어 먹으면 될 것 같았다. 그들은 귀리를 '흘런'이라고 불렀다. 나는 흘런을 두세 번 발음했다. 그러자 회색 말이 갈색 말을 불러서 나무 쟁반에 귀리를 담아 오라고 명령했다. 그가 귀리를 가져오자 우선 귀리를 불에 볶았다. 그런 후 귀리 껍질이 벗겨질 때까지 문질렀다. 힘든 작업이었지만 겨우 껍질을 다 벗길 수 있었다.

나는 귀리 알맹이를 돌 사이에 넣고 갈았다. 그리고 그것들을 물로 잘 반죽한 다음 불에 구웠다. 제법 그럴듯한 빵이 만들어졌다. 나는 그 빵을 우유와 함께 먹었다. 맛은 형편없었지만 시간이 지날수록 익숙해져서 그런대로 먹을 수 있게 되었다. 이런저런 시련을 하도 많이 겪었기에 그 정도는 쉽게 견딜 수 있었다.

나는 이 섬에 머무는 동안 단 한 번도 병에 걸리지 않았다. 아마 소박한 음식 덕분이었을 것이다. 나는 가끔씩 야후의 털로 덫을 만들어 토끼나 새를 잡았다. 그리고 건강에 좋은 풀들을 모아서 끓여 먹거나 빵과 함께 샐러드를 만들어 먹었다. 또한 우유로 버터도 만들어 먹었다.

회색 말이 마련해준 내 잠자리는 집에서 6미터 정도 떨어진 곳이었으며 야후의 우리와도 멀리 떨어진 곳이었다. 나는 그 곳에 짚을 깔고 옷으로 몸을 덮어서 이불로 삼았다.

제3장 후이넘의 말을 배우다

　　나는 후이넘의 말을 배우기 위해 정말 많은 노력을 기울였다. 나의 주인과(이제부터 회색 말을 주인이라 부르겠다) 가족들, 그리고 하인들이 모두 나서서 내게 말을 가르쳐주었다. 그들은 내게 놀라고 있었다. 야후처럼 무지하게 생긴 동물에게서 이성을 발견하다니! 그래서 그들은 더욱 신이 나서 열심히 나를 가르쳤다.

　　나는 눈에 뜨이는 거의 모든 것들을 손가락으로 가리키면서 그 이름을 물어보았다. 그러는 한편 수시로 발음 연습을 했다. 하인인 갈색 말이 많은 도움을 주었다. 그들의 언어는 고대 독일어와 비슷했지만 훨씬 우아하고 함축성이 있었다.

주인은 대단히 호기심이 많았다. 그는 많은 공을 들여 나를 가르치려 했다. 그는 내가 야후임을 조금도 의심하지 않았다. 하지만 그는 내 학습 능력에 매우 놀라워했고 내가 청결한 것을 신기하게 여겼다. 그 지저분한 야후들에게서는 발견할 수 없는 특징이었던 것이다. 그래서 그는 더 신이 나서 나를 가르쳤으며 때로는 조바심을 내기까지 했다.

다시 말하지만 나는 언어 습득 능력이 뛰어났다. 그런 식으로 10주가량 지나자 나는 주인의 질문을 대부분 이해할 수 있게 되었다. 그리고 세 달이 지나자 그 질문에 대답도 할 수 있게 되었다. 호기심이 많은 주인은 내가 어디에서 왔는지 물었고, 야후면서 그렇게 이성을 지닌 동물 흉내를 내는 법은 어떻게 배웠느냐고 물어보았다.

그가 그런 의문을 갖는 게 당연했다. 야후는 이 나라에서 가장 교활하고 악독한 동물이었고 학습 능력이 없기에 좀처럼 길들이기 어려웠다. 나는 나와 비슷한 사람들이 많이 살고 있는 곳에서, 나무 상자 비슷한 것을 타고 바다를 건너 왔다고 대답했다. 그리고 부하 선원들이 나를 강제로 섬에 내려놓고 가버렸다고 대답했다.

주인은 도무지 내 말을 이해할 수 없다는 표정이었다. 그는 내가 잘못 알고 있거나 있지도 않은 것을 말하고 있다고 했다. 거짓말을 하고 있다고 하면 간단하겠지만 이 나라 말에는 거짓말이라는 표현이 없었다. 이 나라에서는 아무도 거짓말을 하지 않으니 그 단어가 없는 건 당연한 일이었다. 주인은 바다 저쪽에는 나라가 없으며 짐승들이 나무 상자를 타고 바다 위에서 마음대로 움직인다는 것은 불가능하다고 했다. 후이넘도 그런 것은 만들 수 없으며 더욱이 야후가 그런 것을 만든다는 것은 있을 수 없는 일이라고 했다. 이 나라에서 말은 후이넘이라는 명칭을 갖고 있었으며 그 단어에는 '자연의 완전한 창조물'이라는 뜻이 들어 있었다.

나는 아직 이곳 말이 서툴러서 주인에게 내 생각을 제대로 표현하기 어렵다고, 이 나라 말을 빨리 배워서 내가 알고 있는 것을 자세하게 설명할 수 있도록 노력하겠다고 말했다. 내 이야기를 들은 주인은 하인과 가족들에게 온 힘을 다해 나를 가르치라고 말했다. 주인 스스로도 하루에 몇 시간씩 내게 말을 가르친 것은 물론이다. 또한 내 소문을 듣고 찾아온 지체 높은 이웃들의 질문에 답하면서도 후이넘의 언어를 배울 수 있었다. 그리하여 다섯 달이 지난 다음에는 무슨 말이든 이해할 수 있었으며 의사표현도 꽤 자유롭게 할 수 있었다.

후이넘들이 나를 보고 가장 의아해한 것은 내 피부였다. 내 피부가 야후와는 전혀 다르기 때문이었다. 사실 야후의 피부는 무성한 털만 제외하면 사람과 비슷했다. 그들이 내 피부를 야후들과 다르게 본 것은 내가 입고 있는 옷 때문이었다. 그들은 내가 입고 있는 옷을 내 피부로 생각했던 것이다. 그들에게는 옷이란 것이 존재하지 않았고 따라서 옷에 대한 개념이 없었다. 내가 그들에게 옷에 대해 설명해주는 것은 정말 어려운 일이었다.

나는 주인에게 내가 살던 나라 사람들은 동물의 털이나 다른 재료로 옷을 만들어 몸을 감싼다고 말했다. 더위나 추위의 피해를 막기 위해서이며 동시에 예의를 지키기 위해서라고 말했다. 주인은 매우 이상하다고 대답했다. 추위나 더위는 그렇다 치더라도 자연이 우리에게 선물한 부분을 도대체 왜 감추는 것인지 이해할 수 없다고 말했다.

주인은 가리지 않은 내 몸을 보여달라고 했다. 그들은 신체의 어느 부분에 대해서도 부끄럽게 여기지 않았으니 당연한 일이었다. 나는 코트와 조끼의 단추를 풀고 옷을 벗었다. 신고 있던 구두와 양말, 바지도 벗었다. 중요한 부분을 가리기 위해 속옷을 허리 밑으로 내린 다음 엉덩이 주위에 띠처럼 둘렀다. 주인은 시종일관 흥미를 드러내며 감탄했다.

그는 나를 세밀하게 관찰하면서 내 몸을 만지기도 했다. 그 결과 그는 내가 완전히 야후라는 것을 알게 되었다. 나는 몸이 희고 부드러우며, 몇 군데 털이 없고, 손톱과 발톱이 다르며 언제나 두 발로 걸어 다니려 한다는 점만 빼놓고는 야후와 똑같았다. 그는 몇 번이고 나를 야후와 같다고 말했다.

앞서도 말했듯이 나는 야후를 증오하고 있었다. 나를 야후와 같은 족속으로 보다니 기분이 나빴다. 나는 주인에게 나를 야후라 부르지 말고 그의 가족처럼 대해달라고 말했다. 주인은 친절하게 내 부탁을 들어주었다.

주인은 열심히 후이넘 언어를 내게 가르쳤다. 주인은 무엇보다 내가 이성을 가진 야후라는 점을 신기하게 생각했다. 그는 궁금한 것은 언제든 물어보았고 나는 최선을 다해 설명해주었다. 그러다 보니 주인은 나에 대해 불완전하나마 대강의 지식을 갖추게 되었다. 이제 나는 후이넘의 언어로 내가 이곳에 오게 된 경위를 주인에게 자세히 설명할 수 있게 되었다.

내가 아주 먼 나라에서 나무로 만들어진 큰 상자를 타고 바다를 건넜다고 하자 주인은 그것에 대해 큰 관심을 가졌다. 주인은 그 상자를 누가 만들었으며, 내가 살고 있는 곳의 후이넘들은 어떻게 그 상자를 짐승들에게 맡겨둘 수가 있느냐고 물었다. 나는 망설일 수밖에 없었다. 나는 절대로 화를 내지 않겠다고 약속하지 않으면 이야기를 계속할 수 없다고 주인에게 말했다. 그가 동의하자 나는 말을 계속했다.

나는 배를 만든 것은 후이넘이 아니라 우리와 같은 종족이라고 말했다. 그리고 우리와 같은 종족은 내가 살고 있는 나라뿐 아니라 이제까지 내가 여행했던 모든 나라에 살고 있다고 말했다. 내친 김에 우리 종족은 통치력이 있으며 이성을 지닌 유일한 동물이라는 말까지 했다. 내친 김에 나는 계속 말했다.

내가 이곳에 왔을 때 주인과 당신 친구들은 야후인 내게서 이성을 발견하고 놀랐을 것이다. 나도 마찬가지였다. 후이넘들이 이성을 지닌 존재로 생각하고 행동하는 것을 보고 나는 무척 놀랐다. 나는 여러 가지 점에서 나와 비슷한 야후가 어떻게 해서 저런 모습으로 퇴화했는지 정말 알 수가 없다. 내가 영국으로 돌아갈 수 있게 되어 이 나라의 후이넘에 대해 그곳 사람들에게 말을 해주더라도 그들은 내가 터무니없는 말을 한다고 생각할 것이다. 내가 꾸며낸 이야기라고 생각할 것이다.

절대로 화를 내지 않겠다는 약속을 믿고 하는 말이지만 내가 살던 나라 사람들은 후이넘이 사회를 통치한다는 것은 도저히 상상할 수 없으며 야후가 형편없이 미개한 짐승이라는 사실도 절대로 받아들이지 않을 것이다. 하지만 내가 이런 말을 하고 있다고 해서 주인과 그의 가족, 그리고 친구들을 멸시한다는 뜻은 아니다. 나는 주인과 친지들에게 진심으로 경의를 표한다.

이상이 내가 주인에게 해준 말이었다.

제4장 주인과 진지한 대화를 나누다

　　　　　　　내 이야기를 들으면서 주인은 매우 혼란스러운 표정을 지었다. 이 나라에서는 의심이나 불신이라는 것이 존재하지 않았다. 앞서 말했듯이 주인은 거짓말이라는 개념을 갖고 있지 않았다. 그러니 내 말이 거짓말이라는 생각은 할 수 없었고 도무지 이해할 수 없을 뿐이었다.

　내가 살던 나라에서는 야후가 사회를 지배하고 있다는 내 말을 주인은 도무지 믿을 수 없었다. 그는 그곳에도 후이넘이 살고 있는지, 만일 그렇다면 그들은 무슨 일을 하고 있는지 내게 물어보았다. 나는 내가 살던 나라에도 많은 후이넘들이 있다고 말한 후 말들이 목장에서 풀을 뜯어먹거나 집 안에서 건초와 귀리를 먹으며 행복하게 지내고 있다고 말해주었다. 또 한 사람들이 말을 얼마나 정성스럽게 돌봐주고 잠자리를 마련해주는지 이야기했다. 그 말을 듣고 그는 내 나라에서도 후이넘이 주인이며 야후들이 정성스럽게 시중을 드는 것으로 받아들인 것 같았다. 그는 이곳 야후들도 그런 식으로 길들일 수 있다면 얼마나 좋을까 말했다.

하지만 이어서 말들이 무슨 일을 하는지 이야기해주자 그는 어이없어 했다. 특히 인간이 말의 등에 탄다는 이야기를 듣고는 화가 난 표정을 지었다. 감히 야후들이 후이넘의 등에 타다니! 그로서는 상상도 할 수 없는 일이었다. 주인은 자기 집에서 가장 힘이 약한 하인 등에 가장 힘센 야후가 올라타더라도 금방 흔들어 떨어뜨릴 수 있으며 그 짐승을 밟아 죽일 수 있다고 확신하고 있었기 때문이었다.

말이 나온 김에 나는 모든 사실을 그에게 이야기해주었다. 영국의 후이넘들은 서너 살 때부터 훈련을 받는다. 사나운 놈은 마차를 끌게 하고 버릇이 나쁜 말은 어려서부터 채찍질로 버릇을 고쳐준다. 경마에 나설 말이나 마차를 끌게 될 말은 대개 두 살 정도 되었을 때 거세를 당한다. 온순하고 얌전하게 길들이기 위해서이다. 그들은 상과 벌을 번갈아 받으면서 말을 잘 듣게 된다.

나는 주인에게 그런 이야기를 하면서 대단히 조심했다. 특히 그곳의 말들은 이곳의 야후와 마찬가지로 전혀 이성을 갖고 있지 않다는 사실을 잊지 말아달라고 강조했다. 하지만 내가 말하고자 하는 의미를 그에게 전달하기란 무척 어려운 일이었다. 이곳의 후이넘들은 욕망이나 감정이 우리처럼 복잡하지 않았다. 당연히 사용하는 언어도 다양하지 않았기에 내 생각을 제대로 전하기가 쉽지 않았던 것이다.

영국에서 후이넘들을 그토록 잔인하게 대하는 것에 대해 주인은 이루 표현하기 어려울 정도로 분노했다. 특히 거세에 대해 이야기했을 때는 분노가 절정에 달했다. 하지만 그는 참을성이 많았다. 그는 분노를 누르면서 자신이 궁금해하는 것을 내게 물었다. 그는 내가 살고 있는 나라 사람들이 야후와 정말 닮았는지, 그런 신체 조건으로는 살아가는 게 불편하지는 않은지, 도대체 그렇게 머리가 작은데 어떻게 이성을 부여받을 수 있었는지 궁금하다는 등 여러 가지를 물어보았다. 나는 성의껏 설명을 해주었고 그때마다 그는 자신의 견해를 내게 이야기해주었다.

이 세상에 이성을 지닌 야후들이 있을 수도 있다는 것을 어느 정도 납득하게 되자 그는 나 자신에 대한 이야기를 물어보았다. 내가 태어난 나라는 어떤 나라이며 내가 이곳까지 오면서 무슨 사건을 겪었는지 그는 매우 궁금해했다.

나는 내가 영국이라는 섬에 태어났다는 것, 부모님은 훌륭한 분이었다는 것, 이곳으로부터 정말 멀리 떨어진 곳이라는 것(나는 가장 힘세고 빠른 후이넘이라도 일 년 이상 쉬지 않고 달려야 겨우 가 닿을 수 있을 것이라는 비유를 썼다), 내가 외과의사로서 교육을 받았다는 것 등을 이야기해주었다. 또한 영국은 여왕이 다스리고 있는 나라라는 것, 나는 재산을 불려 처자식을 부양하기 위해 영국을 떠났다는 것, 내가 선장이었으며 도중에 선원들이 죽었기에 새로 다른 나라 선원들을 뽑았다는 것, 배가 두 번이나 침몰할 위기를 겪었다는 것 등에 대해 길게 그에게 설명했다.

거기까지 들은 주인이 잠시 내 말을 중단시키고 내게 질문을 했다. 그는 바다 위를 떠다니는 도중에 죽을 위험도 있고 배가 파선할지도 모르는데 어떻게 다른 나라 사람들을 설득해서 배에 오르게 할 수 있었느냐는 것이었다. 도중에 생면부

지의 땅에서 선원들을 구한 것에 대한 질문이었다. 나는 그들이 가난하거나 자신이 지은 범죄 때문에 자신이 살던 곳에서 도망갈 수밖에 없는 절망적인 처지의 사람들이라고 설명해주었다. 그들 중에는 소송에 져서 파산한 사람들도 있었으며 모든 재산을 술과 도박과 매음으로 탕진해버린 사람들도 있었다고 말해주었다. 또 반역죄로 도망 중인 자, 살인, 강도, 위증, 문서위조, 위조지폐, 강간 등의 죄를 지어서 도망갈 수밖에 없는 자들이라고 말해주었다. 그들은 교수형을 당하거나 감옥에서 죽는 것이 두려워 탈출한 자들이 대부분이라고 나는 말해주었다.

하지만 그런 설명을 하는 데는 아주 긴 시간이 필요했다. 내가 이야기를 하는 동안 주인이 몇 번이고 이야기를 중단시켰기 때문이다. 주인은 도무지 내가 이야기해주는 범죄들을 이해할 수 없었다. 세상에 그런 범죄가 존재한다는 것도 믿을 수 없었고 만약 그런 범죄가 존재하더라도 도대체 왜 그런 범죄를 저지르는 것인지 그는 도무지 이해할 수가 없었다.

나는 며칠 동안 힘든 대화를 나눈 끝에 겨우 그를 납득시킬 수 있었다. 나는 권력과 재산에 대한 인간의 욕망, 과도한 정욕, 무절제, 가증스러운 질투심 등 인간이 지니고 있는 온갖 악덕을 설명하느라 정말 힘이 들었다.

설명을 다 들은 주인은 몹시 놀랐다. 그러고는 의혹에 찬 눈길을 내게 보내곤 했다. 그들의 언어에는 권력, 정부, 전쟁, 법률, 처벌 등 우리가 사는 곳에 만연해 있는 것들, 아니 차라리 우리의 본질이라고 할 만한 것들을 설명해줄 용어가 없었다. 그들은 그런 것들이 없는 세상에 살고 있었던 것이다. 하지만 주인은 이해력이 뛰어났다. 내 설명의 도움을 받아 홀로 깊은 사색을 하면서 그는 내가 살고 있는 곳을 그려볼 수 있게 되었다. 그는 호기심이 강했다. 그는 내게 유럽에 대해서, 특히 내 조국 영국에 대해서 좀 더 자세하게 설명해달라고 했다.

제5장 주인에게 영국의 전쟁과 법에 대해 설명하다

　　　　　　다음 이야기는 내가 주인과 여러 차
례에 걸쳐 나눈 이야기를 정리한 것이다. 거의 2년에 걸쳐 반
복했던 이야기들 중에서 가장 중요한 부분만 요약했음을 독
자에게 밝힌다. 나의 후이넘 언어 실력이 늘어감에 따라 이야
기 내용에 점점 깊이가 더해갈 수 있었음도 함께 밝혀둔다.

　나는 주인에게 유럽 상황에 대해 설명한 후, 주인의 요구에
따라 후에 윌리엄 3세가 된 오라녜(오렌지) 공작의 혁명에 대
해 설명했다. 혁명 이후 길게 이어진 프랑스와 벌인 전쟁 이
야기를 했다. 그 전쟁에서 대략 100만 명의 야후가 죽었으며

100개 이상의 도시가 파괴되었고 500척 이상의 배가 불에 타거나 침몰한 사실을 이야기해주었다.

그는 당연히 내 말문을 막았다. 야후들의 나라들끼리 왜 그렇게 전쟁을 하느냐는 것이었다. 나는 수많은 이유들 중에서 중요한 몇 가지만 말해주겠다고 했다.

우선은 국왕들의 야심이다. 전쟁을 일으킨 국왕은 자기가 통치하는 땅이나 백성들로 만족하지 못한다. 그들은 자신들의 실정에 분노하는 국민들을 억누르거나 관심을 돌리기 위해 전쟁을 일으키기도 한다. 대신들이 부패하여 나라가 흔들리는 것이 전쟁의 원인이 되기도 한다. 또한 대신들의 어처구니없는 의견 차이가 수백만 명의 목숨을 쉽게 빼앗아 가게 만들기도 한다.

예를 들자면 고기가 빵에 속하는 것이냐, 빵이 고기에 속하는 것이냐 하는 논쟁, 딸기 주스가 피냐 술이냐 하는 논쟁, 어떤 편지에 대해 입을 맞추며 반가워하는 것이 옳은가, 아니면 불에 던져버리는 것이 옳은가 하는 논쟁, 검정색·흰색·붉은색·회색 외투 가운데 어느 것이 가장 좋은가 하는 논쟁, 외투가 길어야 하는가 짧아야 하는가 좁아야 하는가 넓어야 하는

가 더러워야 하는가 깨끗해야 하는가 등의 논쟁이 있으며 그 외에도 수없이 논쟁거리는 많다. 게다가 그렇게 하찮은 일에 대한 의견 대립 때문에 일어나는 전쟁일수록 전쟁은 더 잔인해지며 길어진다.

때로는 두 국왕이 자신들에게는 아무 권리가 없는 남의 나라 영토를 서로 차지하려고 전쟁을 벌이기도 한다. 또 어떤 국왕은 다른 나라 국왕이 자기에게 싸움을 걸어올 것이라고 제멋대로 상상하고는 전쟁을 일으키기도 한다. 이웃이 너무 강해서 전쟁이 일어나는 경우도 있으며 너무 약해서 전쟁이 일어나는 경우도 있다.

또, 우리가 가지고 있는 것을 다른 나라에서 탐내거나, 반대로 우리가 원하는 것을 다른 나라가 가지고 있다는 이유로 전쟁이 시작되기도 한다. 어떤 나라 국민이 기근에 허덕이고 전염병으로 고생하거나, 그 나라가 당파 싸움으로 분열이라도 일으키면, 그 나라와 전쟁을 일으킬 정당한 명분이 생긴 셈이 되어 선전포고를 하기도 한다.

그뿐인가? 또 있다. 동맹국 간의 전쟁도 자주 벌어진다. 동맹국이 점령하기 손쉬운 위치에 있거나 그 나라 영토를 빼앗음으로써 우리의 영토가 튼튼해질 수 있다면 동맹국일지라도 당당하게 침략한다. 가난하고 무식한 사람들이 살고 있는 나라도 좋은 침략의 명분을 제공한다. 국왕은 그들을 개화시켜 야만적인 생활에서 벗어나게 해주어야 한다는 명분을 내세울 수 있게 되는 것이다. 그리고 그 경우의 전쟁 결과가 가장 참혹할 수도 있다. 침략당한 나라 사람들의 절반 이상을 죽일 수 있으며 노예로 만들어버릴 수도 있는 것이다. 그들은 문명인이 아니라 야만인이기 때문에 사람들을 죽인다는 가책조차 갖지 않는다.

또 이런 경우도 있다. 어떤 나라 국왕이 자기 영토를 침입한 자들을 몰아내기 위해 다른 나라 국왕의 도움을 청하는 일이 있다. 그런데 도움을 주려고 온 나라의 국왕이 침입자를 몰아낸 후 그 영토의 주인이 된다. 그가 도와주려 했던 국왕을 죽이거나 다른 곳으로 추방하는 일은 누구나 명예로운 일로 간주한다. 그뿐이 아니다. 혈연이나 결혼에 의해 맺어진 동맹국간에도 전쟁은 자주 일어난다. 혈연적으로 가까우면 가까운 사이일수록 경쟁심이 커지고 분란이 더 커지는 게 사람들이 사는 곳이다. 그럴수록 투지도 강해지고 싸우고자 하는 욕망도 더 커지는 법이다. 가난한 나라는 궁핍에 찌들어 있고 부유한 나라는 교만하기 이를 데 없다. 교만과 궁핍, 그 둘이 부딪치면 반드시 전쟁이 일어난다.

전쟁이 이렇게 여러 가지 원인으로 그칠 날이 없으니, 사람들의 온갖 직업 중에서 군인이 가장 명예로운 직업이 된다. 군인이란 자신을 한 번도 공격한 적이 없는 자신의 종족들을 무조건 많이 죽이기 위해 고용된 야후들이다.

내 긴 이야기를 듣고 난 주인은 심각한 표정으로 내게 자신의 생각을 말해주었다. 그의 말을 요약하면 다음과 같다.

"전쟁에 대해 그대가 이야기하는 것을 듣고 있자니 당신들이 가지고 있는 이성이란 것이 별 것 아님을 알게 되었다. 그나마 다행인 것은 당신들이 그렇게 수없이 부끄러운 전쟁을 일으키지만 그 위험이 그다지 크지 않다는 것이다. 자연은, 그대들이 크게 나쁜 일을 하지 못하도록 그대들을 만들어놓았기 때문이다. 그대들 입은 너무 얼굴 가까이 붙어 있어서 상대방을 그리 심하게 물어뜯을 수도 없다. 그대들의 발톱도 너무 약해서 열 명이 덤벼도 우리나라 야후 한 마리도 당해내지 못할 것이다. 그런데 전쟁에서 그렇게 많은 사람들이 죽었다고 말하는 것을 보니, 그대는 이 세상에 존재하지 않는 것을 말하고 있다고 할 수밖에 없다."

그의 말을 듣고 나는 그가 너무 무지한 것에 웃지 않을 수 없었다. 나는 그를 설득하기 위해 온갖 종류의 무기와 전쟁 모습에 대해 자세하게 설명을 해주었다. 나는 한 번의 포위공격에서 100명의 적을 살해하고 100명의 승무원이 탄 배를 침몰시키는 광경을 보았다고 덧붙였다. 그리고 자욱한 연기 사이로 산산조각 난 시체들이 떨어지는 모습은 엄청난 구경거리라고 그에게 말해주었다. 내가 좀 더 자세히 설명을 하려고 했더니 주인이 그만하라고 했다. 그러고는 야후가 얼마나 교활하고 사악한지 잘 알고 있으니 내 말이 사실일지도 모른다고 그는 말했다. 그리고 내 이야기를 듣고 야후에 대한 혐오감이 더 커졌다고 했다.

하지만 이전까지 그가 아무리 야후를 혐오했다 하더라도 그저 잔인한 독수리나 날카로운 무기를 비난하는 것과 비슷한 정도에 그쳤었다. 그러나 이성을 가진 동물이 그런 잔인한 짓을 하는 것을 보니, 타락한 이성이 동물적인 잔인함보다 더

나쁠 수 있다고 그는 두려워했다. 그는 끝까지 인간이 이성을 가지고 있다는 사실을 인정하고 싶지 않은 것 같았다. 다만 우리의 악행에 걸맞은 다른 특질을 갖고 있는 것으로 믿고 싶어 했다. 그는 그런 악행을 빚은 것이 바로 야후가 지닌 이성 때문이라는 것을 도무지 납득할 수 없었다.

그가 또 한 가지 궁금해한 것이 있다. 내가 항해 도중 뽑은 선원들에 관한 것이었다. 그들 이야기를 하면서 나는 그들이 죄를 지은 다음, 법이 그들에게 가하는 벌을 피해 자신의 고국을 떠났다고 말했었다. 법이 자신을 파멸시키려 하기에 그로부터 피신했다고 말한 것이다. 그러자 주인은 모든 사람을 보호하기 위해 만든 법이 어떻게 사람을 파멸시키는 일이 벌어질 수 있는지 궁금해했다. 이성을 지닌 사람이 법을 사람들에게 해야 할 일과 하지 말아야 할 일을 분명하게 구분해서 가르치고 안내해주어야 하지 않느냐는 것이 주인의 생각이었다. 그는 내가 살고 있는 곳의 법이란 게 도대체 어떤 것이며 법을 만들고 시행하는 사람은 누구인지 몹시 궁금해했다.

나는 그쪽에는 전문 지식이 없어 잘 모르겠다고 했다. 단지 내 경험에 비추어 변호사 이야기를 조금 했다. 내가 보기에 그들은 오로지 돈 때문에 흰 것을 검다고 검은 것을 희다고 증명하는 기술을 배운 사람들이었다. 그들은 태어날 때부터 거짓말을 하도록 훈련받은 자들이기에 올바른 일을 맡으면 제 능력을 제대로 발휘하지 못한다. 능력이 있는 변호사란 옳지 못한 일에서 성공을 거두는 자들을 말한다.

말이 나온 김에 나는 판사 이야기도 했다. 판사들이란 죄지은 사람을 재판하는 것이 아니라 재산과 관련된 분쟁을 해결하는 것을 임무로 하는 사람들이다. 변호사들 중에서 실력은 좋지만 늙거나 게으른 사람들이 판사로 선출된다. 그들은 젊은 시절부터 진리와 평등이라는 것은 이 세상에 존재할 수 없다는 편견을 갖고 있다. 그렇기에 사기, 위증, 직권 남용 등 부당한 쪽 편을 들게 되어 있다. 내가 아는 어떤 재판관은 자신이 본래 부당한 쪽 편을 들어야 한다는 사실을 깜빡할까봐 늘 노심초사한다. 그는 올바른 쪽에서 보낸 뇌물을 받지 않으려고 아주 조심한다. 만일 그랬다가는 동료들로부터 왕따를 당할 것이 뻔하기 때문이다.

변호사들은 변호를 할 때 절대로 사건의 옳고 그름을 따지지 않는다. 그런 것은 그에게 금기이기도 하다. 그 대신 사건과 아무 관련이 없는 상황에 대해 말할 기회가 주어지면 큰 소리로 격렬하게 따지며 달라붙는다.

엄연히 내 소유인 소를 누가 탐을 내서 자기 것이라고 주장했고 이윽고 소송이 벌어졌다고 치자. 변호사는 상대방이 도대체 무슨 근거로 그것을 자기의 소라고 주장하는지에 대해서는 아무런 관심도 없다. 그는 그 소가 붉은 소인지 검은 소인지, 뿔이 긴지 짧은지, 소가 풀을 뜯어먹는 들판이 네모인지 둥근지, 그 소가 질병에 약한지 강한지, 집에서 젖을 짜는지 밖에서 짜는지 등의 일들을 면밀하게 조사하고 그런 사소한 것들에 대한 지식으로 무장한다. 그런 후 그는 판례를 찾는다. 판례란 것은 부당하기 짝이 없는 주장을 정당화할 때 가장 유용한 무기가 된다. 예로부터 그런 부당한 판결은 수도 없이 있어 왔으며 그것이 모두 판례로 남아 있기 때문이다. 게다가 그런 재판이 일찍 끝을 맺지도 않는다. 엄연한 내 소유의 소를 엉뚱한 자가 자기 것이라고 주장해서 시작된 재판에서, 그 소에 대한 소유권을 결정하기까지는 10년, 20년, 또는 30년이 걸릴 수도 있다.

변호사 사회에는 그들만의 특별한 용어가 있어서 다른 사람들은 쉽게 알아들을 수 없다. 사실은 법률 자체가 아예 그런 언어로 씌어 있다. 그들은 그 용어 개수를 늘리려고 노력한다. 그 용어가 어려우면 어려울수록 일반인들은 무엇이 옳고 그른지 판단할 수가 없다. 그들은 일부러 모든 것을 혼란스럽게 만드는 것이다. 그들은 내 6대 조상이 내게 유산으로 준 들판이 내 것인지, 또는 그 들판으로부터 500킬로미터 떨어진 사람의 것인지 결정하는 데 30년을 허비하는 것이다.

반대로 아주 신속 정확하게 처리되는 재판도 있다. 국왕에 대한 반역죄로 기소된 사람들을 재판할 때이다. 그 방법은 아주 간단명료해서 가히 칭찬을 받을 만하다. 재판관은 먼저 권력을 잡고 있는 사람들이 어떤 생각을 하고 있는지 조심스럽게 살펴본다. 이윽고 그들의 생각이 어떻다는 확신이 들면 피고에게 간단하게 교수형을 선고하거나 살려준다. 그가 어떤 판결을 내리건 법률에 위반되는 경우는 없다.

여기까지 말하자 주인이 내 말을 끊더니 자신의 의견을 말했다. 내가 말한 것이 사실이라면 내 나라의 변호사들은 적어도 지식에 관한 한, 다른 사람들의 지도자가 될 만한 자질을 가진 것으로 보인다, 다만 그 자질에 걸맞게 행동하지 않는 것이 안타깝다, 라는 것이 그의 의견이었다. 그의 말에 나는 자신 있게 대답했다.

변호사들은 자신의 업무를 제외하고는 세상에서 가장 무식하고 어리석은 사람들이다. 그들은 일상적인 대화는 한마디도 할 줄 모른다. 세상의 모든 지식이나 학문도 받아들이려 하지 않는다. 그들은 자신의 전문적인 분야건 아니건, 인간이면 누구나 가지고 있는 이성을 일부러 틀린 방향으로 비틀어버리는 경향을 지닌 사람들이다.

제6장 계속 영국에 대해 이야기하다

변호사에 대한 내 이야기가 끝나자 주인은 법률가 집단이 자신의 동족에게 피해를 입히면서까지 불법을 자행하는 이유가 무엇인지 도무지 이해할 수 없었다. 사람들이 법률가를 고용하는 이야기도 그는 이해할 수 없었다. 내가 그를 이해시키는 것은 정말 어려웠다. 돈과 탐욕에 대해 이야기하지 않고는 그것을 설명하는 것은 불가능했기 때문이다.

우선 돈에 대해 설명하는 것이 정말 어려웠다. 어쨌든 나는 그에게 온 힘을 다해 설명했다.

어느 야후가 돈을 많이 가지고 있다고 치자. 그러면 그는 자신이 갖고 싶은 것을 마음껏 살 수 있다. 가장 좋은 옷을 입을 수 있으며, 훌륭한 집에 살 수 있고, 넓은 땅을 소유할 수 있다. 값비싼 음식과 술을 먹고 마실 수 있으며, 가장 아름다운 야후를 선택할 수 있다.

우리나라 야후들은 낭비벽과 욕심이 있다. 그렇기에 언제나 자신이 저축할 만큼 충분한 돈을 가지고 있다고 생각하지 않는다. 부자는 가난한 사람들이 일해서 만들어준 것으로 하루를 즐긴다. 가난한 사람이 1,000명쯤 된다면 부자는 1명 정도뿐이다. 소수의 사람들을 부자로 만들기 위해 대다수 사람들은 적은 급료를 받으며 힘든 노동을 한다. 그래서 가난한 사람들의 삶은 비참할 수밖에 없다.

내가 열심히 설명했지만 주인은 내 말을 조금도 이해하지 못했다. 주인은 모든 동물들에게는 땅에서 생산되는 모든 것을 똑같이 나누어 사용할 권리가 있다고 생각하고 있었다. 더구나 다른 동물을 지배하는 동물들이라면 그 동물들 누구에게나 그런 권리가 있는 게 당연하다. 내가 사는 곳의 야후들이 다른 동물들을 지배하고 있다면 모든 야후들에게 그런 권리가 있어야 한다는 말이었다. 그는 도대체 값비싼 음식이란 게 어떤 것인지도 알 수 없었으며 야후들이 왜 그런 것을 원하는 것인지 궁금해했다.

나는 내 머리에 떠오르는 대로 값비싼 음식을 요리하는 방법을 일러주었다. 그리고 그 음식을 요리하기 위해서는 세계 여러 나라에서 값비싼 재료를 구해 와야 한다고 말해주었다. 우리 영국에서는 남자들의 사치와 여성들의 허영을 충족시키기 위해 영국에서 생산되는 필수품들을 다른 나라에 보내고 그에 대한 보답으로 온갖 퇴폐적이고 향락적인 것들을 들여온다. 대표적인 것이 포도주이다. 포도주는 물 대신 들여오는 것이 아니다. 포도주가 우리를 즐겁게 만들어주는 음료기 때문이다. 그것은 우리를 무감각하게 만들고, 거칠고 허황된 생각을 품게 한다. 우리에게 희망을 주고 두려움이 사라지게 해주기도 하며 얼마 동안 이성을 잃어버리게 만든다. 우리의 몸을 움직이지 못하게 하고 깊은 잠에 빠지게 만들기도 한다. 깨어날 때면 머리가 깨질 듯 아프고 온몸에 힘이 없다. 술을 마심으로써 우리의 삶은 피폐해지고 생명도 짧아진다는 것을 주인에게 고백하지 않을 수 없었다. 야후들이 술을 즐기는 건 결국 야후들이 원래 지니고 있는 방탕한 성격 탓이라고 말하는 수밖에 없었다.

그는 기억력이 좋았다. 그는 내가 많은 선원들이 질병으로 죽었다고 한 이야기를 기억해냈다. 몸이 아픈 사람들을 돌보면서 생계를 유지하는 사람들 이야기도 했던 것을 그는 기억해냈다. 내 직업이 외과의사니 당연히 그런 이야기를 했던 것이다. 하지만 주인은 내 말을 잘 이해하지 못했다. 후이넘들은 죽기 며칠 전까지도 몸이 약해지거나 힘이 빠지지 않았다. 간혹 사고에 의해 몸을 다치는 일이 있기는 했지만 우리 조국의 야후들이 앓고 있는 모든 병들을 그가 제대로 이해하는 것은 불가능했다. 모든 것을 완벽하게 갖추어준 자연이 우리에게 그 많은 질병을 선물할 리는 없다는 게 그의 생각이었다. 그는 도대체 무슨 이유로 우리 야후들이 그런 불행한 질병에 걸리게 되는 것인지 내게 물어보았다.

나는 우리가 영 모순되는 존재라고 그에게 말했다. 야후들이란 배가 고프지 않을 때도 그 뭔가를 먹으며, 목이 마르지 않을 때도 그 뭔가를 마신다고 말했다. 또한 아무것도 먹지 않은 채 밤새 독한 술을 퍼붓기도 한다고 말했다. 그 모든 것이 질병의 원인이다. 또한 창녀인 야후가 병에 걸리면 그녀와 함게 잠을 잔 야후들이 뼈가 썩는 병에 걸린다. 이렇게 생긴 질병들이 여러 세대를 거쳐 전해지면서 새로운 병이 생긴다. 그리하여 점점 많은 사람들이 점점 더 복잡한 병에 걸리게 되는 것이다. 나는 주인에게, 야후들이 앓고 있는 질병은 수도 없이 많다고 말해주었다. 사지와 관절이 앓게 되는 질병만 해도 500~600가지 이상이니 더 말할 필요도 없었다. 나는 주인에게, 야후들이란 질병을 안고 살아가는 동물이라고 말해주었다.

그런데 우리 야후들 사회에는 그 환자들을 치료하는 기술을 배운 야후들이 있다. 내가 외과의사라서 그 분야에 대한 기술을 어느 정도 갖고 있으니 그 방법을 주인에게 알려주겠다고 했다.

의사들은 기본적으로 모든 질병이 과식과 폭음에서 온다고 본다. 그래서 자연적인 통로를 이용해서건 입을 통해서건 배설이 무엇보다 중요한 치료 방법이라고 생각한다. 그들은 약초, 무기물, 점성 고무, 기름, 조개껍질, 소금, 과즙, 해초, 배설물, 나무껍질, 뱀, 두꺼비, 개구리, 거미, 죽은 사람의 살이나 뼈, 짐승, 물고기 등을 잘 혼합해서 구역질 나는 냄새와 맛을 지닌 약을 만들어낸다. 위장은 이런 것들을 가장 싫어하기 때문에 배 속에 들어 있던 것들을 밖으로 내놓게 된다. 야후들은 이것을 구토라고 부른다.

또 다른 방법이 있다. 야후 의사들은 다른 몇 가지 재료를 섞어 아주 역겨운 약을 만든다. 의사들은 위에 있는 구멍이건 아래 있는 구멍이건 가리지 않고 이것을 마구 집어넣는다. 그렇게 되면 그 약이 배의 긴장을 풀리게 해서 속에 든 모든 것들을 아래로 밀어낸다. 이것을 야후들은 설사라고 하기도 하고 관장이라고 하기도 한다.

어떤 의사들의 주장에 따르면 위에 있는 구멍으로는 액체와 고체가 들어가고 뒤의 구멍으로는 그것들을 배출하는 게 본래의 자연의 법칙이다. 자연은 생명을 그렇게 만들었다. 그런데 그 자연이 차지하고 있어야 할 자리를 병이 차지해버리면서 사태가 완전히 뒤집혀버렸다. 이걸 제대로 되돌리려면 각각의 구멍을 바꾸어 사용해야 한다. 그래서 의사들은 고체와 액체를 항문에 강제로 집어넣고 입으로 토하도록 만들기도 한다.

의사들이 지니고 있는 가장 탁월한 기술은 치료기술보다는 진단의 기술이다. 그들이 진단에 실패하는 경우는 거의 없다. 질병이 어느 정도 악화되면 환자는 의사들의 예언대로 대개 얼마 안 있어 사망한다. 정말 기막힌 진단이다. 죽고 살고는 언제나 그들 마음에 달려 있다. 회복은 잘 되지 않는다. 때로는 사망선고를 했는데 환자가 살아나는 경우도 있다. 그럴 경우 의사는 잘못 진단했다는 비난을 받지 않는다. 오히려 그 병을 치료할 수 있는 기술과 약이 자신에게 있다고 선전한다.

이런저런 이야기를 나누다 보니 주인에게 영국의 정치에 대해서도 말을 하게 되었다. 내가 장관이라는 말을 사용하자 주인은 어떤 족속의 야후가 장관이라는 이름을 갖게 되는지 궁금해했다. 나는 장관에 대해서는 비교적 명확하게 설명해줄 수 있었다.

나는 장관이란 기쁨과 슬픔, 사랑과 증오, 동정과 분노 등 보통 야후들이 느끼는 감정을 완전히 초월한 사람이라고 대답했다. 장관은 부와 권력, 그리고 작위에 대한 욕심을 제외하고는 다른 어떤 것에도 관심을 두지 않는다. 아주 드물게 자기 생각을 말할 경우가 있기도 하지만 대개는 자신이 품고 있는 목적에 어울리는 말만 사용한다.

장관은 거짓말을 해야 하는 경우가 아닐 때도 언제나 상대방에게 진실을 들려주지 않는다. 듣는 사람에게 진실을 말할 목적이 아닐 때는 당연히 참말을 할 리가 없다. 그러니 언제고 진실을 말하거나 참말을 하는 경우는 없다.

그러니 장관이 그 누군가를 그가 없는 자리에서 험담했다면 그는 반드시 승진한다. 반대로 장관이 다른 사람에게, 또는 직접 당신에게 당신을 칭찬하는 말을 했다면 당신은 당장 버림받을 것이다. 당신이 장관에게서 들을 수 있는 가장 불길한 단어는 바로 약속이라는 단어이다. 그 약속에 맹세까지 따라붙으면 상황은 더욱 나빠진다. 장관이 그 뭔가를 약속했을 경우, 현명한 사람이라면 당장 은퇴할 준비를 하고 모든 희망을 버려야 한다.

국가에서 가장 중요한 자리인 장관이 되는 데는 세 가지 방법이 있다. 첫째는 아내나 딸, 또는 여동생을 슬기롭게 이용하는 것이다. 두 번째는 자신의 상관을 배반하거나 헐뜯는 것이다. 세 번째는 공공 집회에서 궁궐의 비리에 대해 열을 내며 성토하는 것이다. 현명한 국왕은 그중에서 세 번째 방법을 택한 사람을 가장 신임하고 장관에 임명할 것이다. 그런 정열을 가지고 있는 사람은, 열이면 열 모두 국왕에게 가장 잘 순종한다는 것이 역사적으로 증명되었기 때문이다. 그런 장관의 집은 자신의 업무를 다른 사람들에게 교육시키는 인재 양성소이다. 시종과 수위들은 주인을 모방함으로써 그럴듯한 지위를 얻는다. 그들은 출세하기 위해 절대적으로 중요한 세 가지 요소인, 거만과 거짓말과 뇌물에 대해 배운다. 그들은 교활함과 무례함을 무기로 장관의 후임자가 되기도 한다.

어느 날 나는 영국 귀족에 대해 주인에게 이야기할 기회가 있었다. 나는 내가 귀족이라고 하지 않았는데도 내가 아주 고귀한 가문에서 태어난 것이 틀림없다고 주인이 내게 말했다. 아마 이곳의 다른 야후들과 비교할 때 내가 행동이나 인품이 훨씬 뛰어났기에 그런 생각이 들었을 것이다. 더욱이 내 언어 능력은 그에게 아주 좋은 평가를 받았다. 하지만 독자 여러분이 알고 있다시피 나는 결코 귀족이 아니다.

후이넘의 사회에서는 타고난 천성에 따라 이미 그 신분이 결정된다. 주인은 흰색, 회색, 갈색의 말들과 적갈색과 회색 바탕에 검은 얼룩점이 있는 말들이 조금씩 다르게 생긴 것을 주의 깊게 살펴보라고 말했다. 그들은 서로 각기 다른 지혜와 이성을 지니고 태어난다. 그리고 그 자질에 따라 하인의 신분으로 결정된 말은 그 신분에서 벗어나기 위해 노력하지 않는다. 만일 그런 생각을 품거나 그런 노력을 한다면 후이넘의 사회에서는 아주 이상하고 부자연스러운 행동으로 간주되었다.

주인이 내가 귀족의 자질을 가지고 태어난 것 같다고 말하자 나는 겸손하게 감사의 표시를 했다. 하지만 나는 서민 출신이며 어느 정도 교육을 시킬 수 있는 평범하고 정직한 부모 밑에서 태어났다고 주인에게 말했다. 그리고 영국의 귀족이란 그의 생각과는 전혀 다르다고 말해주었다.

영국 귀족은 어렸을 때부터 게으름과 사치 속에서 태어나 자라게 된다. 나이가 들게 되면 대개 음탕한 여자들과 지내다가 저주스러운 병을 얻게 된다. 재산이 거덜 나면 평상시 경멸하던 낮은 신분의 여자와 결혼하게 된다. 단지 돈을 위해 아름답지도 않고 건강하지도 않은 여자와 결혼하는 것이다. 이렇게 해서 태어난 아이들은 정상인 경우가 거의 없다. 거의가 부스럼을 앓거나 꼽추 같은 기형이 된다. 그래서 귀족 가문은 좀처럼 3대 이상 유지되기 힘들다. 다만 예외가 있다. 귀족의 부인이 자손들을 개량 보존하기 위해, 건강한 이웃 남자나 하인들을 택해 자식을 낳으면 된다.

병에 걸린 듯 허약한 몸에 여윈 얼굴, 누렇게 뜬 피부색은 가장 정확한 귀족 혈통의 표시다. 건강하고 훌륭한 외모를 지닌 귀족이 있다면 그는 수치스러워해야 한다. 그의 진짜 아버지가 시종이거나 마부였음을 사람들이 다 알게 되기 때문이다. 우울하고, 둔하고, 무식하고, 경솔하고, 욕정에 휩싸이는 정신적 결함은 그런 건강한 육체와는 어울리지 않는다. 그런 결함은 병약한 육체에나 어울린다.

그런데 이런 귀족들의 동의 없이는 어떤 법도 만들 수 없고 폐기할 수도 없으며 개정할 수도 없다. 게다가 귀족들은 우리 재산에 대한 결정권도 갖는다. 우리에게는 아무런 권리도 없다. 모든 것을 그들이 독차지하는 것이다.

제7장 자신의 이야기에 대한 주인의 논평을 듣다

　　내가 조국 영국에 대해 그렇게 거리
낌 없이 말할 수 있었던 것은 전적으로 후이넘 덕분이다. 후
이넘이 지니고 있는 미덕이 나의 눈을 뜨게 해주었고 세상 보
는 눈을 넓혀주었다. 후이넘 덕분에 나는 이전과 다른 각도에
서 인간을 바라보게 되었다.

　더욱이 주인은 날카로운 판단력을 지니고 있었다. 그 앞에
서 인간으로서의 명예 운운하며 자신의 치부를 감추는 것은
불가능했다. 그뿐이 아니었다. 이전까지 인간의 약점인줄 몰
랐던 것들이 실은 큰 악덕임을 주인 덕분에 깨닫게 되었다. 그
는 매일 매일 나를 일깨웠다. 나는 주인을 통해서 거짓이나 기

만을 진정 증오하는 사람으로 다시 태어났다. 나는 진리를 위해서라면 모든 것을 희생할 준비까지 했다.

말들의 나라에 머무른 지 채 1년도 지나기 전에 나는 후이넘들을 사랑하고 존경하게 되었다. 나는 영국으로 돌아가지 않고 훌륭한 후이넘들과 함께 살고 싶었다. 그들과 함께 미덕을 생각하고 미덕을 실천하며 여생을 보내고 싶었다. 어떤 악습도 없는 곳에서 행복을 누리고 싶었다. 하지만 내 운명이 내게 그런 복을 내릴 리 없었다.

그들과 헤어져 살게 된 지금 와 생각하니 나의 주인 앞에서 사람들의 잘못을 실제보다 가볍게 이야기한 것이 어느 정도 위안이 된다. 누구든 그렇겠지만 나도 고향에 대해 편견이 있었으며 내 조국을 사랑했다. 나는 나도 모르게 모든 것을 좋은 방향으로 해석해 말하곤 했던 것이다. 있는 그대로 공정하게 말했다면 후이넘으로부터 더 많은 충고를 들을 수 있었을 것인데 그러지 못한 것이 못내 아쉬울 뿐이다.

어느 날 아침 일찍 주인이 나를 부르더니 조금 떨어진 거리에 앉으라고 했다. 이제까지 내가 누리지 못했던 영광이었다. 그는 내가 해준 이야기에 대해 진지하게 생각을 해보았다고 말했다. 그리고 우리가 아주 작은 양의 이성을 부여받은 동물 같다고 했다. 그는 그 얼마 안 되는 이성이나마 우리는 제대로 사용하지 않았다고 지적했다. 오히려 우리가 타고난 나쁜 기질을 더 악화시키는 데 사용했으며 이제까지 존재하지 않던 새로운 잘못을 만드는 일에 사용했다는 것이다. 그나마 자연이 우리에게 부여한 좋은 능력은 잃어버리면서 단점만 더 늘어나게 되었으며, 아무런 소용도 없는 것들을 만들어서 그 단점을 메우려 한다고 말했다.

주인이 우리에 대해 내게 말해준 것을 내 처지에서 나름대로 정리하면 대충 다음과 같다.

우리는 야후처럼 민첩하지 못하다. 뒷다리만 사용해 걸어다니며 손톱과 발톱을 제대로 쓸 줄도 모른다. 햇빛이나 비바람으로부터 얼굴을 보호해줄 턱수염도 잘라버린다. 말들의 나라에서 살고 있는 나의 형제 야후처럼 나무에 재빨리 기어오르거나 내려올 수도 없다.

우리의 복잡한 정부와 법률 체계는 우리의 이성이 결함을 지니고 있기에 생긴 것이다. 우리가 온전히 이성적인 동물이라면 그런 것들이 필요 없다. 오로지 이성만으로도 지배할 수 있기 때문이다. 인간의 이성에 결함이 있다는 것은 의심의 여지가 없다. 인간이 기질상 야후들과 너무 비슷한 것을 보아도 그 점은 확실하다.

야후들을 보아라. 그들은 서로를 미워한다. 자신의 종족을 다른 동물들보다 더 싫어한다. 야후들이 역겹게 생겼기 때문이다. 자신도 야후이면서 다른 야후들 모습이 보기 싫어서 서로 다툰다. 우리가 옷으로 몸을 감싸는 것은 아주 잘한 일이다. 우리의 기형적인 몸을 감출 수 있기 때문이다.

야후들이 싸우는 이유는 내가 설명한 우리 영국 사람들의 행동과 너무 비슷하다. 다섯 마리 야후에게 50마리가 먹고도 남을 음식을 던져주면 그들은 그것을 공평하게 나누지 않고 서로 독차지하려고 싸운다. 들에서 야후들에게 먹이를 줄 때면 하인이 옆에서 지켜보아야 하며, 집에서 기르는 야후들은 조금씩 거리를 두어서 묶어놓아야 한다.

암소 한 마리가 늙거나 병들어 죽게 되면 야후들은 떼 지어 몰려와 싸운다. 우리가 발명한 것 같은 흉기가 없기 때문에 서로 죽이는 경우는 아주 드물지만 발톱으로 서로 깊은 상처를 입힌다. 하지만 그렇지 않은 경우에도 야후들은 다른 야후들을 공격하려고 늘 노리고 있으며 시도 때도 없이, 아무 이유 없이 싸운다.

야후들은 쓸데없는 욕심이 많다. 이 나라 들판에는 아름답게 빛나는 돌이 있다. 야후들은 그 돌들을 굉장히 좋아한다. 땅 속에 묻혀 있던 빛나는 돌을 발견하면 발톱으로 열심히 파내어 자신들의 굴 안에 무더기로 숨겨놓는다. 그러고는 다른 야후들이 그 돌을 훔쳐갈까봐 노심초사한다. 주인은 이런 돌들이 야후들에게 도대체 무슨 쓸모가 있는지 모르겠다고 했다. 무슨 이유로 그런 빛나는 돌을 좋아하는지 모르겠다는 것이다.

그런데 주인은 오로지 탐욕 때문이라는 것을 알게 되었다. 그는 시험 삼아 한 야후가 숨겨놓은 빛나는 돌을 다른 곳으로 옮겨놓은 적이 있었다. 그러자 그 동물은 크게 울부짖으면서 다른 야후들을 공격했다. 그러고는 먹지도 않고 자지도 않고 일을 하지도 않았다. 주인은 하인을 시켜 돌을 원래의 자리에 갖다놓으라고 했다. 그러자 그 야후는 금방 기운을 차리고 좋아했다. 야후는 조심스럽게 돌을 다른 곳에 감춘 뒤 주인의 말을 잘 듣게 되었다.

나도 빛나는 돌을 놓고 두 마리의 야후가 싸우는 것을 본 적이 있었다. 주인은 두 마리 야후가 돌을 사이에 두고 싸우는 사이, 다른 야후가 그것을 가져가버리는 일이 자주 벌어진다고 했다. 주인은 아마 내가 이야기한 영국의 법정 소송과 비슷하다고 생각했을 것이다. 하지만 그 비교는 잘못된 것이다. 우리의 사법 제도가 그보다 훨씬 더 흉악하기 때문이다. 야후들의 경우 그들이 잃어버리는 것은 빛나는 돌 뿐이다. 하지만 우리의 형편없는 사법 제도에서는 재판 당사자 중 한 사람에게라도 재산이 남아 있는 한 소송이 그치지 않는다. 모든 재산을 송두리째 앗아가야 끝이 나는 것이다.

야후에게 역겨운 것은 탐욕뿐만 아니다. 게걸스러운 식욕도 정말 역겹다. 야후는 풀이든, 나무뿌리든, 열매든, 동물의 썩은 고기든, 그런 것들이 마구 섞인 것이든 가리지 않고 먹어치운다. 다른 야후에게서 빼앗아오거나 훔친 음식을 집에서 마련해준 음식보다 더 좋아하는 것은 야후만의 독특한 기질이다. 야후는 먹이가 많으면 배가 터질 때까지 먹는다. 그런 다음에 자연이 선사해준 어떤 뿌리를 먹고 마구 설사를 해댄다.

야후는 이 나라에서 유일하게 병에 잘 걸리는 동물이다. 더러움과 탐욕 때문에 야후들만 걸리는 병이다. 후이넘들은 이 병을 그들의 이름을 따서 '야후'라고 불렀다. 그 병을 치료하려면 환자의 똥과 오줌을 섞어서 목구멍에 집어넣는다. 나는 직접 야후의 병을 그 방식으로 치료해주기도 했다. 과식으로 인해 생긴 병의 특효약으로 영국 의사들에게도 권하고 싶다.

주인은 학문, 정부, 예술, 제조업 등에서는 이 나라의 야후와 영국의 야후 사이에 유사점이 없다고 했다. 하지만 이곳 야후들 사이에서 지배권을 가진 야후와 영국의 야후 사이에는 유사점이 있다.

두목 야후는 다른 야후들보다 못생겼으며 성질이 더럽다. 두목 야후는 자신과 비슷한 야후를 골라서 칭찬을 한다. 칭찬을 받은 야후는 두목의 발과 엉덩이를 핥아주고는 암컷 야후를 두목의 거처로 데려와 바친다. 그 대신 가끔 나귀 고기를 두목에게서 상으로 받는다.

칭찬받은 야후는 다른 야후들 미움을 사게 된다. 그는 자신을 보호하기 위해 결코 두목 곁을 떠나지 않는다. 자신보다 더 질이 나쁜 야후가 나타나기 전까지 그는 자기 자리를 잘 지킨다. 그러나 더 나쁜 야후는 언제나 있기 마련이다. 그가 버림을 받으면 야후 무리들이 그의 후임자를 앞세우고 그에게 나타난다. 그러고는 온몸에 똥오줌을 갈긴다. 주인은 영국에서 벌어지고 있는 일을 생각하면 내가 아주 쉽게 이해할 수 있을 것이라고 말했다.

주인이 야후를 싫어하는 이유는 또 있다. 본능적으로 다른 동물은 깨끗한 것을 좋아하기 마련인데 야후는 더럽고 불결한 것을 좋아한다. 암놈 야후는 임신을 했을 때도 수놈을 받아들인다. 주인에게는 그보다 불결한 것은 없었다.

주인은 그의 하인들이 야후에게서 발견한 또 한 가지 특징을 말해주었다. 그로서는 도저히 이해할 수 없는 특징이었다.

어느 야후가 갑자기 변덕을 부리며 구석에 누워 울부짖거나 신음을 했다. 그 누구도 가까이 다가오지 못하게 했다. 하인들은 놈이 왜 그러는지 알 수가 없었다. 젊고 건강했으며 음식과 물도 부족하지 않았다. 하인들이 우연히 그 치료법을 발견했다. 그에게 힘든 일을 시켰더니 정신을 차렸다는 것이다. 나는 주인의 이야기를 듣고 게으르고 편안하게 지내는 부자들이 우울증에 걸리는 이유를 알 것 같았다. 그들에게 힘든 일을 시킨다면 반드시 치료될 것이다.

나는 주인이 해준 이야기를 들으며 나와 우리 유럽 사람들이 야후와 같은 종족이라는 것을 도저히 부정할 수 없었다.

제8장 후이넘의 미덕과 교육에 대해 말하다

나는 야후들을 좀 더 가까이서 자주 관찰하고 싶었다. 주인에게 부탁을 하니 선선히 허락해주었다. 세심한 그는 그럴 때마다 갈색 말을 불러 나를 지켜주라고 했다. 갈색 말의 보호가 없었더라면 나는 도저히 야후들을 살펴볼 수 없었을 것이다.

가까이서 그들을 보니, 매우 역겨운 냄새가 났다. 마치 족제비와 여우 냄새를 합쳐놓은 것 같았다. 한번은 어린 야후를 사로잡은 일이 있었다. 녀석은 내 옷에 누런색의 더러운 배설물을 함부로 갈겨놓았다. 다행히 작은 시냇물이 가까이 있어 깨끗이 빨 수 있었다. 그러나 내 몸에는 여전히 심한 냄새가 배어 있었다. 세상에서 제일 견디기 힘든 냄새가 바로 야후 냄새일 것이라고 나는 단정한다. 그 냄새가 바람에 날려 사라질 때까지 나는 감히 주인에게 가까이 가지 못했다.

내가 관찰한 바에 따르면 야후는 교육이 불가능한 동물이었다. 그들의 능력으로는 짐을 끌거나 들어 옮기는 일 외에는 할 수 있는 것이 없다. 비뚤어지고 반항적인 기질 때문에 순순히 그 뭔가를 배울 수 없는 것이다. 그들은 간사하며 성질이 사악하다. 배반을 잘 하며 복수심도 강하다. 몸은 튼튼하고 건강하지만 겁은 아주 많다. 그들은 매우 건방지며 야비하다. 그중 붉은 털이 나 있는 야후들이 다른 야후들보다 음탕하고 망나니였으며 힘도 좋았다.

후이넘은 일을 시키기 위해 야후를 헛간에서 기르기도 한다. 야후들이 사는 헛간은 집에서 그리 멀지 않은 곳에 있다. 하지만 보통 야후들은 솟아오른 땅에 손톱으로 구멍을 파고 그 구멍 안에서 살아간다. 암 야후의 굴은 꽤 넓어서 여러 마리 새끼와 함께 있을 수 있다. 야후들은 어릴 때부터 헤엄을 잘 치며 물속에 오랫동안 잠수할 수도 있다. 암 야후는 물고기를 잡아서 새끼들에게 갖다 준다.

여기서 내가 겪은 정말 역겹고 창피한 사건에 대해 말해야 겠다. 이런 더러운 이야기를 독자여러분에게 해주어야 하는 것이 미안한 일이지만 내가 야후와 한 종족임을 확인시켜준 사건이기에 말해주지 않을 수 없다.

어느 날 갈색 말과 함께 산책을 나간 일이 있었다. 날씨가 몹시 더웠기 때문에 나는 갈색 말의 허락을 받아 가까이 있는 강으로 옷을 벗고 들어갔다. 더위도 식히고 몸도 씻기 위해서 였다. 그 모습을 암 야후 한 마리가 둑 위에서 지켜보고 있었 다. 욕정에 사로잡힌 암 야후는 빠르게 아래로 달려오더니 내 가 있는 곳에서 4~5미터 정도 떨어진 물로 뛰어들었다. 그 모 습을 본 나는 공포에 사로잡혔다.

갈색 말은 조금 떨어진 곳에서 한가롭게 풀을 뜯고 있었기 에 무슨 일이 벌어지는지도 모르고 있었다. 내게 다가온 암 야 후는 나를 껴안았다. 너무 음탕한 몸짓이었다. 나는 목청껏 비 명을 질렀다. 갈색 말이 달려오자 암 야후는 격렬히 반항하다 가 둑 위로 도망갔다. 옷을 입는 동안 암 야후는 으르렁거리며 계속 나를 바라보고 있었다. 정말 더 할 수 없는 치욕이었다.

이 사건이 주인과 가족들에게 이야깃거리가 되었음은 물론

"The servants drive a herd of Yahoos into the field laden with hay"

걸리버 여행기

「야후 떼를 들판으로 몰고 가는 하인들 The Servants Drive a Herd of Yahoos into the Field」

영국 출신의 미국 화가 루이스 존 리드의 19세기 말~20세기 초 펜화 작품. 후이넘에 대해서는 다양한 방식으로 해석이 가능하다. 예를 들어 백인이 아니면 하위 인간으로 취급하는 영국의 정책에 대한 비판 또는 풍자라고 볼 수 있다. 이와는 거꾸로 말들의 색깔로 신분을 구분한다는 내용에서는 인종차별 경향이 엿보여서 스위프트가 자기모순에 빠진 것으로 해석할 수도 있다. 또한 영국에서 말들이 받는 잔혹한 대우를 이야기할 때는 초창기 동물 권리 보호의 관점을 드러낸다고 이해할 수도 있다. 한편 후이넘들이 미개한 야후(Yahoo)들을 지배한다는 이야기는, 문명화된 원숭이들이 미개한 인간들을 지배한다는 내용의 영화 「혹성탈출」을 연상시킨다. 이 영화는 1968년부터 2017년까지 모두 7편의 시리즈로 제작될 만큼 큰 인기를 누려왔다. 영화의 원작은 프랑스 작가 피에르 불의 SF소설 『원숭이들의 행성(*La Planète des singes*)』(1963)이다. 미국의 인터넷 포털사이트 업체 야후!(Yahoo! Incorporated)의 이름도 이 소설에서 따왔다.

이다. 나는 내가 야후라는 사실을 더 이상 부정할 수 없었다. 암 야후가 나를 그들의 동족으로 생각하고 자연스러운 욕정을 느꼈으니 두말할 필요도 없었다. 야후들 중 음탕한 붉은색의 야후라면 변명이 있을 수도 있다. 하지만 그 암 야후는 검은색이었다. 얼굴도 그렇게 험상궂지 않았다. 나는 꼼짝없이 야후였다. 속이 메슥거려 견딜 수 없었지만 나는 그 사실을 인정할 수밖에 없었다.

내가 말들의 나라에서 지낸 지도 어느새 3년이 되었다. 나는 후이넘의 풍습을 정말로 배우고 싶었다. 후이넘은 천성적으로 많은 덕성을 지니고 태어난다. 그들은 완벽히 이성적인 피조물이다. 그들에게는 악에 대한 생각도 없었고 관념도 없었다. 그들의 금언은 딱 하나였다. 이성을 키우고 이성의 지배를 받으라는 것이었다. 그들 사이에서 이성은 논쟁을 낳지 않는다. 이성은 그냥 신념이다. 열정과 욕심에 의해 이성이 흐려지는 경우가 없으니 당연한 일이다.

그들에게 기본이 되는 미덕은 우정과 사랑이었다. 가장 먼 곳으로부터 찾아온 후이넘도 가까이 살고 있는 후이넘과 동등한 대우를 받는다. 이 사회에서는 어디를 여행하더라도 집에 있는 것처럼 편하다. 어디를 가도 자기 집에 있는 것처럼 대우를 받기 때문이다. 언제나 최대한의 예의를 갖추고 상대방을 대하지만 마음에서 우러나와 그러는 것이지 형식적인 예의범절이 아니다.

그들은 자식을 사랑한다. 하지만 결코 맹목적으로 사랑하는 법이 없다. 자식의 교육도 이성이 시키는 바에 의해 이루어지는 것이니 당연한 일이다. 나는 주인이 자기 자식에게 품고 있는 애정을 이웃집 아이에게도 똑같이 베푸는 것을 수도 없이 보았다. 그들은 자식들에게 모든 종족을 사랑하라고 가르친다. 그것이 바로 이성의 가르침이고 그것만이 훌륭한 미덕을 지켜줄 수 있다고 믿는다.

후이넘은 단 두 명의 자식만 낳는다. 암컷과 수컷을 각각 하나씩 낳는 것이다. 두 명의 자식을 가진 다음에는 절대로 성행위를 하지 않는다. 아주 드문 경우이지만 자식이 죽으면 다시 성행위를 하기도 한다. 나이가 들어 임신을 하지 못하게 된 후이넘이 자식을 잃게 되면 다른 부부가 자기 자식을 그들에게 주고 자신들은 성행위를 해서 다시 임신을 한다. 그들이 자식의 수에 그렇게 엄격한 것은 후이넘의 숫자가 너무 많아지는 것을 막기 위해서이다.

후이넘의 세계에서 수컷에게는 힘이 존중되고 암컷에게는 아름다움이 존중된다. 종족이 퇴화하는 것을 막기 위해서이다. 만일 암컷의 힘이 뛰어난 경우에는 아름다운 수컷을 택해서 짝을 짓는다. 구혼이니 선물이니 재산이니 하는 것들은 그들에게는 아무런 상관도 없다. 후이넘 언어에는 아예 그런 용어가 없다.

한 쌍의 젊은이는 그들 부모와 친구들의 결정에 따라 서로 만나고 결합한다. 결혼 생활에 파탄이 오는 경우는 결코 없다. 서로에 대한 변함없는 우정과 사랑으로 살아가기 때문이다. 질투, 맹목적인 사랑, 말싸움, 불만 등은 아예 찾아볼 수조차 없다.

이들이 자식을 교육시키는 방법은 정말 훌륭했다. 우리가 정말로 본받을 만하다. 자식들은 열여덟 살이 될 때까지 귀리를 먹지 못하게 되어 있다. 아주 특별한 날이 아니면 우유도 마시지 못한다. 그들은 여름 동안에는 아침과 저녁 두 시간 동안 풀을 뜯어 먹는다. 그들의 부모도 함께 풀을 뜯어 먹는다.

절제, 근면, 운동, 청결이 젊은 후이넘에게 주어진 과제였다. 주인은 영국 사람들이 남녀를 구분하고 교육에 차별을 두는 것에 대해 아주 이상하게 생각했다. 도대체 절반을 차지하는 여성들이 아이를 낳는 일 외에는 아무 쓸모가 없다니 말이 안 된다고 했다. 여성을 그렇게 쓸모없이 여기면서 어떻게 정작 아이는 여성에게 맡기는 건지 도무지 이해할 수 없다고 했다.

후이넘은 젊은이들에게 가파른 언덕을 오르내리거나 거친 돌길을 뛰어다니게 한다. 강하고 빠르며 대담한 몸과 마음을 키우기 위해서이다. 젊은이들은 땀에 완전히 젖으면 연못이나 강에 뛰어든다. 그리고 일 년에 네 번씩 그 지역 젊은이들이 모두 모여 달리기를 하거나 도약을 한다. 승리하는 후이넘에 게는 찬양의 노래를 상으로 준다.

후이넘 사회에서는 4년에 한 번씩 전국 대표 회의가 열린 다. 내가 머문 곳에서 32킬로미터 정도 떨어진 평원에서 열리 며 5~6일 동안 계속된다. 그들은 각 지역의 식량과 가축 상황 을 조사한 후 부족한 곳에는 즉시 보충한다. 하지만 그런 경 우는 거의 없었다. 같은 방식으로 후이넘의 수도 조정된다. 한

후이넘의 자식이 둘 다 수컷인 경우에는 둘 다 암컷인 후이넘
과 하나씩 바꾼다. 임신을 하지 못하는 후이넘이 사고로 자식
을 잃었을 경우에는 어느 지역 가족이 자식을 낳아 보충해줄
것인지 결정한다.

제9장 후이넘의 집회와 풍습에 대해 말하다

내가 그 나라를 떠나기 3개월 전에 앞서 말한 큰 회의가 개최되었다. 나의 주인이 이 지역 대표로 참석했다. 그 회의에서 아주 해묵은 논쟁이 다시 벌어졌다. 이 나라에 존재하는 유일한 논쟁이었다. 그 논쟁은 바로, 과연 야후들을 이 세상에서 근절시킬 것인가 말 것인가 하는 것이었다. 그 주장에 찬성하는 후이넘들의 의견은 다음과 같았다.

야후들은 피조물 가운데 가장 더럽고 역한 냄새가 나며 기형적으로 생긴 동물이다. 그들은 반항적이라서 길을 들일 수도 없다. 그들은 해로운 존재일 뿐이며 사악함으로 가득 차 있다. 그들은 감시가 소홀한 틈을 타서 암소 젖꼭지를 빨기도 하고, 고양이를 죽여서 먹어버리기도 한다. 또한 귀리 밭과 풀밭을 짓밟아 못쓰게 만들어버린다. 무절제한 행동을 수도 없이 저지른다. 그들은 원래 옛날에는 이곳에 야후가 없었다고 말했다. 그리고 옛날이야기부터 시작했다.

오래전에 야후 한 쌍이 산 위에 나타났다. 어떻게 생겨났는지 모르지만 그 생긴 모양으로 봐서 아마 썩은 진흙 위에 햇빛이 비쳐서 생긴 것 같다. 그 야후가 새끼를 낳고 번식하면서 이 나라에 넘칠 정도로 그 무리가 늘어났다. 그들이 하도 못된 짓을 해서 후이넘은 대대적인 소탕 작전을 벌였고 결국 그들을 모두 사로잡았다.

후이넘들은 늙은 야후들은 죽이고 어린 야후 한 쌍을 우리 속에 가두어 길렀다. 그들을 있는 힘껏 길들여 수레를 끌거나 짐을 운반하는 데 사용했다. 하지만 그들을 길들인다는 것은 정말 힘든 일이었다. 그런데 그런 힘든 일에 온통 신경을 빼앗기는 바람에 정작 나귀를 기르는 데 소홀했다고 그는 주장했다. 나귀는 야후보다 민첩하지는 못하지만, 훨씬 잘생겼고 쉽게 기를 수 있으며 온순하다. 말도 잘 들을뿐더러 고약한 냄새도 없고 힘든 일도 잘한다고 그는 말했다. 나귀 울음소리는 들기에도 좋지만 야후들 울음소리는 소름 끼친다고 그가 말하자 다른 대표들이 공감의 뜻을 표했다. 야후들을 모두 없애고 거기 쏠 힘을 나귀 키우는 데 쓰면 이 나라가 훨씬 살기 좋아질 것이라는 게 그들의 의견이었다.

그러자 우리 주인이 일어나서 자신의 주장을 폈다. 그는 처음에 발견한 두 야후는 바다를 건너온 것일지 모른다고 말했다. 동료들에게 버림받은 그들은 산속으로 들어가 살게 되었으며 세월이 흐르는 동안 점차적으로 퇴화했다. 그리고 그들의 선조들이 살던 나라의 종족보다 더욱 야만적으로 변했다. 주인은 자신의 주장을 뒷받침할 증거로 아주 멋진 야후 한 마리를 소개하겠다고 했다. 물론 나를 가리키는 말이었다. 주인은 나를 발견하게 된 동기, 내가 옷을 입고 있다는 사실, 내가 고유의 언어를 사용하고 있었으며 후이넘의 언어도 배웠다는 사실을 이야기했다.

주인은 내가 들려준 유럽과 영국 이야기도 했다. 그리고 그곳에서는 야후가 후이넘을 노예로 부리고 있다는 이야기도 했다. 주인은 내가 야후와 비슷한 성질을 가지고 있지만 약간의 이성도 있고 어느 정도 문명적이기도 하다고 말했다. 그러나 후이넘보다는 훨씬 열등하다는 사실을 잊지 않고 덧붙였다.

주인은 유럽에서의 후이넘의 거세 관습을 소개했다. 야후들이 후이넘을 길들이기 위해 거세한다는 것을 알려준 후 개미에게 근면을 배우고 제비에게 집 짓는 것을 배우는 것처럼 동물로부터 지혜를 얻는 것은 부끄러운 일이 아니라고 말했다. 그가 그런 이야기를 한 것은 야후들을 거세시키자는 자신의 주장을 내세우기 위해서였다. 그렇게 되면 야후들을 다루기도 쉬워질 뿐 아니라 몇 세대가 지나면 자연 야후들이 멸종될 것이라고 주인은 말했다.

나는 이 모든 이야기를 집회에 참석하고 온 주인에게서 들었다. 그러나 주인은 뭔가 감춘 것이 있었다. 바로 나에 대한 이야기였다. 독자 여러분은 잠시 후에 그게 어떤 이야기였는지 알게 될 것이다. 다만 그로부터 나의 불행이 시작되었다는 것만 말해주겠다.

후이넘의 나라에는 문자가 없었다. 그들의 모든 지식은 입으로 전해져 내려온 것이다. 게다가 아주 안정된 사회라서 별로 큰 사건이 일어나지도 않았다. 그들의 역사는 후이넘의 기억만으로도 보존될 수 있었다. 나는 후이넘이 병에 걸리지 않는다는 것을 이미 말한 바 있다. 그래서 이들에게는 내과의사가 필요 없었다. 돌에 부딪혀서 상처를 입는 경우에는 약초로 만든 아주 훌륭한 약으로 치료하면 그만이었다.

후이넘은 해와 달의 운행을 보고 1년을 계산한다. 하지만 우리처럼 일주일 단위로 나누지 않는다. 그들은 해와 달의 움직임을 잘 알고 있었으며 일식과 월식의 성질에 대해서도 잘 알았다. 또한 그들은 모두 타고난 시인들이었다. 비유의 정확성, 표현의 섬세함과 정교함에 있어서는 그 무엇과도 비교할 수 없었다. 우정과 사랑을 찬양하거나 체력 경기에서 승리한 후이넘을 칭송하는 글들은 모두 아름다운 시였다.

후이넘은 앞발 발목과 발굽 사이의 움푹한 부분을 우리의 손처럼 사용한다. 내가 처음에 상상했던 것보다 훨씬 섬세해서 모든 일을 다 해낼 수 있다. 주인의 가족 가운데 하얀 털을 한 암말이 있었는데 그 말은 내가 빌려준 바늘로 내 옷을 기워줄 정도였다.

그들의 연장은 대개 단단한 돌을 갈아서 만든 것들이다. 그들은 돌을 갈아서 낫이나 도끼 또는 망치를 만들었다. 그리고 그 연장으로 목초를 베거나 귀리를 수확한다. 수확한 곡식들을 탈곡하는 일은 하인들 몫이었다. 그들은 창고에서 곡식을 밟은 다음, 알곡을 가려내 저장한다. 한편 그들은 나무와 흙을 이용해 그릇을 만들어 사용했다.

후이넘은 병들어 죽는 경우는 거의 없다. 간혹 사고로 죽기도 하지만 대개 늙어서 죽는다. 그들이 죽은 다음에는 외딴 곳에 매장된다. 그들의 죽음에 대한 생각은 우리와 전혀 다르다. 그들은 가까운 사람이 죽어도 별로 감정을 드러내지 않는다. 죽음은 아주 자연스러운 것이니, 자연의 변화 앞에서 감정을 드러내는 것이 오히려 이상할 뿐이다. 독자 여러분의 이해를 돕기 위해 하나만 예를 들어보겠다.

어느 날 주인이 친구와 그 가족을 집에 초대한 일이 있었다. 꽤 중요한 용무를 처리하기 위해서였다. 약속한 날 그의 부인과 가족들만 아주 늦게 도착했다. 부인은 나의 주인에게 남편이 그날 아침에 '슈눈'을 했다고 말했다. '슈눈'은 아주 깊은 뜻을 지니고 있는 표현으로서 그에 해당하는 적절한 표현을 영어에서는 찾을 수 없다. 억지로 해석한다면 '최초의 어머니에게로 귀의한다'라고 할 수 있을 것이다. 즉 남편이 아침에 죽어서 하인들과 안치 장소를 상의하느라 늦었다는 것이었다. 부인은 아무런 일도 없다는 듯 우리와 즐겁게 어울렸다. 3개월이 지나자 그 부인도 '슈눈'했다.

후이넘들은 대개 일흔 살이나 일흔다섯 살까지 살며 아주 드문 경우 여든까지 살기도 한다. 그들은 죽기 몇 주일 전에 자신의 몸이 점차 쇠약해지는 것을 느낀다. 그전에 병을 앓은 일이 없고 몸이 약해진 적도 없었으니 그 징후를 쉽게 알 수 있다. 하지만 아무런 고통을 느끼지 않는다. 그런 징후가 오면 친구들이 그를 자주 방문한다. 그가 외출할 수 없기 때문이다. 그러나 죽기 열흘 전쯤 되면 불편한 몸으로 썰매를 타고 이웃 후이넘들을 방문한다. 그들은 자신이 죽을 날짜를 정확히 계산해 알고 있다. 절대로 틀리는 법이 없다. 죽음을 맞게 된 후이넘은 썰매를 타고 친구들을 방문하면서 마치 먼 지방으로 여행 떠나듯이 작별을 고하는 것이다.

다시 말하지만 후이넘의 언어에는 악하다는 뜻을 가진 단어가 없었다. 악하다는 말이 후이넘에게 있다면 그것은 야후들의 추한 면이나 나쁜 면을 보고 빌려온 것이다. 그들은 하인의 어리석음, 자식의 게으름, 다리를 다치게 한 돌, 악천후 등을 표현할 때, '야후 같은'이라는 말을 사용한다. 예를 들어 '흐늠 야후' '우나흘름 야후' '인름드윌마 야후' 같은 표현이 그것이다. 그들은 잘못 지어진 집을 '인흘름흔므로흘누 야후'라고 부른다.

　나는 이 정도로 후이넘들의 예절과 덕성에 대해 소개하는 것이 못내 아쉽다. 좀 더 자세하게 그들의 덕성에 대해 이야기하고 싶었다. 하지만 그렇게 하다가는 이 책이 너무 두꺼워져 버릴 것이다. 나는 그것만 다룬 책을 따로 곧 출간할 예정이다. 궁금한 독자들은 그 책을 참고하기 바란다. 이제 나의 슬픈 파국에 대해 이야기할 때가 되었다.

제10장 행복했던 후이넘의 나라를 떠나다

나는 그곳에서 정말 행복했다. 소박한 삶이 그토록 행복할 수 있다는 것을 나는 절실하게 느낄 수 있었다. 내 생애 진정으로 행복한 기간이었다. 나는 주인집과 6미터 정도 떨어진 곳에 벽과 바닥에 진흙을 바르고 잡풀로 지붕을 엮은 방에서 지냈다. 주인이 하인에게 명령해서 그들 방식으로 지은 집이었다. 나는 야생 삼을 잘라서 이불을 만들고 새를 잡아 깃털로 이불속을 채웠다.

나는 공들여 의자도 만들고 꿀도 구해서 먹는 등 육체의 건강과 정신의 평온함을 함께 즐기며 살았다. 정말로 마음이 편했다. 친구의 배반이나 변절에 대해 고민할 필요가 없었으며 아무도 뒤에서 나를 비난하지도 않았고 드러내놓고 욕하는 적도 없었다. 지위가 높은 사람의 환심을 사기 위해 아첨하거나 뇌물을 줄 필요도 없었다. 사기에 대해 신경을 쓸 필요도 없었다. 이곳에는 내 건강을 해치는 의사도, 나를 파산으로 이끄는 변호사도 없었다. 억지로 비난거리를 만들어내서 나를 고발하는 자도 없었다. 요컨대, 나를 비웃는 사람도, 비난하는 사람도, 소매치기도, 도둑도, 변호사도, 포주도, 도박사도, 정치가도, 부자도, 강도도, 살인자도 없었다. 정당이나 파벌도 없었고 감옥도, 도끼도, 교수대도, 죄수도 없었다. 바가지를 씌우는 장사꾼도 없었고 깡패도, 주정꾼도, 매춘부도, 매독도 없었다. 자만심도 없었고 허영심도, 꾸밈도, 치장도 없었다. 어리석은 자만심을 가진 학자도 없었으며 자랑을 일삼는 자도 없었고, 싸움꾼도 없었고 위선자도 없었다. 큰소리치는 자도 없었고, 어리석으면서 잘난 체 하는 자도 없었고, 툭하면 맹세를 일삼는 귀찮은 친구도 없었다. 나쁜 짓을 해서 거지 신세에서 벗어난 악당도 없었으며 방탕한 생활로 거지 신세가 된 귀족도 없었다. 지배자도 없었고 재판관도 없었으며 춤을 억지로 가르치는 선생도 없었다. 모든 것이 자연스러움 그 자체였다.

주인은 가끔 그를 방문한 친구와 내가 같이 이야기를 나눌 수 있는 영광을 베풀었으며 그가 다른 후이넘을 방문할 때 나를 데리고 가기도 했다. 나는 그저 묻는 말에 대답만 했다. 하지만 그것도 무척 어려웠다. 인간의 치부를 드러낼 수밖에 없는 질문들이었기 때문이었다.

그들의 대화는 정말 유익했다. 필요 없는 말은 절대로 하지 않았다. 그들은 서로에게 최대한의 예절을 지켰다. 듣는 이를 즐겁게 하는 이야기만 했다. 말을 가로막는 후이넘도, 지루하게 말을 늘어놓는 후이넘도, 화를 내면서 이야기하는 후이넘도, 기분 나빠 하는 후이넘도 없었다.

그들은 우정과 사랑, 질서와 절제에 대해 많은 이야기를 했다. 자연의 작용이나 전통에 대해 이야기했다. 덕성의 한계와 범위, 이성의 법칙에 대해 이야기했으며, 대표 회의에서 결정할 사항들에 대해 이야기했고 시가 얼마나 뛰어난 것인지 이야기했다.

또한 그들의 이야기 가운데 나도 충분히 화젯거리가 되었다. 주인은 내게 영국 역사에 대해 말해보라고 하기도 했다. 내 이야기를 들은 후 그들은 길게 토론을 하곤 했다. 내 이야기를 듣고 그들이 무슨 이야기를 나누었는지, 결론은 어떠했는지 길게 이야기를 늘어놓지는 않으련다. 그 결론이 별로 긍정적이지 않았기 때문이다.

내가 야후인 것이 분명한데도 주인이 나보다 야후의 성질에 대해 더 잘 아는 것 같았다. 정말 놀라운 일이었다. 그는 인간의 악행과 어리석은 행동에 대해 종종 깊은 생각에 잠겼다. 그리고 이 나라에 살고 있는 야후들의 성질과 우리를 비교했다. 그리고 우리 같은 동물이 얼마나 비열하고 비참한 존재인가라는 결론을 내렸다. 그리고 충분히 그럴 만한 이유가 있었다.

솔직히 고백하지만 유럽에서 열리는 그 어떤 화려하고 훌륭한 회의에서 들을 수 있는 것보다 친절한 주인의 배려로 얻을 수 있는 지식이 훨씬 유익하고 훌륭했다. 나는 후이넘들에게 존경을 표한다. 성자와도 같은 그들의 덕성은 내게 저절로 존경심을 불러일으켰다. 내 마음속에서 그들을 향한 경외감이 무럭무럭 자라났다.

후이넘들은 나를 다른 야후들과는 다르게 대해주었다. 그러나 나는 분명히 야후였다. 나의 가족과 친구들, 모든 영국 사람들은 그 모습뿐 아니라 그 기질에 있어서도 분명 야후였다. 다만 이곳의 야후들과는 달리 아주 약간 문명을 익혔으며 말을 할 수 있는 자연의 선물을 타고났을 뿐이었다. 주인의 말대로 나와 내 조국의 모든 사람들은 타고난 약간의 이성을 이용해 이곳의 야후들이 지니고 있는 악덕을 좀 더 발전시켰을 뿐이다. 그렇다. 그 불완전한 이성을 악덕을 고치는 데 사용한 것이 아니라 악덕을 더 크게 키우는 데 사용한 것이다.

나는 가끔 호수나 샘에 비친 내 모습을 보았다. 나는 한 마리의 야후에 불과한 자신에 대해 증오심과 혐오감을 감출 수 없었다. 나 자신의 모습보다는 차라리 다른 야후들의 모습을 바라보는 게 마음이 편했다. 나는 나 자신을 참을 수 없었다.

나는 후이넘들과 이야기를 나누고 즐거워하면서 점점 그들의 몸짓과 걸음걸이를 따라 하게 되었다. 그것은 나중에 영국에 돌아와서도 나의 습관이 되어버렸다. 친구들은 내가 가끔씩 말처럼 뛰어다닌다고 나를 핀잔하고 놀렸다. 그럴 때마다 나는 그것이 대단한 찬사라고 생각하곤 했다. 나는 결코 후이넘의 목소리와 말투 흉내를 버리지 않을 것이다. 비록 많은 사람으로부터 조롱을 받는다 하더라도 억울할 게 하나 없다. 그 버릇만이 야후로서 내가 지니고 있는 악한 기질을 억누를 수 있기 때문이다.

다시 말하지만 나는 정말 행복했다. 나는 이토록 행복한 곳에 내가 완전히 정착했다고 생각했다. 그러나 그것은 내 희망일 뿐이었다.

어느 날 아침, 주인이 평상시보다 조금 이른 시각에 나를 불렀다. 그는 난처한 표정을 짓고 있었다. 어떻게 말을 꺼내야 할지 모르는 모습이었다. 어느 정도 침묵이 흐른 다음, 주인은 자신이 하는 말을 내가 어떻게 받아들일지 모르겠다며 이야기를 꺼냈다. 바로 지난번 회의에서 있었던 일 중 그가 내게 해주지 않은 이야기였다.

야후들을 어떻게 처리할 것인가 하는 문제가 거론되었을 때 많은 후이넘들이 나를 두고 몹시 화를 냈다는 것이다. 주인이 한 마리 야후를 동물로 대하지 않고 집에 데리고 있다는 것을 그들은 받아들이기 어려웠던 것이다. 좀처럼 분노할 줄 모르는 후이넘들이 그런 반응을 보였다는 것은 도저히 참아낼 수 없다는 뜻이다. 야후와 이야기를 나누고 야후를 후이넘처럼 대하는 것은 자연의 법칙에 어울리지 않으며 이성에도 위배된다는 것이 그들의 주장이었다.

대표 회의는 둘 중 하나를 택하기로 결론이 났다. 즉 주인이 나를 야후처럼 부리거나, 아니면 헤엄쳐서 본래 온 곳으로 되돌아가게 하라는 것이었다. 하지만 나를 알거나 만나본 사람들의 반대로 나를 야후처럼 부리자는 안은 부결되었다. 내가 가지고 있는 약간의 이성이 야후의 악덕과 결합하게 되면 아주 위험한 일이 벌어질 수도 있다는 이유에서였다. 내가 야후들의 우두머리가 되어 그들을 데리고 깊은 산속으로 들어간 후, 밤이 깊을 때 몰래 내려와 후이넘의 가축을 해칠지 모른다, 야후들은 게걸스러운 식성을 가지고 있으며 천성적으로 노동을 싫어하니 약탈을 일삼을 것이라는 것이 그들이 내세운 의견이었다.

얼마 전부터 주인은 대표 회의의 결정을 실행하라는 압력을 이웃 후이넘들로부터 받고 있었다. 마냥 미룰 수만은 없었다. 결국 나를 돌려보내야만 했다. 사실 후이넘들의 회의에서 한 결정은 강제 명령이 아니었다. 후이넘들은 결코 강제 명령 같은 것은 내리지 않았다. 아무리 대표들이 모여 내린 결정이라도 그들은 다만 그것을 권고할 뿐이었다. 이성을 지닌 존재에게 강제 명령을 내린다는 것은 옳지 않다는 것이 그들의 생각이었다. 이성을 지닌 존재라면 마땅히 그 권고를 따르게 되어 있다는 게 그들의 생각이었다.

결국 주인은 내가 바다를 헤엄쳐 다른 곳으로 가게 해야 했다. 하지만 그것이 불가능하다는 것을 주인은 알고 있었다. 그는 하인들을 시켜 내가 타고 갈 배를 만들게 할 것이라고 내게 말했다.

사실 주인은 내가 이곳에 살면서 야후로서의 나쁜 습성을 조금씩 고쳐가고 있음을 잘 알고 있었다. 후이넘들의 생활 모습과 그들의 덕목이 본보기가 되었던 덕분이었다. 주인은 나의 변화의 가능성을 믿고 자신이 살아 있는 동안만이라도 나를 곁에 두고 싶어 했다. 하지만 대표 회의의 권고를 물리칠 수는 없었다. 나를 실제로 만나보지 않은 후이넘들에게 나는 아무 이유 없이 특별 대접을 받는 야후일 뿐이었으며 야후 중 한 마리를 특별 대접한다는 건 이치에 어긋나는 일이었다. 따라서 대표 회의의 권고를 비난할 수는 없었다. 그 결정 자체가 이치에 맞는 것이었기 때문이었다.

주인의 말을 듣고 나는 주인의 발아래 쓰러졌다. 너무나 큰 절망감에 충격을 받아 기절한 것이다. 주인은 내가 죽은 줄 알았다. 허약한 체질을 타고 나지 않은 데다가 기절할 만큼 마음의 충격을 받아본 적이 없는 후이넘들로서는 그렇게 생각하는 것이 당연했다. 잠시 후 내가 깨어나자 주인은 내가 죽은 줄 알았다고 말했다. 그 말을 듣고 나는 기운이 하나도 없이 차라리 죽는 게 훨씬 나았을 것이라고 말했다.

이곳을 떠난다는 것은 내게 죽기보다 싫은 일이었지만 도리가 없었다. 그 결정을 받아들이는 수밖에는 도리가 없었다. 하지만 주인의 말대로 헤엄쳐 이곳을 떠나는 것은 불가능했다. 아무리 가까운 육지라도 최소한 500킬로미터 정도는 떨어져 있을 테니 배가 있어야만 이곳을 떠날 수 있었다.

나는 결국 갈색 말의 도움을 받아 두 달 동안 배를 만들었다. 배를 만드는 과정은 소개하지 않으련다. 다만 내 고향으로 돌아갈 배를 만들면서 조금도 희망에 부풀어 오르지 않았다는 말만 하고 싶다. 아니다. 차라리 나는 절망했다. 이곳을 떠난다는 것은 내가 파멸의 운명과 만나게 되는 것을 뜻하고 나는 그 운명에 절망했다. 그러나 오해 말기 바란다. 항해 중 죽을지 모른다는 두려움 때문에 파멸이라는 단어를 쓴 것이 아니었다. 나는 생명을 유지한 채 내가 살던 야후들의 세계로 돌아갈 수도 있을 것이다. 하지만 그 세계에서는 도저히 살아갈 자신이 없었다. 나에게 덕성을 가르쳐주는 후이넘 같은 스승이 곁에 없다면 나는 다시 타락한 삶으로 돌아갈 것이다. 그것은 도저히 참을 수 없는 일이었고 그것은 곧 파멸을 의미했다.

모든 준비가 끝나자 출발의 날이 왔다. 나는 눈물을 흘리며 주인과 이별했다. 슬픔에 가득 찬 마음으로 가족들과도 작별 인사를 나누었다. 친절한 주인은 보트를 타고 떠나는 나를 지켜보겠다며 해안가까지 나왔으며 이웃 사람들도 함께 나왔다. 나는 작별인사로 주인의 발굽에 입을 맞추기 위해 엎드렸다. 그는 조용히 발을 들어 나의 입으로 가져다주었다. 훌륭한 덕성을 지닌 후이넘이 야만적인 야후에게는 결코 베풀 수 없는 최대한의 영광이었다. 나는 마중 나온 후이넘들에게 경의를 표하면서 보트를 타고 해안을 떠났다.

제11장 영국으로 돌아오다

내가 절망에 젖어 항해를 시작한 것
은 1714년 2월 15일 아침 9시였다. 수많은 항해를 해왔지만
이번처럼 아무런 희망도, 아무런 목적지도 없었던 적은 없다.
바람은 순조롭게 불어왔다. 보트는 조류의 도움을 받으며 시
속 5킬로미터 정도의 속도로 앞으로 나아갔다. 주인과 친구들
은 내가 시야에서 완전히 사라질 때까지 줄곧 해변에 서 있었
다. 나를 무척이나 아껴주었던 갈색 말이 '흐누이 일라 니하
마야 야후'라고 외치는 소리가 들렸다. '부디 조심해라. 예의
바르고 순한 야후야'라는 뜻이었다.

나는 결코 야후들이 사는 영국으로 돌아가고 싶지 않았다. 혼자 충분히 자급자족할 수 있는 섬을 발견해서 그곳에서 홀로 살고 싶었다. 후이넘들의 훌륭한 삶을 지켜보고 맛본 후에 야후들의 타락한 사회에서 산다는 것은 생각만 해도 끔찍한 일이었다. '나 홀로 외딴섬에 살면서 내 종족의 악덕에 결코 물들지 않으리라. 이제 겨우 몸에 익히기 시작한 후이넘들의 덕성을 내 것으로 만들기 위해 노력하며 살리라'는 것이 내 결심이었다.

배를 저어가다가 나는 섬을 하나 발견하긴 했다. 절망 가운데 그나마 내가 바라던 바가 실현되는 것 같아 위안이 되었다. 그러나 내 작은 꿈은 곧바로 무너지고 말았다. 그 섬은 무인도가 아니었던 것이다. 그 섬에 상륙한 나는 원주민들에게 발각되어 허겁지겁 쫓겨날 수밖에 없었다.

다시 배에 오른 나는 북쪽을 향해 노를 저었다. 그때 조금 멀리 커다란 배의 돛이 보였다. 그러더니 점점 또렷하게 모습을 드러냈다. 하지만 그 배가 조금도 반갑지 않았다. 처음에는 그 배에 도움을 요청할 생각도 했지만 곧 야후들에 대한 혐오감이 밀려왔다. 나는 그 배와 반대쪽으로 배를 돌려 허겁지겁 원주민들을 피해 도망쳐 나온 섬으로 되돌아갔다. 타락할 대로 타락한 유럽의 야후들과 살기보다는 그들보다 덜 역겨운 이곳의 원시인들과 사는 것이 훨씬 나을 것이라고 생각한 것이다. 나는 보트를 해변에 끌어올린 뒤 맑은 물이 흐르는 시냇가 뒤에 몸을 숨겼다.

하지만 그 배도 곧 그 섬 가까이 정박했다. 이어서 작은 보트가 배에서 내려지고 그 보트가 섬에 상륙했다. 몇 명의 선원들이 타고 있는 그 보트에는 커다란 물통이 실려 있었다. 그들은 맑은 물을 구하기 위해 이 섬에 상륙한 것이다. 물통을 들고 물을 찾던 선원들이 숨겨놓은 내 보트를 발견했다. 그들은 보트를 자세히 살펴본 후 거기 타고 있던 사람이 멀리가지 못했을 것이라고 생각한 듯 나를 찾기 시작했다. 나는 땅에 얼굴을 대고 엎드려 있던 자세로 그들에게 발견되었다. 그들은 내가 입고 있는 옷과 신고 있는 신발들을 보고 나를 놀란 눈으로 바라보았다.

선원 한 명이 내게 왜 그렇게 엎드려 있느냐고, 어서 일어서라고 한 다음 내가 도대체 누구이며 어떻게 이런 곳에 혼자 있게 되었느냐고 물었다. 포르투갈어였다. 나는 포르투갈어를 할 줄 알았다. 나는 그들에게, 후이넘들 나라에서 쫓겨난 불쌍한 야후라고 대답했다. 그리고 제발 나를 그냥 내버려달라고 부탁했다.

그들은 내 얼굴을 보고 내가 유럽 사람이라는 것을 알아차렸다. 그러나 후이넘이니 야후니 하는 말을 알아들을 리가 없었다. 그들은 내 말투가 말 소리와 비슷한 것을 알고는 한바탕 웃기도 했다. 그 웃음소리에 나는 몸을 움추렸다. 그동안 야후들에 대한 증오심과 경멸감이 몸에 배어 있었기 때문이었다. 나는 나 혼자 어디든 가게 내버려달라고 그들에게 사정한 후 내 보트가 있는 곳으로 걸어갔다.

사실 그들은 정직한 사람들이었다. 그들은 나를 붙잡은 뒤 내가 어느 나라 사람이며 어디서 왔느냐고 물었다. 순전히 호의에서 한 질문이었다. 나는 내가 영국 사람이며 영국을 떠나 여행을 한 지 5년이 되었다고 대답했다. 그리고 홀로 외로운 여생을 보내려고, 내가 지낼 만한 곳을 찾고 있는 가련한 야후일 뿐이니 나를 적대적으로 대하지 말아달라고 부탁했다.

나는 그들의 말소리가 어색하기 짝이 없었다. 흡사 영국의 개나 소 같은 가축이 말하는 것 같기도 했고 후이넘 나라 야후들의 말소리 같기도 했다. 그들은 마음씨 좋은 사람들이었기에 나를 불쌍히 여기고 자기 배에 함께 타자고 내게 말했다. 그들은 자기 배의 선장이 운임을 받지 않고 리스본까지 데려다줄 것이라며 거기까지 가면 나 혼자 힘으로 영국으로 돌아갈 수 있을 것이라고 덧붙였다. 그들은 나를 불쌍히 여겨 강제로라도 배에 태울 기세였다. 내가 저항하자 그들은 나를 밧줄로 묶었다. 나는 꼼짝 없이 그들과 함께 그들의 보트로 끌려갈 수밖에 없었다.

나를 보트에 태워 본선까지 데려간 그들은 배에 오르자마자 나를 선장실로 데리고 갔다. 선장의 이름은 돈 페드로 드 멘데즈였으며 무척 친절하고 너그러운 사람이었다. 그는 내게 자초지종을 이야기해보라며 뭐 먹고 싶은 거라도 없느냐고 물었다. 그리고 나를 안심시키기 위해서인 듯 아무런 차별도 하지 않고 대해주겠다고 아주 부드럽게 말했다. 나는 선장이 친절한 것을 보고 너무 놀랐다. 도대체 이렇게 친절한 야후가 있으리라고는 상상도 할 수 없었던 것이다.

나는 아무 말도 없이 멍하니 있다가 뭔가 먹고 싶다고 말했다. 그러자 선장은 내게 닭요리와 포도주를 가져오게 해서 내

개 대접했다. 그리고 선실에 잠자리도 마련해주었다. 나는 옷도 벗지 않고 침대에 드러누웠다. 선원들이 저녁 식사를 하는 틈을 타서 나는 바다로 뛰어들려 했다. 야후들과 함께 지내는 것을 도저히 참아낼 수 없었기 때문이다. 그러나 나는 곧 선원 한 명에게 발각되어 붙잡혔다. 선원은 곧 선장에게 보고했고 나는 쇠사슬에 묶이게 되었다.

저녁 식사를 마친 선장이 내게 찾아왔다. 그리고 왜 달아나려 했느냐고 내게 물었다. 그리고 아주 친절하게 무슨 일이든 자신이 할 수 있는 한에서 다 도와주겠다고 했다. 다시 말하지만 그는 아주 친절했다. 그것으로 보아 그가 어느 정도 이성을 지니고 있다는 생각이 들었다. 그를 이성적인 동물로 대해도 될 것 같았다. 나는 말들의 나라에 대해 간단하게 그에게 이야기한 후 내가 그곳에 가게 된 경위에 대해서도 이야기했다.

그가 믿을 리가 없었다. 그는 내 이야기를 무슨 꿈이나 환상으로 여겼다. 또는 내가 거짓말을 하고 있다고 여기는 것 같기도 했다. 나는 선장의 태도에 화가 났다. 나는 그동안 거짓말이라는 것을 완전히 잊어버리고 살았다. 선장이 남의 진실을 의심하는 야후의 본성을 드러내자 나는 참을 수 없었다. 나는 있지도 않은 것을 말하는 게 포르투갈의 관습이냐고 선장에게 따지듯 되물었다. 그리고 나는 거짓이라는 단어조차 거의 잊어버렸다고 말했다.

하지만 나는 친절한 선장에게 보답하겠다는 마음으로 가능한 한 성실하게 설명했다. 그러면 그가 진실을 알게 되리라고 믿었다. 내 진심이 통한 모양이었다. 그는 내 이야기에서 이치에 맞지 않는 것이 있는지 찾으려고 노력한 결과 그런 것이 없다는 것을 알게 되었다. 결국 그는 내 말이 모두 사실이라고 믿게 된 것이다. 선장은 내 말을 다 믿는다며 제발 다시 바다에 뛰어들 생각만 하지 말라고 내게 신신당부했다.

우리는 항해를 계속했다. 나는 선장의 친절에 보답한다는 마음으로, 항해 내내 야후에 대한 내 혐오감을 드러내지 않으려고 노력했다. 우리는 1715년 11월 5일 리스본에 도착했다. 배에서 내릴 때 선장은 자신의 외투를 내게 걸쳐주었다. 내가 여전히 후이넘 나라의 옷을 입고 있었기 때문이었다. 항해 도중 선장이 여러 번 내게 옷을 갈아입으라고 권했지만 나는 그럴 수 없었다. 야후가 입었던 냄새나는 옷으로 내 몸을 감싸는 일을 참아낼 수 없었기 때문이다.

선장은 나를 그의 집으로 데려갔다. 선장에게는 아내가 없었다. 선장은 내게 어울리는 새 옷을 장만해주었다. 그 외 다른 것들도 모두 새것으로 준비해주었다. 나는 물건들을 사용하기에 앞서 하루 동안 바람을 맞게 했다. 아무리 새것이라도 야후 냄새가 배어 있었기에 그 냄새를 없애기 위해서였다.

나는 그곳에서 열흘을 지냈다. 차츰차츰 용기를 내어 창밖을 내다보기도 하고 선장과 함께 거리를 걸어보기도 했다. 야후에 대한 두려움은 어느 정도 가셨지만 증오와 경멸은 여전했으며 오히려 늘어나기만 했다. 도저히 그들에게 익숙해질수가 없었다. 거리를 지나갈 때마다 야후 냄새를 견딜 수 없어 반드시 향이나 담배로 코를 막았다.

그렇게 지내던 어느 날, 마침 영국으로 가는 배가 있다며 선장이 내게 고국으로 돌아가라고 권했다. 한사코 돌아가지 않겠다고 고집을 부리는 내게 선장은 나의 명예와 양심을 지키기 위해 반드시 아내와 아이들에게 돌아가야 한다고 했다. 선장은 내가 원하는 무인도를 찾는 일은 불가능하다고 했다. 집에 가야만 마음대로 지낼 수 있으며 내가 바라는 것처럼 은둔생활도 할 수 있다고 나를 설득했다. 나는 그의 말을 따르는 수밖에 없었다.

1715년 11월 24일 나는 영국행 상선에 몸을 실었다. 돈 페드로 선장이 승선할 때까지 함께해주었으며 20파운드의 돈도 빌려주었다. 헤어지면서 그는 부드러운 인사말을 건네며 나를 가볍게 포옹했다. 야후 냄새가 견디기 어려울 정도로 역겨웠지만 그동안 그가 내게 베푼 것을 생각해서 겨우 참았다. 마지막 항해 도중 나는 아프다는 핑계로 선실 내 방에 틀어박혀 아무도 만나지 않았다.

1715년 12월 5일 아침 9시, 배는 다운스 항에 닻을 내렸고 오후 세 시가 되었을 무렵, 나는 레드리프의 집에 도착했다. 내가 죽었으리라 생각했던 아내와 가족들은 크게 기뻐하며 눈물을 흘렸다. 하지만 나는 고개를 돌릴 수밖에 없었다. 그들을 보자 오로지 증오와 경멸만이 느껴졌기 때문이었다. 그들이 나의 가족이라는 생각을 하니 더더욱 견디기 어려웠다.

나는 이제 후이넘과 헤어져 야후들과 지내게 되었다. 하지만 나는 이미 야후가 아니었다. 내 속에는 온통 후이넘의 미덕이 넘치고 있었다. 친절한 돈 페드로 선장과 이야기를 나눌 때도 다를 바 없었다. 나는 도저히 다시 야후가 될 수 없었다. 내가 바로 야후의 아버지라는 사실, 더러운 야후와 오랫동안 잠자리를 같이했다는 생각이 들자 극도의 수치감을 느꼈고 심지어 두려움에 떨기까지 했다.

오랜만에 나를 본 아내는 나를 껴안고 내게 입을 맞추었다. 나는 그 자리에서 기절해버렸고 거의 한 시간 정도 깨어나지 못했다. 그렇게 역겨운 동물과 너무 오래도록 접촉을 해오지 않았기 때문이었다. 이 여행기를 쓰고 있는 지금, 내가 영국으로 돌아온 지도 벌써 5년이나 되었다. 그래도 나는 온전히 야후가 될 수 없었다. 처음 1년 동안 나는 아내나 아이들이 내 곁에 있는 것조차 참을 수 없었다. 그들에게서 정말 견디기 어려운 냄새가 풍겼기 때문이다. 그들과 함께 식사한다는 것은 생각조차 할 수 없었다. 아내와 아이들은 지금까지도 나의 음식에 손을 대지 못하며, 같은 잔으로 물을 마시지 못한다. 또한 아무도 나의 손을 잡을 수 없었다.

내가 처음으로 돈을 쓴 것은 두 마리의 암말을 사기 위해서였다. 나는 말들을 잘 지은 마구간에 넣었다. 두 마리 말 외에 내가 제일 좋아하는 것은 말을 돌보는 사람이다. 그에게서 풍기는 마구간 냄새만 맡아도 나는 정력이 솟구치는 것을 느낀다. 말들은 나와 잘 통했다. 나는 매일 네 시간씩 말과 이야기를 나누었다. 아직까지 나는 말에게 안장도 얹지 않고 고삐를 사용하지도 않았다. 나와 말은 서로 사랑하고 있다. 말들끼리도 정말로 사이가 좋은 건 물론이다.

제12장 책을 끝내면서

　　나는 16년 7개월 동안 내가 여행하면서 경험한 일들을 독자들에게 들려주었다. 나는 실제로 내가 겪은 일만 이야기했다. 오로지 진실을 말하기 위해, 이야기를 화려하게 꾸미는 것도 삼갔다. 사실 나도 다른 사람들처럼 도저히 있을 수 없는 이야기를 꾸며 내서 독자들을 놀라게 해줄 수도 있었다. 하지만 나는 가장 단순한 방법을 사용했다. 분명한 사실만을 분명하게 알리기로 한 것이다.

　　나는 독자들을 즐겁게 하려고 이 여행기를 쓰는 것이 아니다. 오로지 진실을 알리는 게 내 목적이다. 영국 사람이나 유럽 사람들이 아직 가보지 못한 나라는 이 세상에 많다. 그런 나라를 방문한 여행가에게 그곳에 있는 이상한 동물들을 자세히 묘사해보라고 주문할 수도 있을 것이다. 그러나 여행가의 중요한 목표는 다른 나라에 대한 정보를 알려주는 일이다. 그렇게 해서 사람들을 깨닫게 하거나 정신을 올바로 가다듬게 만드는 일이 중요하다.

나는 여행기를 출판하기 전에 저자가 진실만을 말한다고 맹세하게 만드는 법이 꼭 필요하다고 생각한다. 그래야 독자들이 여행기 저자들에게 속지 않을 것이기 때문이다.

나는 젊었을 때 여행기를 아주 즐겨 읽었다. 그러나 지구 대부분을 실제로 여행해보고 나니 그 책들에는 터무니없는 거짓말들이 너무 많다는 것을 알게 되었다. 신기한 것을 잘 믿는 사람들을 악용해 터무니없는 거짓말을 늘어놓은 여행기를 읽는다는 것은 역겨운 일이다. 그 때문에 나는 진실만을 말한다는 것을 내 집필의 엄격한 기준으로 세워놓았다. 더욱이, 나는 아직 후이넘의 가르침과 모범적인 행동을 간직하고 있다. 그러니 진실을 부정하거나 왜곡하는 잘못을 저지를 수도 없다. 진실을 말했다는 이유로 내가 아무리 불행한 일을 겪게 되더라도 위선을 저지르거나 거짓말을 하지는 않을 것이다.

누구든지 자신이 이성적으로 나라를 통치하고 있다고 생각하는 사람이 있다면 자신을 한번 후이넘의 덕성과 비교해보라. 자신의 악덕에 대해 부끄럽지 않을 사람이 있을까! 내가 보기에 후이넘의 나라만은 못해도 어느 정도 썩지 않은 사람들이 있는 나라는 거인들의 나라 브롭딩낵이다. 도덕과 정치에 관한 그들의 격언은 훌륭한 면이 많이 있다. 우리가 그것만이라도 따르고 지킨다면 우리는 행복할 수 있을 것이다. 하지만 나는 더 이상 왈가왈부하지는 않겠다. 현명한 독자들 스스로 판단을 내리기 바란다.

내가 흐뭇하게 생각하는 것이 한 가지 있다. 내 글을 비난할 사람이 없으리라는 사실이다. 나는 우리와 너무나 멀리 떨어져 있어 그 어떤 교역도 불가능한 나라들에 대한 여행기를 썼다. 그러니 그 나라 사정을 있는 그대로 전한 나에게 사실을 들이대며 반박할 사람은 아무도 없을 것이다.

나는 이 책을 쓰면서 다른 여행기 저자들이 흔히 범하기 쉬운 잘못을 나도 저지를까봐 정말 조심했다. 나는 어느 정당 편도 들지 않았으며 특별한 편견이나 감정에 사로잡히지 않은 채 이 여행기를 썼다. 이 책을 읽고 논쟁거리를 찾는 사람, 이 책의 내용을 자세히 검토해보는 사람, 이 책을 읽고 반성하는 사람, 이 책의 가치에 대해 평가를 내리는 사람은 얼마든지 있을 수 있다. 하지만 그 누구도 이 책을 읽고 화를 내거나 비난하지는 못할 것이다.

조금 건방진 이야기를 하자. 나는 내 여행기를 읽은 사람들을 일깨우기 위해 이 책을 썼다. 나는 덕성을 갖춘 후이넘과 오래 지내면서 너무나 많은 것을 배웠기 때문에 보통 사람들보다는 좀 우월하다고 볼 수 있다. 하지만 나는 겸손하기도 하다. 물질적인 이익이나 명예를 위해 이 여행기를 쓰지 않았으니 별 욕심이 없다.

내가 영국으로 돌아오자마자 여행에 관한 나의 보고서를 국무대신에게 반드시 제출해야 한다고 누군가 내게 말했다. 영국 국민이 발견한 땅은 모두 영국 왕실에 속해야 하니 반드시 보고를 해야 한다는 것이다. 그러나 내가 여행한 나라들은 사정이 다르다. 내가 여행한 나라들을 정복하기란 쉽지 않을 것이다. 릴리퍼트는 군대를 파견해 복속시킬 만한 가치가 없다. 또한 브롭딩낵을 정복하겠다는 결정을 내린다면 과연 그 결정이 온당한 결정인지, 그 나라를 정복하려다 과연 안전이 보장될지 의심스럽다. 하늘을 나는 섬의 나라가 있다는 것을 알면 영국 군대가 그들을 어떻게 처리할 수 있을 것인지도 나는 궁금하다.

그렇다면 후이넘의 나라는 어떨까? 후이넘은 전쟁에 대한 준비가 전혀 되어 있지 않다. 전쟁 자체를 그 나라는 모른다. 총이나 대포가 무엇인지도 그들은 모른다. 그래서 정복이 쉬울지도 모른다.

그러나 내게 군 통수권이 있다면 나는 후이넘을 침략하지 않을 것이다. 그들은 너무나 강하기 때문이다. 무기가 있어서 강하다는 게 아니다. 그들의 신중한 성격과 굳은 단결력, 두려움을 모르는 기질, 자신의 나라에 대한 자부심과 사랑은 그 어떤 무기보다도 그들을 강하게 만들어준다. 2만여 명의 후이넘들이 적들에게 돌진해서 대열을 흩어버리고 차량을 뒤엎을 것이다. 그들의 무시무시한 뒷발이 군사들의 얼굴을 미라처럼 만들어버릴 것이다. 그들을 침공하다가는 총이나 대포를 써보지도 못할 것이다.

나는 후이넘의 나라를 정복하기보다는 될 수 있는 대로 많은 야후들을 그 나라에 파견할 것을 제안한다. 그러면 유럽의 개화에 큰 도움이 될 것이다. 후이넘에게서 명예, 정의, 진실, 절제, 도덕, 충절, 순결, 우정, 사랑, 절개 등을 배울 수 있다면 유럽이 더 살기 좋은 곳이 될 수 있을 것이다. 우리 유럽에 내가 위에서 말한 덕목들이 최소한 단어만으로나마 남아 있다는 것은 우리에게 약간의 희망을 품을 수 있게 하고 약간의 위안이 되기도 한다. 우리 선조들이 그 덕성들을 실천했다는 증거이며, 사람들이 아직 완전히 잊고 있지는 않다는 증거도 될 수 있기 때문이다.

내가 그들 나라를 정복하지 말라고 권하는 또 다른 중요한 이유가 있다. 이곳 국왕들이 매일 입으로 내뱉는 공평성과는 너무나 거리가 먼 짓이기 때문이다. 예를 들어보자.

해적들이 폭풍에 떠밀려 정처 없이 바다를 떠돌다가 낯선 땅을 발견한다. 해적들은 약탈하기 위해 그 땅에 상륙한다. 순결한 원주민들은 그들을 친절하게 맞이한다. 그들은 그 땅에 새로운 이름을 붙이고는 자기 나라 국왕의 영토로 만든다. 그리고 썩은 판자나 돌멩이로 기념비를 세운다. 이어서 그 나라 사람들을 수십 명 본보기로 학살한다. 그 나라 여자와 남자들을 강제로 포로로 끌고 온다. 그들은 본국으로 돌아와 그 땅을 나라에 바치고 해적질한 죄를 용서받는다. 공평하지 못한 일이다.

그 땅은 마치 신께서 하사하신 것처럼 국왕의 새 영토가 된다. 국왕은 배를 보내 그 나라 사람들을 쫓아버리거나 학살한다. 그리고 그곳에 묻혀 있는 금을 찾아내기 위해 그 나라 국왕을 고문한다. 그리고 온갖 비인간적인 행동을 저지른다. 그 나라 대지는 그 나라 사람들의 피로 붉게 물든다. 이러한 '경건한 탐험'에 고용된 살인자 무리가, 우상 숭배하는 야만인을 개종시킨다는 명목으로 식민지 개척에 앞장선다. 절대로 옳은 일이 아니며 공평한 일이 아니다.

어쨌든 내가 방문한 나라들은 다른 나라 식민지가 될 의향이 전혀 없는 나라들이다. 그들에게는 남들의 노예가 되거나 학살당할 의사가 전혀 없었다. 금, 은, 설탕 등 물자도 풍부하지 않았다. 그러니 안타까운 일이지만 우리 영국이 아깝게 힘과 용기를 낭비할 대상이 되지 못한다.

나는 이제 독자들에게 마지막 인사를 한 후 레드리프에 있는 집으로 돌아갈 것이다. 그곳의 자그마한 정원에서 사색을 즐기며 후이넘에게서 배운 덕성을 실천하며 살 것이다. 집에 있는 야후들을 가르치며 가끔씩 내 모습을 거울에 비춰볼 것이다. 인간의 모습을 참고 견디는 훈련을 하기 위해서이다.

지난주 나는 드디어 아내가 나와 함께 식사하는 것을 허락했다. 아내는 기다란 식탁 저쪽 끝에 앉아 식사를 했다. 나는 아내가 나의 물음에 아주 간단하게 대답하는 것도 허락했다. 하지만 야후의 냄새에 익숙해진 것으로 알면 오산이다. 그 냄새는 여전히 역겨웠다.

나는 향이나 담배로 거의 코를 막고 지낸다. 이 나이에 습관을 고치기는 힘들겠지만 세월이 흐르면 이웃에 살고 있는 야후들의 손톱과 발톱을 무서워하지 않고 자리를 함께할 날이 오리라는 희망도 지니고 있다. 만일 야후들이 자연이 그들에게 애당초 부여한 악덕과 어리석은 행동만 하는 데서 그친다면 그들과 화해할 수도 있다고 생각한다.

이제 나는 변호사, 소매치기, 군인, 바보, 귀족, 도박꾼, 정치가, 포주, 의사, 거짓말쟁이, 반역자들을 만날 때도 거의 화를 내지 않는다. 오해하지 말라. 그들을 받아들인다는 뜻이 아니다. 단지 인내심이 조금 생긴 것뿐이다. 하지만 그렇게 영혼이 병든 자들이 자만심에 빠져 있는 것을 볼 때면 내 인내심은 무너져 내린다. 저렇게 형편없는 동물에게 어떻게 자만심이 자리 잡을 있다는 것인지 도무지 이해할 수가 없기 때문이다.

그렇게 훌륭한 후이넘들에게는 자만심이라는 악덕을 표현할 단어가 없다. 그리고 그곳에 사는 야후에게조차 자만심이라는 악덕은 없었다. 그건 오로지 야후들이 지배하는 곳에서만 찾아볼 수 있는 악덕이었다.

후이넘들이 덕성을 지니고도 자만심을 갖지 않는 것은 내가 다리나 팔을 가지고 있다 해서 남들에 대해 자만심을 갖지 않는 것과 마찬가지이다. 다리나 팔이 잘려 불구가 되는 것은 슬프고 안타까운 일이지만 그 어떤 사람도 자기 팔다리가 온전하다고 해서 남 앞에서 우쭐대지는 않는다.

나는 야후들의 온갖 악덕에 물든 우리 영국 사회를 조금이라도 좋은 방향으로 개선하겠다는 희망을 가지고 이 여행기를 쓴다. 그러므로 그런 악덕을 고치지 않고 조금이라도 지니고 있는 사람은 아예 내 앞에 나타날 생각조차 하지 말 것을 마지막으로 경고한다.

『걸리버 여행기』를 찾아서

여러분은 "인간이란 무엇인가?"라는 질문을 던져보았는가? 인간으로 이 세상을 살아간다는 것이 무엇을 의미하는지 질문해보았는가? 우리는 인간으로 태어나 다시 돌이킬 수 없는 삶을 딱 한 번 산다. 그러니 그런 질문을 당연히 던질 수밖에 없다. 그런 질문 없이 살아간다는 것은 맹목적으로 사는 것과 같다. 스스로 던지기가 벅찰 경우 그런 질문을 진지하게 던진 작가의 작품을 읽어보면 좋다. 그랬는데 재미까지 술솔 풍긴다면 더할 나위 없다. 거기 딱 맞는 작품이 바로 조너선 스위프트의 『걸리버 여행기』다.

『걸리버 여행기』는 너무나 유명한 작품이다. 일반적으로는 환상 여행기로 알려져 있다. 작은 사람들이 사는 소인국 릴리 퍼트와, 큰 사람들이 사는 거인국 브롭딩낵, '하늘을 나는 섬' 라푸타, 말들인 후이넘이 사는 나라 등을 여행하면서 겪은 모험담을 그린 소설로써 아주 유명하다. 이런 내용이라서 그런지 동화로도 아주 인기가 높다.

그런데 스위프트가 자신의 신분을 감춘 채 이 책을 출판하려 했다는 사실을 아는 이는 드물다. 처음에 이 책을 출판한 출판업자가 그 내용에 부담을 느낀 나머지 제멋대로 작품의 일부 내용을 삭제 변경한 후 출간했다는 사실을 아는 이도 드물다. 더욱이 이 책이 한때 출판금지를 당했다는 사실을 아는 이는 거의 없다. 인간에 대한 극심한 야유와 풍자가 점잖은 사람들의 심기를 건드렸던 모양이다.

『걸리버 여행기』는 환상 동화로 읽어도 좋은 작품이다. 이 작품이 동화로서 많은 사람들에게 사랑을 받는 것은 읽는 이를 꿈꾸게 해주기 때문이다. 이 작품을 읽으면서 자기 자신이 거인이 된 꿈, 자기 자신이 소인이 된 꿈을 꾸는 것만으로도 우리 생각의 폭은 한결 넓어진다.

하지만 그것만으로는 부족하다. 기왕이면 스위프트가 이

작품을 쓰면서 애당초 의도했던 바를 따라가며 읽어볼 필요가 있다.

　우리는 인간이다. 자기가 인간이니까 자기 자신에 대해 가장 잘 아는 것으로 생각한다. 하지만 착각이다. 우리가 가장 잘 모르는 것이 바로 우리 자신이다. 인간은 세상 그 어떤 동물보다 자기중심적이기 때문이다. 모든 것을 자기중심으로 해석하고 왜곡하는 게 바로 인간이기 때문이다. 가장 편견이 큰 게 바로 인간이기 때문이다. 조금 어려운 표현을 쓰면 자기 자신을 객관화시켜서 바라볼 줄 모른다. 자기 자신이 가장 우월한 존재라는 자만심을 갖기 쉬우며, 인간이라는 존재가 아주 아름답고 고상한 줄 착각한다. 인간의 머리로 모든 것을 다 해결할 수 있다고 믿으면서 오만해지기도 한다. 한마디로 남의 눈으로 자기 자신을 볼 줄 모른다.

　『걸리버 여행기』는 작가 스위프트가 초대하는 '자기 자신 제대로 바라보기 훈련소'다.

　우리는 스스로를 좀 높은 곳에서 살펴볼 필요가 있다. 우리가 대단하다고, 중요하다고 여겼던 것이 얼마나 하찮은 것인지 가끔 깨달을 필요가 있다. "모래야, 나는 얼마나 작으냐!"라고 노래한 우리나라 시인이 있다. 인간이 작디작은 존재라는 깨달음에서 비롯한 외침이다. 그 외침은 우리를 절망에 빠뜨리지 않는다. 오히려 더 큰 것을 보고 꿈꾸게 해주기 때문이다. 또한 프랑스 철학자 파스칼은 인간은 갈대에 불과한 존재라고 말했다. 인간은 비참한 존재라고 말했다. 하지만 동시에 인간은 위대하다고 말했다. 인간만이 인간이 비참한 존재라는 것을 알기에 위대하다고 말했다. 그래서 그는 "인간은 생각하는 갈대다"라고 말했다.

『걸리버 여행기』의 소인국 여행은 우리가 얼마나 하찮은 문제들에 목매달고 있는지 깨닫게 해준다. 우리의 시야가 얼마나 좁은지 깨닫게 해준다. 소인국 사람들은 몸 크기가 우리의 12분의 1인 이상한 사람들이 아니다. 그들은 바로 우리 자신이다. 그들이 자기중심적 사고에 빠져 있는 우리 자신임을 알게 될 때 우리는 조금 더 큰 것을 볼 줄 아는 눈을 갖게 된다. 비로소 '생각하는 갈대'가 될 수 있다.

하지만 그것만으로는 충분하지 않다. 큰 틀에서 우리를 바라보았으면 이제는 좀 더 세밀하게 우리 모습을 관찰할 필요가 있다. 우리 구석구석에 얼마나 추한 것들이 숨어 있는지 자세히 들여다볼 필요가 있다. 몸 크기가 우리의 열두 배인 거인국을 걸리버가 여행하는 것은 우리 자신을 세밀하게 관찰하기 위해서다. 그렇게 작은 눈으로 보니까 평소에 아름답다고 여겼던 것들의 추한 모습이 훤하게 드러난다.

걸리버의 거인국 여행은 우리 자신을 상대적으로 바로 볼 수 있게 해준다. 우리가 절대적이라고 믿고 있던 가치가 상대적인 것임을 알게 해준다. 남들이 애지중지하는 것의 가치를 인정할 수 있게 해준다. 내가 지금 애지중지하는 것이 남에게는 하찮은 것일 수 있음을 알게 해준다. 그래서 우리의 시야가 넓어지고 여유로워진다.

『걸리버 여행기』의 제3부와 제4부는 한결 날카로운 풍자로 이루어져 있다. 제3부에서 날아다니는 섬인 '라푸타' 사람들은 주변 실생활에는 관심이 없다. 하늘만 바라보고 비상식적인 연구에만 몰두한다. 그들은 배설물을 다시 음식으로 만드는 일, 털 없는 양을 기르는 일, 오이에서 햇빛을 추출하는 일 등 황당하기 짝이 없는 연구에 골몰한다. 모두 자연의 법칙에 어긋나는 연구들이다. 과학만능주의에 대한 날카로운 경고다.

마지막 제4부는 '후이넘'이라 불리는 말들이 주인인 나라 여행기다. 작가는 4부에서 본격적으로 인간이 과연 이성적인 동물이라 할 수 있는가 하는 의문을 던진다. 후이넘의 나라에서 가장 추한 동물이 바로 '야후'다. 야후는 가장 길들이기 힘든 동물이며 교활하고 사악하며 탐욕스럽다. 그들은 거만하고 비굴하고 잔인하다. 그런데 바로 그 야후가 인간이다. 유럽인은 가장 추한 동물인 야후에게 약간의 불완전한 이성이 가미된 동물이다. 인간은 타고난 추한 속성을 개선하는 데 이성을 사용하지 않고, 그것을 더 악화시키는 데 사용했을 뿐이다. 그래서 후이넘 나라의 야후보다 유럽인이 더 추하다. 스위프트는 후이넘의 입을 빌려 변호사와 판사를 비롯한 사법제도, 장관으로 대표되는 고급 관리, 특권 계급인 귀족을 신나게 풍자한다. 그 책이 한때 출판 금지된 것은 이 때문이다.

우리는 『걸리버 여행기』를 읽으면서 놀랄 수밖에 없다. 그 풍자의 내용이 오늘날에도 그대로 적용될 수 있기 때문이다. 인간 사회는 과연 발전해온 것인가? 인간은 과연 이성적인 동물인가? 우리는 진지하게 반문해볼 수밖에 없다. 인간과 인간 사회가 언제나 불완전할 수밖에 없으므로 스위프트가 던진 질문은 언제든 유효하다. 그리고 바로 그 질문을 통해 우리는 걸리버가 이상 사회로 보았던 후이넘의 나라를 마음속에 간직할 수 있다.

당대 사람들을 불편하게 했던 걸리버의 관찰이 지금의 우리도 불편하게 만든다. 특히 『걸리버 여행기』 제4부는 우리를 심하게 불편하게 만든다. 인간이 가장 혐오스러워하는 동물이 바로 인간 자신임을 적나라하게 보여주는 작품을 읽고 어떻게 불편해하지 않을 수 있을까? 그 풍자가 지금도 여전히 유효하다는 것을 알고서, 그 지적이 사실임을 알고서 어떻게 마음 편할 수 있겠는가?

하지만 비관할 필요 없다. 『걸리버 여행기』는 그 사실을 당당히 드러내놓고 이야기하는 것도 바로 인간임을 우리에게 알려주기 때문이다. 그 불편함을 느끼는 순간 우리는 자신을 돌아볼 수 있게 되기 때문이다. 공자는 "아는 것을 안다고 하고 모르는 것을 모른다고 하는 것이 진짜 아는 것이다"라고 말했다. 자기가 무엇을 모르는지 알게 된다는 것은 무엇을 뜻하는가? 자신이 더 큰 눈을 갖게 되었음을 뜻한다. 자기가 무엇을 모르는지 모르는 것, 이것이야말로 아무것도 모르는 것이다. 정작 중요한 것은 모르는 채 우물 안 개구리가 되는 것이다.

자기가 무엇이 잘못되었는지 아는 것, 이것은 잘된 길로 들어서는 첫걸음이다. 진짜 제대로 된 삶을 살려면 자기만족에 빠지면 안 된다. 걸리버가 온갖 추한 인간들은 그런대로 참아낼 수 있지만 자부심에 빠진 인간들은 도저히 견디기 어렵다고 한 것은 그 때문이다. 자연의 가장 추한 피조물인 인간이 자부심에 빠지다니! 그건 도저히 참아내기 어렵다고 걸리버는 말한다. 자기반성이 없는 인간은 도저히 용서할 수 없다는 말이다.

조너선 스위프트는 외친다. '인간은 절대로 이성적인 동물이 아니다. 인간이 이성적인 동물이라면 어떻게 인간 사회가 이다지 추하단 말인가!' 그의 외침은 그가 살고 있던 영국 사회를 향한 것이 아니다. 모든 인간 사회에 지금도 유효하고 영원히 유효할 수밖에 없는 그런 외침이다. 바로 그 때문에 『걸리버 여행기』는 영원한 고전이다.

가끔은 거인이 되어 크게 보자. 가끔은 소인이 되어 섬세하게 보자. 가끔은 자신을 돌아보며 부끄러워하자. 마음속에 후 이념 같은 스승을 키워보자. 그때 우리가 이전과는 다른 사람 이 될 수 있는 길이 열릴 것이다.

조너선 스위프트는 1667년 아일랜드의 수도 더블린에서 영 국인 부모 사이에서 출생했다. 그는 태어나기 전 아버지를 잃 어 큰아버지가 그를 양육했다. 그는 트리니티 칼리지에서 공 부했으며 1700년에는 아일랜드의 세인트패트릭 대성당의 참 사회원이 된다. 그는 영국에 머물면서 정치적인 글들을 발표 한다. 그러나 1714년 독일 하노버 왕가의 조지 1세가 영국 왕 위에 오르자 아일랜드로 피신한다.

세인트패트릭 대성당의 주임사제 일을 맡게 된 스위프트는 영국의 식민 정책으로 수탈당하는 아일랜드 현실에 눈을 돌 린다. 1724년에는 『드레피어의 편지』를 출간하여 영국의 아 일랜드 내 통화 유통 계획을 비판하여 철회하게 한다. 이어서 1726년 『걸리버 여행기』를 출간하여 단숨에 유명 작가가 된 다. 그에게 영감을 준 것은 1719년 발표된 대니얼 디포의 『로 빈슨 크루소』다.

당시 대성공을 거둔 『로빈슨 크루소』는 기행문학을 유행시키는 계기가 되었고, 스위프트가 『걸리버 여행기』를 쓰는 데도 많은 영향을 미쳤다. 하지만 두 책의 내용은 정반대다. 『로빈슨 크루소』는 무인도에 표착한 영국인이 자신의 힘으로 어려움을 이겨나가는 내용이다. 그는 자부심이 강한 유럽인이다. 개척 정신, 모험 정신에 투철한 영국인이다. 반면 『걸리버 여행기』는 여행기라기보다는 여행기 형식을 빌려서 영국, 더나아가 인간 자체에 대한 반성과 비판을 꾀한 작품이다. 거의 동시대를 살았던 두 사람이 자기가 속한 세상을 보는 눈이 그렇게 다를 수 있다는 것도 아주 재미있는 현상이다. 『걸리버 여행기』 역시 『로빈슨 크루소』 못지않은 인기를 누렸다. 이 소설의 초판은 일주일 만에 다 팔렸고 3주 만에 1만 권이 팔렸으며 2년 만에 프랑스어, 네덜란드어, 독일어로 번역되었다.

조너선 스위프트가 얼마나 역설적인 작가인가를 보여주는 또 다른 유명한 예가 있다. 1729년 발표한 『겸손한 제안』이라는 에세이다. 그는 그 책에서 아일랜드의 경제 문제를 해결하기 위해 아일랜드 어린아이를 영국인에게 식용으로 팔자는 대단히 역설적인 제안을 한다. 그가 얼마나 풍자적이고 비판적인 기질을 가졌는가를 여실히 보여주는 대목이다. 그는 아일랜드에서 수많은 아이들이 버려지고 있는 실상을 보여주는 것으로 글을 시작한다. 그러고는 아주 냉정하고 침착하게 그 아이들을 식용으로 수출하자는 제안을 한다.

스위프트는 1745년 78세에 뇌졸중으로 사망했다.

『걸리버 여행기』 바칼로레아

1 17세기 프랑스 철학자 파스칼은 "인간은 생각하는 갈대다"라고 말했다. 인간은 나약하고 비참한 존재지만 스스로 나약하고 비참한 존재라는 생각을 할 수 있기에 위대할 수도 있다는 의미에서 한 말이다. 그렇다면 이때 '생각'이란 과연 무엇일까? 동물은 생각을 할 수 없을까? 인간이 동물과 다른 점은 무엇일까? 『걸리버 여행기』와 관련지어 생각해보자.

2 『걸리버 여행기』 제3부는 당시 사람들이 모두 열광하던 과학에 대한 근본적인 질문을 던지고 있다고도 볼 수 있다.

과학은 과연 인간이 마주한 문제들을 모두 해결할 수 있을까? 과학의 발전은 과연 인간에게 행복한 미래를 선사할 수 있을까? 걸리버와 함께 생각해보자.

3 『걸리버 여행기』 제4부는 인간 사회에 만연해 있는 악덕에 대한 신랄할 풍자와 고발로 이루어져 있다. 여러분은 18세기 영국 사회에 대한 그 풍자가 지금도 여전히 유효하다고 생각하는가? 만일 그렇다면 인간 사회는 과연 발전해온 것일까? 인간은 과연 이성적인 동물일까?

걸리버 여행기

생각하는 힘: 진형준 교수의 세계문학컬렉션 16

펴낸날	**초판 1쇄 2017년 9월 1일**
	초판 2쇄 2018년 3월 7일

지은이	**조너선 스위프트**
옮긴이	**진형준**
펴낸이	**심만수**
펴낸곳	**(주)살림출판사**
출판등록	**1989년 11월 1일 제9-210호**

주소	**경기도 파주시 광인사길 30**
전화	**031-955-1350 팩스 031-624-1356**
홈페이지	**http://www.sallimbooks.com**
이메일	**book@sallimbooks.com**

ISBN	978-89-522-3766-8 04800
	978-89-522-3718-7 04800 (세트)

※ 값은 뒤표지에 있습니다.
※ 잘못 만들어진 책은 구입하신 서점에서 바꾸어 드립니다.

이 도서의 국립중앙도서관 출판시도서목록(CIP)은 서지정보유통지원시스템 홈페이지
(http://seoji.nl.go.kr)와 국가자료공동목록시스템(http://www.nl.go.kr/kolisnet)에서
이용하실 수 있습니다.(CIP제어번호: CIP2017019471)